野

徳川家康と三河家臣団

人物文庫

学陽書房

三河武士

徳川家康
幼名・竹千代。尾張の織田と駿河の今川の二大強国に挟まれた三河の小領主。桶狭間合戦で独立してから信長・秀吉の政権下で重鎮となる。

石川数正
代々松平家に仕える家柄。人質時代から家康を支え岡崎城を任される。秀吉の元に出奔するが、家康との仲をとりもつ。その後、松本城を任される。

酒井忠次
代々松平家に仕える家柄。吉田城代にまで出世し、数正に対抗する。

本多忠勝
代々松平家に仕える家柄。家康旗本先手役の一人。武勇の達人で敵からも恐れられる。

榊原康政

三河一揆前は酒井忠尚に仕えていたが、その後家康の旗本先手役の一人となる。武勇に秀で、忠勝と共に家康を支える。

井伊直政

遠江井伊谷出身。家康の小姓から出世し、旗本先手役の一人。

大久保忠世

代々松平家に仕える家柄。家康先手役の一人。三河一揆で抜群の働きをし、『三河物語』の著者。大久保忠教は彼の弟。

鳥居元忠

代々松平家に仕える家柄。家康不在中、父・元吉は岡崎城を取りしきった。元忠は家康の人質時代から苦労を共にし、三成の挙兵後、伏見城を守って討死する。

大須賀康高

酒井忠尚に出仕していたが、三河一揆の頃から家康に仕える。高天神城攻めの功労者。

服部半蔵

父・保長《やすなが》の代から松平家に仕える。武勇の士だが、多くの伊賀者を使って家康を助ける。

本多重次

代々松平家に仕える家柄。鬼作左と呼ばれ三河三奉行の一人。気性が荒く家康にも遠慮なく諫言をする男。秀吉からも怒りを買う。

蜂屋貞次

槍の武勇ぶりは三河随一。三河一揆の折、一揆方に味方するが、和睦後家康を助けて働くが吉田城攻めで討死する。

本多正信

松平家の家臣だったが、三河一揆で一揆側に加担し、平定後一時主家を離れる。そして再び復帰し、出奔した数正に代わって家康を助ける。

松平信康

家康の嫡男。信長の長女・徳姫を娶るが、浜松派と岡崎派との対立から家康に疑われて自刃する。

〈桶狭間合戦図〉

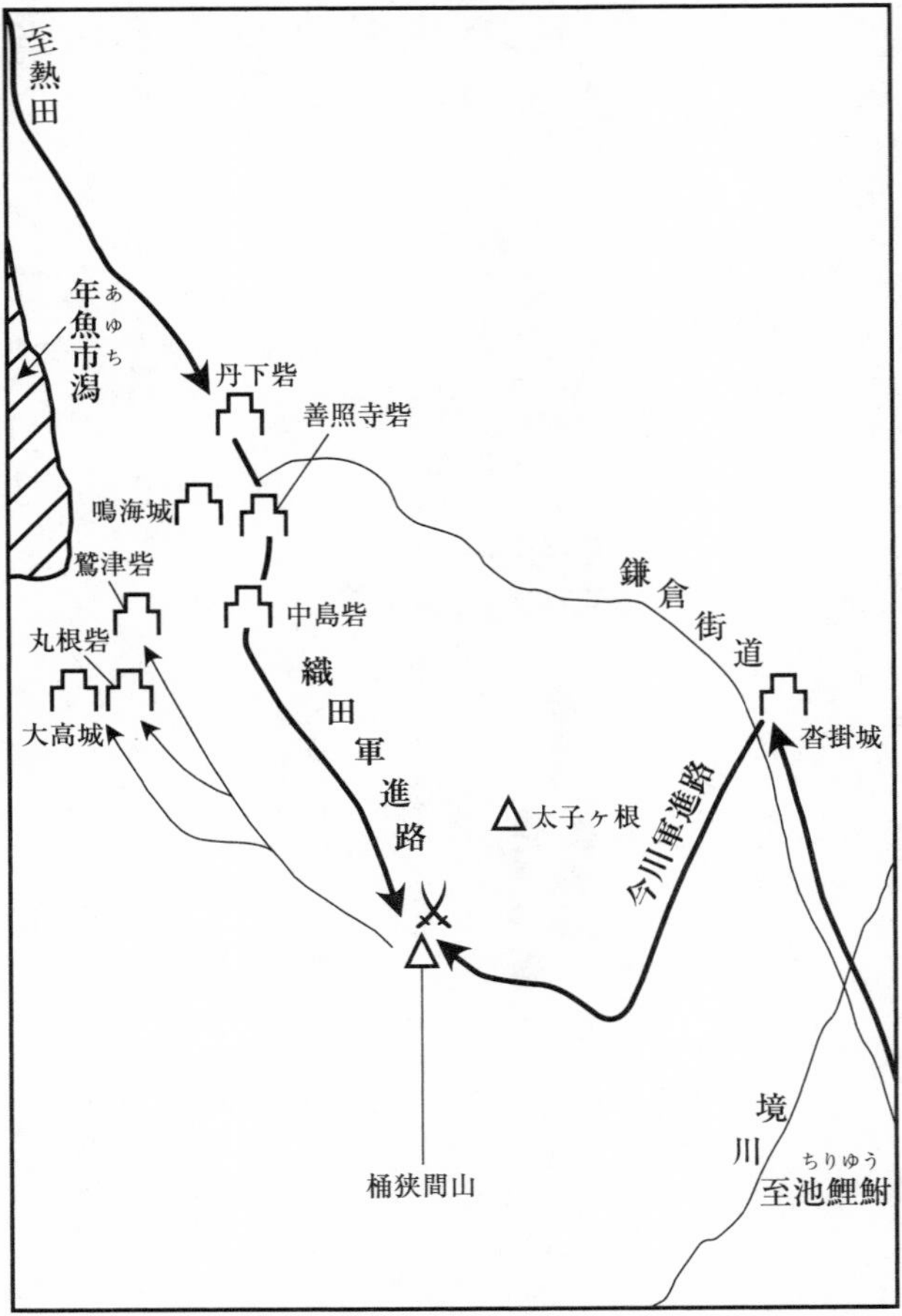

至熱田
年魚市《あゆち》潟
丹下砦
善照寺砦
鳴海城
鷲津砦
中島砦
丸根砦
大高城
織田軍進路
鎌倉街道
沓掛城
今川軍進路
太子ヶ根
桶狭間山
境川
至池鯉鮒《ちりゅう》

〈姉川の戦い図〉

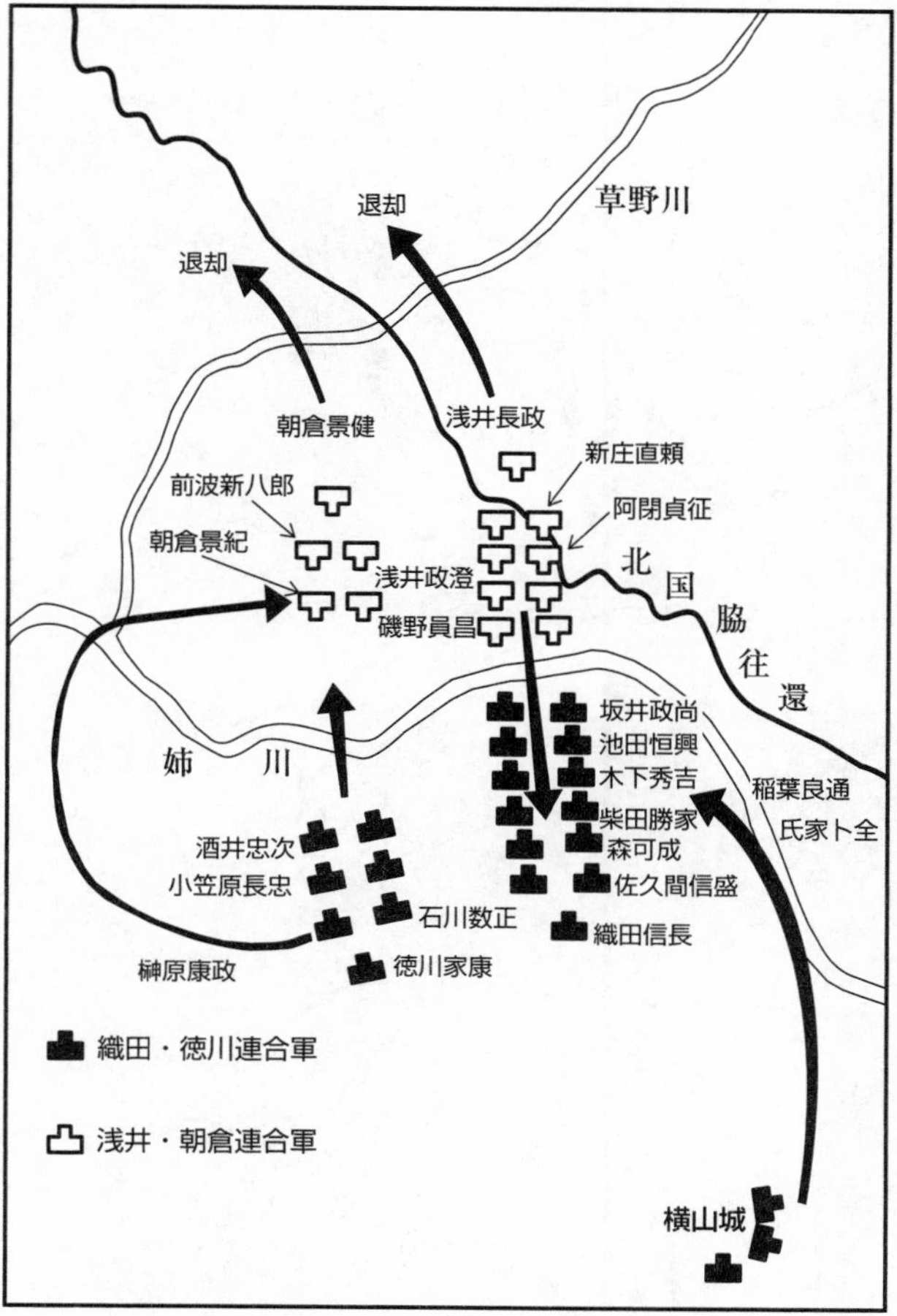
草野川
退却
退却
朝倉景健
浅井長政
新庄直頼
前波新八郎
阿閉貞征
朝倉景紀
浅井政澄
磯野員昌
北国脇往還
坂井政尚
池田恒興
木下秀吉
稲葉良通
柴田勝家
氏家卜全
森可成
佐久間信盛
織田信長
姉川
酒井忠次
小笠原長忠
石川数正
徳川家康
榊原康政
織田・徳川連合軍
浅井・朝倉連合軍
横山城

〈家康の伊賀越え図〉

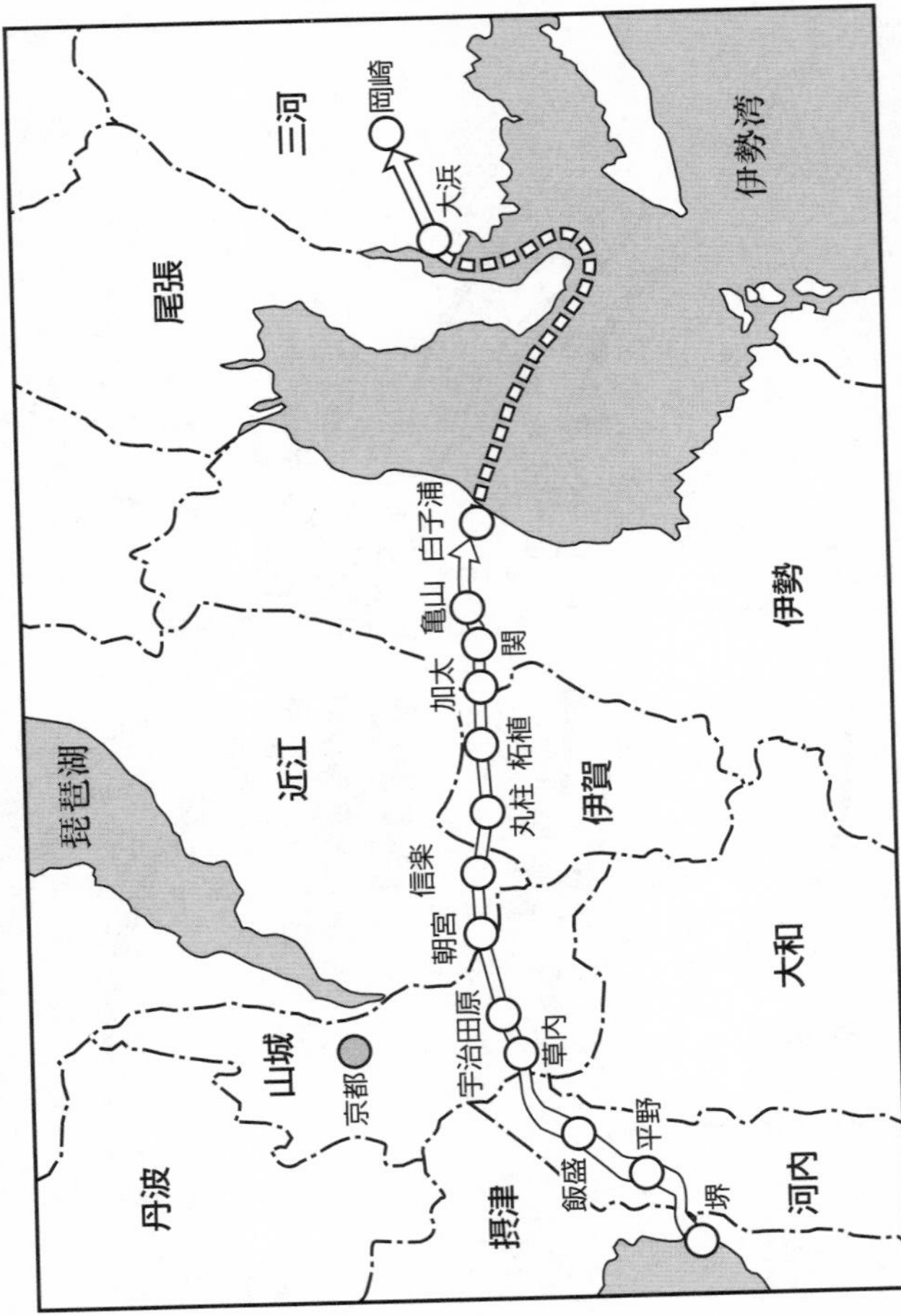
三河
岡崎
大浜
伊勢湾
尾張
白子浦
亀山
関
加太
柘植
丸柱
伊賀
伊勢
近江
琵琶湖
信楽
朝宮
宇治田原
草内
山城
京都
丹波
摂津
飯盛
平野
堺
河内
大和

目次

徳川家康と三河家臣団

人質

どかどかとせわしない足音が廊下に響き、突然一陣の風と共に襖が開かれると、朱鞘の太刀を手に持ち、湯帷子《ゆかたびら》の片方の袖を肩が出るまでずらせて、半袴の腰に火打石や様々な物を入れたような袋をぶらさげた、異様な格好をした若者が姿を現わした。

この若者とその仲間と思われる男の目が、年長の数正と幼い子供たちに囲まれて布団の中で寝ている一人の少年に注がれた。

「せっかく那古屋から熱田まで三里の道のりをやってきたと申すのに、肝心の竹千代が病気で寝ていてはどうにもならぬわ」

その若者はいかにも残念そうに呟くと、手に持っていた瓜を一気に食べ干し、口に貯まった種を庭先へぺっと吐き棄てた。

身につけている持ち物も奇抜だがよく観察すると、もとどりを紅の紐で巻き立てて、その先端を茶道具の茶筌のように曲げている姿も常人のようには思われない。

「無礼者め、ここはお前たちのような無頼漢のくるところではない。このお方を三河城主、松平広忠様の嫡男・竹千代様と知っての狼藉か」

主君を庇うように数正は立ち上がると、他の少年たちも刀に手を伸ばす。

馬を飛ばしてやってきたのか、帷子と袴には泥がついており、日に焼けた顔が土埃で汚れていた。

まだ元服前らしく、まるで珍しい物を見る子供のように竹千代を凝視している目は興味深さで輝いている。

数正は人質として熱田にいる竹千代を守る役目を担っており、この中では一番年長の若者だ。

（相手はわしと同じような年頃らしいが、もし竹千代様に危害を加える気があるならば戦わねばならぬ）

顔をきつく引き締めた数正は、刀の柄を握った。

すると部屋に立ち込めた緊張した気配を察したのか、若者は急に笑い出した。

「お前たちは竹千代を守ろうとしているのだろうが、わしは少しも竹千代を害するつもりはない。ただここにいる三河の小倅がどんな顔をしているのかを見にきただけなのだ」

「『那古屋から来た』と申されたが、ひょっとしてあなたは信長様でござろうか」

数正は言葉を改めた。

この若者がゆっくりと頷くのを見た数正は、この男が世間からうつけと噂されている織田信秀の嫡男・信長だと知り慌てて低頭すると、他の少年たちも数正を真似た。

「これはわざわざのお越し恐れ入ります」

「お前が竹千代の親替りを務めている者か。代々松平家に仕える石川家の者だと聞いているが……」

「数正と申します」

「清康・広忠殿の二代を補佐している、あの宿老の石川清兼殿の孫でござるか」

「さようでござる」

大きな目を開けて、数正の頭から爪先まで見回した信長の顔は微笑で柔和そうだったが、その目は鷹のように鋭く光っていた。

「三河衆はなかなかよいご家来衆を持たれているようで羨ましい限りじゃ」

若いが主君のためには喜んで命を棄てようという数正らの姿に、信長は久しぶりにすがすがしいものを目にしたようだった。

三河の領主である竹千代の父・広忠は、一時叔父・信孝のために岡崎城を追われたことがあったが、主君を慕う家臣たちの懸命の努力で、岡崎への帰還を果たしたのだ。しかし三河併合を狙う尾張領主・織田信秀のために改めて三河領主となった広忠は苦戦を強いられていた。

勢力を東に伸ばそうとする信秀に対抗するため、広忠は愛おしいわが子を駿河の領主・今川義元のところへ人質に送ってまで信秀の野心を砕こうとしたのだ。

竹千代の母・於大《おだい》の実家の父・水野忠元が亡くなり、当主となった息子・信元は織田陣営に靡《なび》いてしまったので、広忠は義元の手前もあり、於大を離縁して後妻を田原城を拠点として渥美半島を領する戸田康光から迎えた。

そして今川の援助のため、人質として嫡男・竹千代を駿河へ送ろうとする。

駿河へ向かう竹千代は田原城まで陸路を通り、そこからは海路で行く予定だったが、信秀に心を寄せる戸田は、血の繋がっていない孫を千貫文で信秀に売り渡してしまった。

そこで、竹千代は大切な人質として信秀の家臣である熱田の豪族・加藤図書の屋敷で暮らすこととなったのだった。

まだ元服にほど遠い竹千代と家臣たちを哀れむような目で見渡した信長は、「また元気になったら覗きにくる。早くよくなるように願っておるぞ」と言い放つと再び騒々しい足音を残して立ち去ってしまった。

「やはりうつけ者か、あの信長という男は」

竹千代は布団の上に起き直ると、何やら考え込んでいる数正に話しかけた。

「世間の噂をそのまま鵜呑みすることは避けねばなりませぬ。それがしの目にはあの信長という男はまともで、しかも油断ならぬ男と映りましたが…」

「そうか…」

（あの奇妙な格好から判断すれば世間で申す大うつけ者であろうが、果たして数正が申すように信長はまともな男だろうか…）

幼いながらも竹千代は自分の目で、世間でうつけ者と流布している信長像を改めて見直そうとしているようだった。

戦国の世には戦さで親を失った子供たちが世間に溢れ、まともに生活を送ることが出来ない多くの家庭を見る機会が多かった。

その数正の目には大名の嫡男としては身なりや態度は変わっていたが、信長の奇妙な振舞いは噂から判断すると、弟を偏愛する母親への信長流の抗議のように思い、何となく信長という若者に親近感を覚えた。

数日後、再び同じ仲間を伴った信長が例の格好でやってきた。

竹千代の夏風邪はようやく治っていたが、それでも病み上がりらしく青白い顔色をしていた。

ドタバタと駆けるように廊下を鳴らして顔を見せると、「まだ青瓢箪《あおびょうたん》のような顔をしているぞ。子供は風の子じゃ。武将たる者は丈夫でなければならぬぞ。わしはこれから遠乗りをして水浴びにゆこうと思っておるのだが、一緒にくるか」と、信長は前置きなしに遠出をきり出した。

数正が頷くと、竹千代は白い歯を覗かせた。

「よし、これから庄内川まで一気に駆けるぞ。あそこの水は冷たくて気持ちがよい。わしが竹千代に泳ぎ方を教えてやろう」

信長は監視している加藤家の者たちに一声かけると、いつもの暗い屋敷から解放され、門前に繋がれている立派な信長の馬に跨った竹千代の顔は喜びで綻んだ。

じりじりと焼けつくような日差しは、海から吹く湿った風でいく分和らぐ。緑に包まれた森のように思われる熱田神宮が飛ぶように過ぎてゆくと、前方に滔々と流れる庄内川が見えてきた。

「あそこの浅瀬が皆の遊び場じゃ」

信長が指差す先には、竹千代ぐらいの子供たちの群れが、真っ黒に日焼けした顔を水面に浮かべて騒いでいる。

「恒興《つねおき》、お前はあそこの小屋から川舟を借りてこい」

信長に命じられて、恒興が川舟を借りてくると、竹千代はもちろん数正とその家臣たちは小袖と袴を脱ぎ棄てて褌一丁の姿となり底の浅い川舟に乗り込む。

最初川舟は川岸に沿ってゆっくりと動き始めたが、やがて川の中央に向かうとぐんと速度を増し始めた。

舟遊びが初めての竹千代たちは深緑色した川底を恐る恐る眺めていたが、だんだん慣れてきたのか、やがて顔には微笑が浮かんできた。

「どうじゃ。世間は暑いがこうして裸で舟に乗っていると、川風が冷んやりとして気持ちがよいだろう」

水面から目を上げて、川岸で泳いでいる子供たちのはしゃいだ様子を楽しそうに眺めている竹千代に、信長は声をかけた。

「どれ、わしも一泳ぎしたくなってきたわ。恒興お前も参れ」

小袖と袴を脱ぎ棄て、大きな水音がしたかと思うと、急に川舟が揺れ、水面に浮き出た二つの頭は流れに逆わず川岸に向かってゆっくりと進んでいく。

川舟に残された数正と少年たちは、対岸に接近してゆく二人の鮮やかな泳ぎぶりに目を細めている。

早くも対岸に泳ぎ着き、川原で甲羅干しをしている信長は、舟を降り自分たちに近づいてくる竹千代らに、「どうじゃ。おもしろかったか」と声をかけた。

竹千代の顔は興奮のためか、上気している。

「また舟に乗って今度は泳ぎを教えてやろう。武将たる者は城で書物を読んでいるような大人しい者では駄目だ。武勇に優れていることは申すまでもないが、泳ぎも達者でなくてはならぬぞ」

幼い弟に聡すような調子で、信長は竹千代に話しかける。

それからも信長はしきりに熱田の加藤屋敷を訪れていたが、急にぷっつりとこなくなり、信長の訪問を楽しみにしている竹千代の顔が曇り勝ちになると、数正は織田家に何か変事が起こったのかと心配になってきた。

久しぶりにいつもの身なりでやってきた信長は「傅役《もり》の平手政秀が『道三の娘は美しい』と熱心に勧めるので、わしも人並みに嫁を貰ったのだが、妻となってみると美しいことは美しいが、なかなか気が強くてな。それで少々持て余しているところじゃ」と頭を掻いた。

（それで信長はしばらく顔を見せなかったのか。今まで戦っていた美濃の斎藤道三と

和睦して、信秀は本気で三河を奪おうとする気になったのか）

　その日、数正は岡崎城を任されている祖父・清兼に信秀の動静を知らせた。

　嫡子・信長の結婚で美濃からの憂いを取り除いた信秀は、三河へ兵を進め猛攻で安祥城を開城させると、そこに信長の異腹の兄・信広を城代として配置した。

　翌年天文十八年、岡崎では竹千代の父・広忠が織田方の三河広瀬城主・佐久間全孝が放った刺客によって殺されるという、思わぬことが起こった。

　驚愕した数正が岡崎の急変を伝えると、竹千代はこの出来事にしばらく呆然としていたが、「わしは三歳で母と生き別れ、六歳となった今、父上を失ってしまったのか…」とぽつんと呟き、それでも健気に溢れそうになる涙を堪えていた。

　その竹千代の様子に数正の両眼が潤んできた。

「おいたわしい限りです」

「国は強くなければならぬのう…」

　堅い表情を崩さず、涙を見られまいと竹千代は顔を背《そむ》けた。

　人質の身ではもちろん、岡崎へ戻り父の墓参りすることも許されない。

　三河から送られてきた父の遺髪を大事そうに桐の小箱に入れて神棚に祀り、毎日経を唱える竹千代を見ていると、数正の心は痛んだ。

時々やってくる信長は、部屋に籠もり勝ちな竹千代を近くの野山へ鷹狩りに誘った。

その年の十一月になると、三河衆を先鋒として今川方の部将・太原雪斎《たいげんせっさい》が率いる今川、松平の連合軍が安祥城を取り戻し、生け捕りにした信広と竹千代との人質交換の話が浮上し、雪斎がそれを纏め上げた。

竹千代が熱田を去る準備をしていると、ぶらりと信長がやってきた。

「二年ぶりの帰国だな。何やら幼い弟と別れるような気分だが、お互い長生きしておればまた敵か味方として再会することもあろう。もし敵として出会ったら竹千代は力一杯わしに向かってこい。わしもお前に負けぬよう戦おう。武将としてこれからも立派になるよう励めよ」

「その折りには信長様とて容赦致しませぬぞ。そんな日がくることを心待ちにしております」

「おう、その意気じゃ」

幼い竹千代がむきになって言い返すのを気持ちよさそうに聞き流すと、信長の微笑は顔一杯に広がった。

「信長殿も健やかで」と答える竹千代の心中にはもちろん岡崎へ戻れる嬉しさはある

ものの、折角知り合った兄のような信長と別れることが辛かった。

二年間信長という若者をじっくりと観察してきた数正は、今度出会う時は敵としてではなく、味方としてまたお目にかかりたいと切望していた。

竹千代を乗せた輿は加藤屋敷を発つが、その輿が熱田神宮を過ぎやがてまったく姿を消し去るまで、信長は屋敷の前で立ち尽くしていた。


「竹千代様が帰国されるぞ」

岡崎城では歓声に包まれ、家臣らは竹千代の岡崎入りを期待したが、「竹千代は駿河で預かる」という今川義元の命令が岡崎に届くと、家臣たちからは落胆の声が広がった。

すると「竹千代だけでなく、重臣たちの妻子をも駿河へ移せ」と、義元がさらなる人質を要求してきた。

義元は松平氏が織田方に走ることを警戒したのだ。

織田の元にいた人質に加え、鳥居元忠をはじめ竹千代と同じ年頃の子供たちも駿河へ同行し、駿河入りした竹千代には義元の駿府の館に近い小将宮町の屋敷が与えられた。

「あの子は体が弱くてよく熱を出すので、一緒にいてやりたい」と義元の許可を得て、幼い孫を心配した於大の方の実母・源応尼が尾張からやってくると、竹千代の屋敷に近い小将町に庵室を構えた。祖母は何かと孫のところへ入りびたり、世話を焼く。

あれこれと竹千代の身の周りに気を配る祖母の姿に竹千代は身内のいない屋敷内が急に明るくなったように思った。

「これはお前の母からの賜り物じゃ」

源応尼は子供の母親から送られてきた小袖や袴、それに魚や菓子などをいちいち手に取って孫に見せ、娘の心配りを喜んだ。

竹千代は送り物から生き別れた母の面影を忍ぼうとするが、母の思い出は何一つはっきりとは記憶に残っていない。

女中の背中におぶられて目を閉じてうとうとしていると、どこからか子守り歌が聞こえてきた。

「ねんねんころりよおころりよ
坊やはよい子だねんねんよ
まだ夜が明けぬお目覚めにゃ早い

よい子だ泣くなよねんねんよ」

眠気を誘うもの悲しい調べを帯びたこの歌を母は澄んだよく通る声で静かに歌っていたことだけは、薄すらと覚えていた。

親身になって尽くしてくれる祖母の姿に、竹千代は記憶の遠くへ去ってしまった母を思い、母のところより送られてくる物から母親のぬくもりを敏感に嗅ぎ取り、家族の絆というものをこの時初めて垣間見ることができたのだ。

手習いを教えようとする祖母の庵へ竹千代は毎日のように足を運び、また祖母の口ききで、義元の軍師として名高い臨済寺の太原雪斎から禅と兵学を学ぶことができた。

雪斎の父は庵原政盛という今川家に仕える庵原周辺の国衆で、若い頃京都の建仁寺で修行していた雪斎は、そこで芳菊丸と呼ばれていた今川義元と出会った。

だが当主の氏親が死にまたその嫡男、次男が立て続けに亡くなると、家督相続を巡って今川一族が揺れ始めた。

還俗して義元と名を改めた芳菊丸を当主に押し立てた雪斎は、家督を主張する義元の異腹の兄・玄広恵探《げんこうえたん》を討ち破った。

智略に富む雪斎はその後、義元の教育係兼臨済寺の住職として今川家を支えていたのであった。

そんな時、病で伏せっていた尾張の信秀が死んだことを数正は知った。

「戦さ好きの信秀が死に、まだ年若い信長殿が当主になった隙を突き、今川は屋台骨がぐらついている尾張を奪おうとするでしょう」

「信長殿とは敵として戦場で出会いたくないものよ」

数正の報告に竹千代の声は湿った。

頷いた数正もやはり信長と戦いたくないという思いは同じだ。

その内、新当主としての信長の実力を疑問視する国衆たちが、義元に秋波を送っているという噂が数正のところまで聞こえてきた。

そして竹千代という人質を手中に入れた義元は、尾張の国境の城を攻め、尾張攻めの先鋒を担わされ最前線に立たされた三河衆は、次々と討ち死にしていった。

家臣たちの負わされた苦労がわかる年頃になっていたが、まだ初陣を許されない竹千代は、死んだ兵たちに心の中で詫びるしか他に方法はなかった。

いつものように竹千代が臨済寺へゆき、小机に向かって書籍に目を通していると、入室してきた雪斎和尚が茶を勧め、竹千代に話しかけた。

「武田と北条とは同盟関係にあったが、今度は氏真様に北条氏政の娘をもらい、今川は北条、武田と同盟を結ぶことになった。お前ももうすぐ元服をむかえることになろうが、これからも氏真様を支えてくれ」

雪斎は平然と茶を啜っていたが、今川家の将来のことを思うと頭が痛かった。

氏真は義元の嫡男だが武事を疎んじて、公家のように京都の優雅な気風を好み、蹴鞠や茶事などの風流事に現《うつつ》を抜かしており、それを心配した雪斎は今川、武田、北条の三国同盟を結ぶために奔走したのだ。

（これからの今川家のことを考えれば竹千代ら国元から預かった人質を手懐け、今川の藩屏にしなければならぬ。まだまだ死ねぬぞ）

「当地での手厚いもてなしに感謝しており、微力ながらこれからも全力で今川を支える所存でござる」

という竹千代の返答に考え事をしていた雪斎は我に返った。

「頼りにしておるぞ」

（氏真様が竹千代のように文武に鍛錬して下さればよいのだが…）

雪斎は氏真のことを思い出したのか、急に不機嫌そうに眉を曇らせた。

弘治元年は三月に入り、庭園に植わっている紅白の梅が咲き終わると、駿府の館から北にある賤機《しずはた》山の山腹には山桜に続いて桃の花が咲き乱れ、烏帽子大紋姿の義元の重臣たちが続々と館に集まってきた。

今日は十四歳となった竹千代の元服の儀式が披露される日で、この日から義元の一字「元」を与えられて、松平次郎三郎元信と名乗り、義元と主従関係を結んだ元信は今川配下の武将の一人となるのである。

厳粛な顔付きをした義元が烏帽子を加冠すると、義元の妹を娶った関口義広が理髪する。

臨済寺から輿に乗って館までやってきた雪斎も凛々しい元信の姿を頼もしそうに見守っている。

（これで殿は今川の一武将となり、尾張攻めの先鋒として信長殿と見《まみ》えることになるのか…）

数正の心は複雑に揺れ動き、運命のいたずらを恨んだ。

「それがしは十五歳になりましたが、いまだに三河の祖先の墓参にも行っておりませぬ。どうかしばらくの暇をいただき、帰国して亡き父の法要を営みたく存じます。故郷へ行くことをお許し下され」

駿河へきてからもう九年にもなるが、まだ一度も故郷の土を踏んでいない元信の懇願を義元はいかにも哀れむような目をして聞いていた。

（三河衆はわが今川家のために多量の血を流している。やつらを喜ばすためには、一度ぐらいは父の墓参を許し、やつらに元信の顔を拝ませてやらねばなるまい）

義元が鷹揚に頷くのを見ると、元信の心は躍った。

（やっと、わしのために身を粉にして奮戦してくれる者たちに会える）

若干の家臣を残して、岡崎へ向かう元信の心はうき立っていた。

大井川を越え、天竜川を渡ると、もう遠江は目の前だ。

海のように横たわる浜名湖を通り吉田を過ぎた頃、豊川稲荷の大鳥居が見えてくると、一行の足が早まる。

岡崎城下に入ると、前もって知らされていたのか、老臣の大久保忠俊や鳥居元吉をはじめ数正の祖父・石川清兼と父・康正それに酒井正親らが城から出迎えにやってきた。

「若殿は立派になられたものよ」

「苦労した甲斐がやっと実ったわ」

「広忠様に生き写しじゃ」

彼らは目に涙を浮かべながら、立派に成長した元信の姿に見とれた。

「積もる話はあろうが、岡崎城は今川侍がおりますので、一まず大樹寺へ参りましょう」

元吉の勧めで彼ら一行は城から一里程北にある大樹寺に向かう。

大樹寺は四代親忠によって建てられた松平家の菩提寺で、その境内に先祖が眠っている。

岡崎城を懐かしむように眺めながら、城のように堂々と聳える大樹寺の三門を潜り、その奥に並んだ苔むした先祖の墓に一礼すると、元信は一番手前にある父の墓石の前で跪き両手を合わせ遅参を詫びた。その元信の後姿を眺めていた家臣たちの頭の中には、清康、広忠そして元信の三代に渡って繰り広げられた、三河衆の苦難の歴史が蘇ってきたのか、嗚咽が漏れ出した。

老臣たちに伴われた元信は、戦死した者の家族たちを見舞い礼を言うと、夫や子供を亡くした母親たちからは啜り泣きが漏れてきた。

鳥居元吉に伴われた元信は岡崎城へ入城しようとするが、本丸、二の丸は今川家臣が詰めているので、向かう先は三の丸だ。

今川兵に遠慮し、暗くなってから三の丸へ入ると、その時初めて、元信は老臣たちが色褪せた小袖に継ぎ当ての袴を履いていることに気づいた。

「領内での今川の取り立ては厳しいと聞いているが、家臣や領民たちはどのように生活しておるのだ」

「年貢米はほとんど今川に吸い取られ、家臣たちは百姓同然に鎌や鍬を手に取り、自ら田を耕し妻子を養っておる仕末でござる。駿河衆に会うと駿河にいる主君に大事があってはならぬと、ひどいなりをした三河衆は今川衆にひどく気をつかって、へいこら恐れかしこまって身を小さくして歩いております。これまでは主君が幼少だったので、誰を大将にして先陣を切ったらよいのかと、思い迷っていましたが、たとえ主君がどこにおられてもご奉公は叶うと信じた家臣らは先陣を切り、親や子やおじ甥やいとこを戦死させながらも、身を粉にして戦さ働きに励んできました。しかしこれからは元信様の姿を見ながら戦うことができ、きっと家臣たちは喜んで先陣を務めてくれることでしょう」

老いで皺寄った元吉の目には涙が溢れていた。

その涙は凛々しく育った元信を目にした嬉しさと、今後今川の先鋒を負わされる元信のために、喜んで死んでゆく三河衆の姿とが混じっているようだった。

「わしが至らぬばかりに家臣たちに随分と苦労をかけたな」

元信の声が湿っている。

「主君のためならどんなことでも厭いませせぬ。それよりもこちらへおいで下され」

元吉は元信をじめじめと湿った暗がりの中にある蔵へ連れてゆき、蔵の錠前を開くと、中には古い箱が堆《うずたか》く積まれていた。

腰をかがめた元吉はその中の重そうな箱を一つ取り出し蓋を開くと、古めかしい箱の中には、縄で繋がれた黒光りする古銭がぎっしりと詰まっていた。

「この銭は殿が駿河へゆかれ、この城を預かっていた八年の間に、それがしが城代の今川のやつらの目を盗んで貯えましたものでござる。殿のお国入りの晴れの舞台にやっと間に合いましたわ」

笑うと元吉の歯が抜けた口元と目尻の皺がますます深く刻まれる。

(領民は駿河にいるわしのために歯を食いしばって厳しい今川の取り立てに耐えてこれを蓄えてくれたのだ。わしは彼らの血と汗の苦労に何としても応えねばならぬ)

元信は決意を新たにした。

いよいよ駿河へ戻る日がきた。

その日は初夏を思わす陽気で、水を張った泥田では田植えが始まっていた。

百姓たちは泥を被らぬように膝まで野良着をたくし上げ、たすきをかけて腕まくり姿で、泥の中に足を浸《つ》けて早苗を植えつけていた。

田植えの長閑《のどか》な様子を眺めていた元信は、ふと一人の男に目をやった。

元信に見られていると知った立派な体格をした男は、慌てて後向きになり泥で顔を汚しているようだった。

男の動作を不思議に思い、元信がその男を見詰めていると、どうも年格好、体つきが近藤とよく似ている。

近藤は岡崎からの使者として、時々駿府にやってきたことのある男だった。

「あれは近藤ではないか。ここへ呼べ」

数正が近寄ってくると、もう逃れられないと観念したのか、近藤は首に巻いた手拭いで顔をふくと、数正に伴われて恐る恐る元信のところへやってきた。

田の畔に立てかけておいた刀を腰に差し、渋帷子の破れたものを身につけ、縄をたすきにかけて、主君の前に現われた近藤の身形《みなり》はひどいものだった。

侍である近藤は百姓と見紛う身形のきたなさを恥じているようだった。

元信はしばらく絶句したまま近藤を見詰めていた。

「わしの所領が乏しいばかりに、お前たちがこのように耕作しなければならぬとは……」

やがて閉じていた口が開くと、「不便をかけて済まぬ」と元信は頭を下げた。

「だが身分が高かろうが低かろうがそれは問題ではない。生きてゆくことこそ肝要なのじゃ。貧乏であることは決して恥ではないぞ」

驚く近藤に言葉を続けている内に、元信の目は潤み始め、付き従っている家臣たちからも啜り泣きの声が広がった。

その年の秋、五十九歳の雪斎和尚が臨済寺でひっそりとこの世を去った。

軍事を相談する雪斎を失い、嫡男氏真の柔弱ぶりに頭を痛める義元は、尾張を統一した信長が父・信秀のように三河へ攻め込んでくることを恐れた。

今川家の団結を強め元信をしっかりと身内にとり込むために、義元は姪に当たる関口の娘を元信に娶《めと》らそうとした。

「この婚儀をどう思う」

十六歳になった元信は、義元から申し出のあった関口義広の娘、瀬名姫との婚儀話を数正に相談する。

「瀬名姫は義元公の姪ではござらぬか。以前より元信様が末頼もしいと思われているからこそ、今川の一族として遇しようとされておるのです。よき御縁かと…」

「世間では気配りができ、美しいとの評判らしいが、わしには今川の家柄を誇り京都かぶれした女としか思えぬ。あまり気が進まぬがのう」

三河一向宗徒を束ねている石川家の数正は、若い頃から文化の香りが芳しい京都に憧れていた。

石川家の一員として初めて教団の本山である石山本願寺へ出かけた数正は、全国から集まってくる山のように堆く積まれた年貢に驚いたが、何度も出かけている内に寺内町の持つ豊かな財力を知るようになると、上方の持つ魅力に心を奪われた。

だから鮮やかな京都文化の匂う駿河が気に入っていたし、駿府に暮らす瀬名姫は元信にはよい伴侶だと思うのだが、元信は公家のように振る舞う今川の家風を嫌っているように、数正の目には映った。

元信は三河衆の妻のような、もっと素朴な女性を娶りたかったが、人質の身でしかも義元の姪とあっては有難く頂戴するよりしかたがなかった。

年号が永禄と変わり、元康と名乗るようになった駿府の彼の屋敷まで、信秀を凌ぐかのような尾張の信長の動静が伝わってきた。

那古屋から清洲へ拠点を移した信長は、尾張平定を目指して翌年には岩倉城の信安を追放し、尾張統一が手に届くところまで近づいたように、元康には思われた。

桶狭間

「大高城へ兵糧を送り込め」

　まるでこれから信長と一戦を始めようとするかのような今川義元の命令が三河衆に伝えられた。

　元康の周りに集まってきた重臣たちは「またわれらが先陣を務めるのか」と呟き、一同の顔が曇ったように映る。

「半蔵を呼べ。やつに尾張の内情を探らせておるのだ」

　岡崎から駿府の元康のところへやってきた酒井正親は重鎮の一人で、爪を噛み始めた元康の様子をちらっと窺いながら入室してきた半蔵を手招きした。

　半蔵の父の保長は伊賀から三河へやってきて、元康の祖父・清康と父・広忠に情報収集を主に仕えてきた伊賀者だったが、元康より一つ年上の半蔵は、早くも「鬼半蔵」と、三河衆の間で知れ渡っている槍の使い手だった。

配下には保長の頃からの者が多くいるので、自然と様々な情報が半蔵のところへ集まってきていたのだ。

「どうも義元公は信長を討つため、尾張へ出陣するつもりのようでござる」

信長の父・信秀が没すると、義元は尾張との国境の城主を味方にひき入れたので、この義元の動きに危機を覚えた信長は、義元の手に渡った鳴海・大高城に備えるため、城を包囲するように砦を築き、対抗しようとしたのだ。

「織田方の砦を落とし、あわよくば尾張を奪って信長の首をとってやろうと義元公は考えられているようです」

「それで義元公はどのような策を弄して尾張を乗っ取ろうとするつもりなのだ」

数正は義元の意図を詳しく知ろうとした。

「それがしの調べたところ、尾張の平野部では、いくら大軍の今川勢といえども地の理を得て信長が動き回り討ち漏らすかも知れぬので、信長をどうしても尾張と三河の国境の山間部へ誘い込みたいようです。信長が山間部へ向かうと同時に、笠寺の葛山殿と鳴海城の岡部殿がやつの退路を断つ手配になっております」

「こうなれば三千がせいぜいの信長も袋の中のねずみだな」

大久保忠世は代々松平家に仕える大久保一族で、忠員の長男だ。周りを気にせずにずけずけと物を言う癖は直らないようだ。

半蔵の報告を聞きながら、清洲城で敵の打つ手をどう躱《かわ》してやろうかと切歯扼腕している信長の姿を思い浮かべていた元康は、「それだけではござらぬ。大高城に入りここを本陣として、義元公は織田氏の津島の南にある河内に勢力を張る服部左京亮に命じて約千艘の船を用意させております」という半蔵の大声で、急に我に返った。

「そんなに船を集めてどうするつもりなのだ」

酒井正親が信頼する酒井一族の若者・酒井忠次は首を捻る。

「海から五条川を遡って、空になった清洲城を奪い取るつもりなのです」

義元の用意周到ぶりに重臣たちは唸った。

「そうなればたとえ信長が山間部まで出陣せずとも、帰るべき城を失ってしまうではないか。これではさすがの信長も巣を失った鳥のようになり、絶体絶命だな。とうてい二重、三重としくまれたこの罠を信長は見破ることはできまい」

忠次は信長が負けることを確信するが、元康は熱田で見せたあの人懐っこい信長の笑顔が、暗澹とした表情に変わるのをどうしても想像できなかった。

永禄二年になると義元は大高城には朝比奈泰朝を、沓掛城には鵜殿長照を、鳴海城には岡部元信を配し、尾張南部にある笠寺には葛山氏元《かつらやまうじもと》を置き、尾張、三河国境にある織田方の砦に圧力をかけ始めた。

　翌年には尾張討ち入りの準備が整ったようで、義元は酒井正親と石川康正の二人の重鎮を岡崎から駿府の今川館に呼び寄せた。

　主賓席には義元と氏真をはじめ、烏帽子大紋に身を包んだ元康の舅・関口や瀬名といった一門衆や朝比奈、三浦らの重臣に混じり、尾張入りの最前線を担わされる松井宗信や井伊直盛といった外様の国衆たちの姿があった。

　元康ら一行が座につくと、馥郁《ふくいく》とした香りが部屋全体を包んでいた。

「元康殿が参られ、これで全員の顔ぶれが揃ったな。今皆に茶を振る舞っていたところだ。そなたにも一服献じよう」

　座敷の奥には炉がきってあり、茶釜からはシューという甲高い音が響いている。

　義元は侍女に茶器を持ってこさせると、黒光りする道具入れから竹で作った茶杓をとり出し、それで抹茶を掬《すく》い取ると茶筅をゆっくりとした手つきで回す。

　茶のまろやかな香りが部屋一杯に漂う。

　庭には満開の桜が一片の雲もなく澄み切った空の青色に映え、眼を遠くの山に移すと、緑で覆われた山の樹木の中に山桜の薄い赤色がところどころ混じっている。

「この桜の競演を眺めているとまさに極楽にいるようじゃ。桜に囲まれたこの景色に、元康殿には何か一句湧いたかのう」

義元の口元からおはぐろが覗く。

「とてもそれがしのような無学の者には、気のきいた和歌などは湧いてきませぬ。下手な歌を詠んだのでは、お屋形のお耳よごしでござる」

義元は若い頃京都で僧として修行していた程の文化人なので、そんな人の前ではとても披露できる腕前ではないと、元康はやんわりと断った。

実際義元にはこのような逸話があった。

「戦場の様子を見に行け」と命ぜられた義元の家臣が戻らずに、そのまま戦場働きをして、腰に首をぶらさげて得意気に戻ってきたことがあった。

命令違反で叱られたその家臣が言い訳がましく何やらぶつぶつ口を動かしているのに義元は気づいた。

「その方は何か今呟いておったな。怒らぬから、わしに聞こえるような声で申してみよ」

その男は「刈萱に身にしむ色はなけれども見て捨て難き露の下折」と藤原家隆が詠んだ歌を恥ずかしそうに口ずさんだ。

それを聞くと、義元は急に今まで歪めていた表情を崩した。

「その方が物見に行った時には、すでに戦いは始まっていたのだな。秋の刈萱は決して心惹かれるような色ではないが、露が光るしなだれた様子を見捨てがたいと思い、お前は戦さに参加してしまったのだな。その方はその時の心境を歌にかけ合わせたのか。かかる急場に臨んで家隆の歌を思い出すとは、武士として誇らしいことじゃ」

怒りを静めた義元は、その武者の行為を許したのだった。

そんな文化人の前なので、元康は下手な和歌など詠めるわけはない。

「太原雪斎様はそなたの武と学問の才とを買っておられたがのう。そなたが断るようでは、誰も詠み出せぬではないか。しかたがないわ。用意してきたわしの和歌を皆に披露しよう」

香でたき込められた和紙には、華麗な文字が美しく並んでいる。その和紙が重臣たちの間を回った。

「入日さす遠山桜ひとむらは
　暮るるともなき花の蔭かな」

（賤機山の山桜を詠まれたのだな）

この和歌を聞くと、賤機山の山麓にある臨済寺の住職を長年務め、学問のおもしろさを開眼させてくれた太原雪斎のことが、急に元康の胸に思い出されてきた。

（今川館からは賤機山の山腹に咲く山桜がよく見えるが、今度の尾張攻めを前にして義元公もまた学問の師匠であり、軍師でもあった太原雪斎のありし日の面影を感慨深く思い浮かべているのだな）

重臣たちの和歌への賞賛が止むと、義元は小姓に命じて大きな絵図面を持ってこさせ、それを重臣たちの前に置いた。

「梅雨に入る前には尾張へ出陣するつもりなので、予めそなたらの陣地を決めておいた。わしは今度こそ、信長を討ち取るつもりじゃ」

皆の視野が一斉に絵図面に集まる。

拡げられた図面には、彼らの布陣の地と一緒に三河・尾張の国境の街道と砦が描かれている。

「瀬名殿、そなたから皆にわかり易く説明してやってくれ」

前もって打ち合わせていたのだろうか、一門衆の瀬名の節くれだった指が絵図面に印が入った砦や山頂へと動く。

「われら一同は鎌倉道と大高道を通って尾張へ先行する。そして池鯉鮒《ちりゅう》城でお屋形の到着を待つ。われらはここでお屋形様を囲んで詳しく打ち合わせをする予定だ。その後、お屋形様は鎌倉道を進み、沓掛城から間道を通って大高道に向かうこととなっている」

瀬名は一同の鋭く喰い入るような目つきを認めると、再びぶ厚い指をさも今川軍が行軍しているように動かし始めた。

「鎌倉道沿いにある鳴海城には岡部殿が入城しており、南の大高城は鵜殿殿が守られているが、松平殿が大高城へ兵糧を運べば、鵜殿殿は沓掛城へ戻り、朝比奈殿と松平殿は協力して大高城をとり巻く鷲津、丸根砦の二砦を落としてもらおう」

（またわれらが一番やっかいな先鋒隊を受け持つのか）

重鎮の正親と康正は訴えるように元康の方へ目をやるが、それに気づかぬ風に元康は絵図面を眺めている。

「そしてお屋形様が鎌倉道と大高道の間にある桶狭間と申す山道を通られ、大高道に入られる。松井殿が桶狭間の前面に聳える高根山を、南の巻山の山頂からは井伊殿に信長の動きを見張ってもらおう。桶狭間へはそれがしが先行して陣を構えておく。大高城の囲《まわ》りの砦を壊しておけば、信長は南に走る大高道を諦めて、北に位置する丹下・善照寺・中島砦を拠点にして、われらに向かってくるに違いない。そこを知多方面の水野の動きを見張っている笠寺の葛山殿と鳴海城の岡部殿が信長の後続を断ち、清洲へ戻れぬよう鎌倉道を固めるのだ」

（これは半蔵が申していたとおり水も漏らさぬ徹底ぶりだ。それに服部左京亮の舟が清洲を襲えば、さすがの信長ももうおしまいだ）

元康を始め忠次や数正は信長の討死を確信した。そして義元から命じられた大高城への兵糧の運び込みをどのようにして行おうかと頭を絞った。

五月に入ると、駿府城下は軍馬や鎧冑を身につけた兵や足軽が行き交い、武器や米を積んだ荷車が道を走り抜け、街は砂埃で曇った。

駿府を発った元康は先祖代々そうしてきたように、大樹寺に兵を集めて出陣式を行おうと考えていた。

途中岡崎に立ち寄ると知ると、兵たちは彼らを待ち侘びる家族のことを思い、行軍はつい早足となる。

舟橋を渡り大井川を越え、浅瀬から天竜川を渡河すると、左手に海のような浜名湖が広がってくる。

義元が整備した豊川稲荷の大伽藍が一行の目に飛び込んでくると、故郷が近づいてきているという実感が皆の心中に湧いてきた。

菅生川《すごう》が見えてくると、一行の足はますます早まる。

川沿いのこの道は何度も往復した道だった。

川の流れも土埃が舞うこの道も昔のままだ。

目の前には岡崎城が日の光を受けてまぶしいばかりに輝いている。夢にまで見た光景を目にすると、一行は足を止め、城を見つめたまま黙り込んでしまった。

彼ら一行を見つけた城下の町人や百姓たちの見知っている顔が近づいてくるが、城を預かっている今川侍に遠慮してか、彼らは凛々しい元康の姿に目に涙を浮かべただけだった。

一行はすぐには城へ寄らず、北に見える大樹寺へ向かった。寺院の荘厳な三門から岡崎城が一望できた。

寺院の境内にはこれまで三の丸で岡崎城の留守を守り、元康の到着を待ち侘びる鳥居忠吉や大久保一族を纏めている忠俊の顔があった。

青年となった元康の姿を見ると、腰の曲がった彼らは涙を流して「お互い今まで生きていた甲斐があったのう」とめっきり皺寄った目尻を下げ、白くなった髪を乱して喜びあった。

広い境内では、あちこちで別れを惜しんでいる家族たちの姿で溢れた。

冴えぬ色褪せた武具に身を包んだ八百人程の岡崎衆は、恒例となっている伊賀八幡宮での戦勝祈願を行うと、そのまま尾張を目指す。

数日後、松平衆が池鯉鮒についたが、義元の到着はまだ二、三日先のようだった。

本陣としている寺院に元康がつくと、真剣な顔つきをした忠次が本堂に姿を現わし、一通の手紙をさし出した。

それは母の実家の水野信元が「妹の於大と会え」という肉親からの勧めだった。

「殿どうなされますか。信元殿は殿の母の兄とは申せ、今は織田方ですぞ。もしこれが信元殿の罠なら、殿の命は無くなりましょう。そして万が一このことが義元公にわかれば、われらが織田方と通じたのかと疑われますぞ。いずれにしてもこれは危険な申し出ですぞ」

「そうじゃのう」

元康の返事は煮え切らない。

元康のまぶたには、いまだに三歳で、輿にのって刈谷へ戻る母親の姿が焼きついていた。

岡崎を立ち去る母は何度も輿を止めさせると、御簾《みす》を上げ悲しそうな目をして、侍女の腕の中で必死にもがき、泣き叫ぶわが子を振り返った。

その哀愁の込もった母の目を元康は決して忘れることができなかった。

それが元康が母を見た最後の姿となったのだ。

織田領の熱田で人質生活を送っていた頃、六歳になってもよく風邪で寝込むわが子を心配した母が、阿久比から小者をつかわせて着換えや元康の好物を届けてくれたことを覚えている。

その夢にまで見た母親に会える機会がやってきているのだ。

（この時を失えば、もう二度と母とは会えぬかも知れぬ。だがわしには今川方の武将としての立場があり、そんな身勝手は許されぬ。わしの行動に三河衆の命が懸かっているのだ）

長い人質生活は元康に自分の欲を殺すすべを教えてはいたが、どうしても母にもう一度会いたかった。

思い余って池鯉鮒まで戻った元康は、「生死がどうなるかわからぬ今日、生きている内にすぐにも母に会って喜ばしてやりとう存じます」と、母への思いを義元に打ち明けた。

すると、意外にあっさりと、義元は母との面会を許可してくれたのだ。

（お屋形にしては珍しいことだ。この機会にわしに恩を売っておいて水野氏を味方につけよ、という暗示なのか）

一瞬おはぐろを覗かせた義元の微笑を疑ったが、元康の心はもう母の元へと飛んでいた。

水野家に戻った於大は、阿久比に住む久松俊勝と再婚していた。

阿久比までは七里の距離だ。兵の大半を残して元康は阿久比城へ向かう。知多半島のつけ根にある阿久比城は、城とは名ばかりで砦といってもよいぐらいの小さな規模だった。

その長閑な田園風景は駿府で暮らした元康の目から見れば鄙びているように映る。

信元からの知らせが伝わっているのか城門は開いており、すぐに到着した元康は本丸へ導かれた。

豊満な体つきをした三十過ぎの女は、悍しくなった元康の姿に驚いたように立ちすくみ、その両眼から溢れ出る涙がふっくらとした頰を伝わった。

女はそれを拭おうともせず、まるで瞬きを忘れたように成長したわが子を見詰めた。

「ああ竹千代か。なんと立派になられたことよ…」

「母上ですか…」

元康は声を詰まらせた。

目元と色白なところは夫広忠の面影を留めていたが、華奢な広忠と比べ骨格は太く顎が張って、意志の強そうなところは長い人質生活からきたもののようだった。

「あなたに会わせたい人がいるのじゃ」

そわそわとした足取りで於大が襖を開くと、まだ十歳にならないような体つきと顔がそっくりな程似た二人の男の子が、恥かしそうに母の小袖を握りながら現われた。

「双子で兄の方は三郎太郎、弟を源三郎と申し、二人ともお前の弟たちじゃ」

二人は前もって知らされていたのか、母の背後から顔を出して珍しそうに兄をじろじろと眺めた。

今まで母とも一度も会ったことがなく、その母からこれが自分の弟だと言われても、元康の頭は混乱するばかりだ。

(これが兄弟というものか。そう申せば、目元がわしによく似ておるわ)

食い入るような面差しで幼い二人を見詰めていると、何やら温かいぬくもりのようなものが元康の心に満ちてきて、やがてそれが胸一杯に膨らんできた。

しばらくすると酒肴が運ばれてきた。

「この戦いでは信長殿も棄て身で向かってこよう。味方は大軍とて、用心を怠りますな。大高城への兵糧搬入は大仕事であろうが、くれぐれも体を労って下され。武運長久を祈っておりますぞ」

じっと元康を見詰める於大は、息子と兄を敵、味方に切り離す戦さを憎むが、そんな愚痴を言ってもしかたがない。

母が用意してくれた酒を一気に飲み干し、念願の母と出会えた元康は、嬉しさで心が弾み、もういつ死んでも悔いはなかった。

「戦さが済み無事でおれば、いずれ折りを見てまた参りましょう。それまで母上も堅固でお過ごし下され。今度くる時には、お前たちにも何か土産を持ってきてやろう」

帰り支度を始めた兄にもっと居て欲しそうな顔で二人が頷くのを認めると、元康は後髪を引かれるような気がしてきた。

城門を出ると釣舟で溢れた海を背景に、空には太陽がまぶしく輝き、暑いぐらいの陽気だった。

「母や弟たちと出会えたし、わしもこれで思い残すことはないわ」と、元康は満足そうに呟いた。

幼くして父を失い、今やっと生き別れた母に初めて出会えた元康の心境を思うと、忠次と数正はただ黙って頷くしかなかった。

池鯉鮒から沓掛を経て桶狭間への間道を通って大高道に抜ける途中、桶狭間を通りかかった松平隊は、ちょうど先発隊の瀬名氏俊が武運長久を祈願するために桶狭神明社に酒桶を奉献しようとし、鷲津砦攻めのため朝比奈泰朝が率いる二千の兵も神明社に集結しているところに出くわした。

「これはよいところに参られた。元康殿も大高城への兵糧搬入の無事を祈願なされよ」

氏俊は村人たちの献上品を前にして、どんぐり目を光らせて大満足だ。

氏俊の勧めに元康をはじめ忠次・数正・大久保忠世らが次々と神前で神妙に手を合わせる。

この度が初陣となる本多忠勝は、叔父・忠真にならって大槍を足軽に預けると、大声をあげて「初首級を取れるように」と真剣に祈る。

ここから大高道は登りとなり、坂の向こうの丘に大高城の姿がぼんやりと夕陽に映えている。その北の丘には、うっすらと丸太で築かれた丸根の砦が臨まれた。

「小勢といっても、砦に籠もる織田勢は必死でわれらに向かってこよう。明るい内に行動するのは危険じゃ。更けるのを待って、兵糧を運び込もう」

何事にも手抜かりのない忠次は砦の様子を探ろうと物見を放った。

万一に備えて小荷駄隊を中心に、左右を重臣たちが固めながら物見の報告を待つ。

「敵は街道筋を見張っており、このまま進めば砦のやつらに小荷駄が襲われ、味方は難儀しそうでござる」

　鳥居元忠は岡崎城を預かる元吉の息子で、今日が初陣だ。

「そうか…」

　元忠の顔を立てながら、忠次はもう一人の物見が戻るまでそこに待機するよう命じた。

「大高城への兵糧入れは容易でござろう」

　敵状視察から戻ってきた杉浦勝吉は数度の戦さにも武功をあげた男だけに、見る目は確かだ。

「どうしてそう思うのか」

　戦さの経験の浅い元康が杉浦に問う。

「元忠の申すようにやつらは街道筋を見張っておりますが、陣営を山の上に築き、戦さを待っている様子ではござらぬ。幸い道も広く前後左右から小荷駄をとり囲んで進めば、大高城への兵糧の搬入もさ程困難ではありますまい」

「勝吉の申すとおりじゃ。だが用心するに越したことはない。暮れるのを待って堂々と城へ向かいましょうぞ」

　一応元忠の顔を立てた忠次の発言で、軍議は決した。

夜が更けて城内に篝火がたかれる頃になると、敵は松平隊の通過に気づいてはいないのか、山に籠もったままだ。

松平隊は闇の中を街道を大きく南へ迂回して進み、城の東を流れる大高川を渡り、南の城門から無事に兵糧を運び入れることができた。

大高城では小荷駄から降ろされ山と積まれた米俵を見ると、援軍の到着を待っていた鵜殿長照《うどのながてる》は、眠たそうに目をこすりながら頬を緩めた。

「敵に襲われれば、城から討って出て戦うつもりでいたので、兵糧が無事について城兵たちもほっとしたであろう。元康殿には明朝丸根砦を落とすという役目が残っている。戦さまでにはまだ間があるので、本丸にてしばらく仮眠して下され。われらは元康殿と交替して、これから沓掛城の守りにつかねばならぬ。見送りは無用じゃ」と言い放つと、長照は兵を纏めて闇の中へ消えていった。

「長照殿の父、長時殿は義元公の妹婿に当たるので、危険な役目はわしらに任せ、最前線から早く逃れたいという態度があからさまじゃ」と正親が不平をこぼす。

「わが殿より少し年長の長照殿は一門衆というだけで義元公から贔屓されているわ」

忠次も不満気だ。

「殿、朝がくれば忙しくなりますぞ。長照殿のお言葉に甘えて、今の間に一眠りしておきましょう」

正親が言うのを待たず、がらんとした本丸に入った忠次や数正らは体を横たえると、すぐに高鼾をかき始めた。

空が白んでくると、目を醒ました兵たちは腰から固くなった干飯を取り出した。その上に味噌をぬって頰張るが、早く食べようと喉につまらせた者は竹筒を口に当てると慌てて水を飲み込む。

丸根砦は三十メートル程の小高い丘の上にあり、織田家臣の中でも武勇の誉れ高い佐久間盛重が約七百の兵を指揮している。

松平勢と兵力が均衡しており、その上敵には丘の上から攻撃できるという強みがあった。

丘へ攻め登る岡崎衆の姿は砦から丸見えで、次々と敵の鉄砲の餌食となる。

「怯むな。意地でも朝比奈隊より先に丸根砦を落とすのだ」

元康に代わって采配を持つ正親は声を嗄らして叫ぶ。

「早くも鷲尾砦から火の手があがったぞ。われらも遅れをとるな」

忠次・数正らも兵を励ます。

見ると、八百メートル程東の丘に聳える鷲尾砦からは数条の煙が昇っている。

「矢じゃ。火矢を使って砦を燃やせ。そうすれば盛重もたまらず砦から討って出てこよう。火矢を放て！」

丸根砦を落とし盛重を討ち取り、ぜひとも岡崎衆の力を義元に認めさせようと正親は焦る。

砦が火に包まれると、砦から姿を現わした敵兵がどっと駆け降りてきて、待ち構える岡崎衆に死に物狂いで槍を振り回す。数の上では互角だが、鷲尾砦が落ちたことで気落ちしたのか、敵は勢いを失っている。

「佐久間盛重を討ち取ったぞ」

という大音声が戦場に響くと、敵方には大きな衝撃が走ったようだった。

纏りを欠き及び腰になってきた敵兵を、岡崎衆が北へ追う展開となった。

敵兵の姿が見えなくなった頃を見計らって、正親が攻撃中止の陣太鼓を打たせると、まだ煙がくすぶる砦のところへ味方の兵たちが集まってきた。

傷ついた者や倒れている味方の手当てが済むと、討ち取った敵の首実検が始まる。

「夕方までには義元公がこの城に入られましょう。それまでに迎え入れる準備をしておかねばなりませぬ」

首実検で自らの郎党の働きを褒めた忠次や数正らは、意気揚々と大高城に戻り始めた。

城内へ戻った安心感と朝からの戦闘づめの疲労から眠気が襲ってきて、兵たちは横たわり、そのまま死んだように眠り込んでしまったので、午後にやってきた激しい風雨にも気づかなかった。

「遅いのう。夕方になってもまだ義元公の到着がないとは、何かあったのではないか」

目を醒ました忠次や数正らが騒ぎ始めたのは、血相を変えた服部半蔵が本丸へ駆け込んできた頃であった。

すでにもう陽は西に傾きかけていた。

「義元公が信長に討たれましたぞ」

「何！」

本丸に集まった重臣たちの眠けは一遍に吹き飛び、驚きで大きく見開かれた彼らの目は半蔵に集まった。

「昼頃でござった。信長は桶狭間に布陣する義元公の本陣に奇襲をかけ、義元公の首を取りましてござる」

「あんなに厳重な包囲網を掻い潜って、どこから信長はやってきたのじゃ」

元康をはじめ重臣たちはすぐには「義元討死」の知らせを信じられなかった。

「それがしは配下と共に信長の動きを探っておりましたところ、熱田神宮で戦勝祈願をした信長は鳴海城を見張る丹下砦から南の善照寺砦まで駒を進め、そこで遅れてくる兵を待っているようでした」

これまで駆けどおしだった半蔵は一息入れるために、差し出された水を一気に喉へ流し込むと、少し落ち着いたのか、再び話を続けた。

「さらに南の中島砦にいた三百人程の織田勢が、信長が善照寺へ来たことで勢いづき、抜け駆けして今川勢に攻めかかり、高根山にいた松井殿は急いで山を駆け降り彼らを討ち取りました」

「それで信長はどうしたのだ」

正親は半蔵を急かす。

「信長は彼らが討死したことを知ると、縄手道と呼ばれる一騎ずつしか進めぬような手越川に沿った細い道を通って中島砦へ向おうとしました」

「あの細い、ぬかるんだ道をか…」

先行してあらかじめ道を調べていた大久保忠世は、驚きの大声をあげた。

「家来が止めようと信長の馬のくつわを取りおさえましたが、『今川のやつらは夜通し大高へ兵糧を運び、鷲津・丸根砦に手を焼いて疲れ切っている。小勢と申してもわれらは新手だ。勝敗の運は天にあるぞ。大敵とて恐れることはないぞ。武具の分捕りはせず、敵を打ち倒しても首をとるな。戦いに勝ちさえすれば、家名もあがり末代まで名が高められよう』と叫ぶと、縄手道を進んだのでござる」

「高根山からやつらの姿は見えなかったのか」

正親は織田軍の姿が急に消えたのを不思議がる。

「その時激しい風と篠つくような凄まじい雨がやってきて、高根山にいる兵たちは雨がまともに顔面に当たり強風に立っておれなくなり、木の下へ避難したのでござる。その風雨が幸運にも信長らの姿を隠してくれました。それで接近していることに気づかれることなく信長は鎌研というところまで進み、そこで東へ方向を変え、釜ヶ谷という窪地に兵を隠したのです。武路《ぶじ》山という山を背にし、義元が風雨を避けるために本陣を移し、雨宿りをしていると知った時、今まで激しかった風雨は嘘のように上がっておりました。態勢を整え、山陰から現われた信長は、『かかれ』と大音声をあげると一気呵成に攻め下ったのです」

「周りに旗本たちはいなかったのか」

正親は、瀬名が義元公の囲りに張り付いていることを知っていた。

「仲間が喧嘩して騒いでいるぐらいに思っていたところ、風が止むと突然織田軍が姿を現わしたので、味方はうろたえ義元公の塗輿を捨てて逃げるようなありさまでした」

元康はじめ家臣たちは信じられないという顔つきで、呆然と半蔵の口元を眺めている。

「昼頃、義元公が中島砦から抜けがけをして討ち取った者たちの首実検をしていた頃、鷲津・丸根砦が落ちたという報告が義元公の本陣に届きました」

元康は戦勝祝いに湧く本陣にあって、得意然と頬を緩める義元の姿を想った。

「そのまま大高城へ入られておれば討死されることもなかったのですが、その報告に喜んだ義元公はしばらく桶狭間に留まり、鷲津・丸根から送られてくる者の首実検を行おうと待っていたのです。この心の間隙を信長に突かれたのでござる」

「まさに運と不運とは紙一重の差だな」

お互いに顔を見合わすと、家臣たちは圧倒的優位であった味方が敗れ、今自分たちが窮地に立たされていることに初めて気づいた。

「もし信長が勝った勢いでこの城まで攻め寄せることがあれば、やっと一戦せずばなりませぬな」

正親はまだ呆然としている元康に同意を促した。

「その折は義元公の弔い合戦をして城を枕に討死するまでだ」

元康の声は凛と部屋に響いた。

「殿のその心底を聞いて安心しました。さすがに祖父清康様の孫であることよ。三河武士の強さを信長めに思い知らせてやりましょうぞ」

潔く城を枕に討死しようとする主君の気持ちを知って、正親並びにそこに集まった一同たちは、戦いに慣れぬ若い主君が毅然とそれを言い放ったことに感動を覚えた。

「もし万が一義元公が生きておられ、われらが慌てて大高城を棄てて逃げたりすれば、世間の物笑いとなろう。城を出るとしてももう少し様子を見てから判断しても遅くはあるまい。信長に備えて城の守りは厳重にしておけ。急いで戻ってきた半蔵には済まぬが、信長の動きと今川方の城にどのような変化が生じたかを今すぐ探ってきてくれ」

落ち着きを取り戻し始めた一同を、正親は見渡した。

「今後の松平家の命運にかかわることだけに、命に代えてもしっかりと見届けて参りましょう」

「頼むぞ」

夜更けになると、水野信元の家臣・浅井道忠という者が大高城にやってきて「義元公は昼過ぎ桶狭間にて討死し、今川勢が総崩れとなった」と告げた。

「『織田勢が道路を塞いでしまう前に早く三河へ戻られよ』との信元様のお言葉です」

浅井は義元の死をいまだに信じかねぬ元康に、一通の書状を手渡した。

「多分お前は織田方にいる伯父・信元様の申すことを信じられないと思うだろうが、信元様は甥であるお前のことを心配して、浅井道忠をつかわされたのじゃ。この者の告げることを母の言葉として信じて下され」と、その書状には阿久比にいる母がわが子の無事を願う、切々たる思いが綴られていた。

一旦浅井を別室に引き離して、元康は半蔵が探ってくる報告を待った。

一刻程して戻ってきた半蔵は、「鳴海城以外の今川の城兵たちは、城を棄てて駿府へ逃げ出しております」と告げた。

「やはり義元公の死は本当であったか。そうとわかれば、これからすぐに城を出て岡崎へ戻ろう。城内には旗を林立して煌々と篝火をたき、われらがまだ城に籠もっているように見せかけるのだ。軍の先頭は浅井に申しつけよう。忠次と数正は浅井から目を離すな。三河・尾張の国境である境川を越えるまではまだ敵地だぞ。油断するな」

元康の命令で数正は浅井を呼んでくると、道案内を申しつけた。

「松明を馬上にあげて、それがしが先頭を進みましょう。一町行くごとに松明を振りますので、そこまでは道があると思って、皆はそれがしの後に続いて下され」

浅井は大役に張り切っている。

浅井の松明が闇に揺れ、まるで蛍が飛んでいるようだ。岡崎衆はその光りを目当てに松明もつけずに黙々と進むと、馬と人の足音だけが暗闇に鋭く響く。

池鯉鮒を過ぎれば、もう境川はすぐだ。

急に先頭をゆく松明の動きが止まった。

目を細めて前方を窺うと、多くの松明を手に、武装した男たちが渡し場に群がっている。

どうも武器を手にした落人狩りが相当集まっているようだ。

一瞬動揺が広がり、岡崎衆たちは刀の柄《つか》に手をかけ、持っている槍を握り直した。

「夜中この道を通るとは何事か。わしは水野領に住む上田半六と申す者だ。誰も通す訳にはゆかぬ」

落人狩りの大将らしい男が大声で喚いているが、浅井の持つ松明は上田の方へ近づいていく。

岡崎衆はどうなることかと、かたずを飲んで彼らのやりとりを聞いている。

「上田ではないか。わしは浅井道忠じゃ。こんなところで落人の網を張っているのか。この者たちは信元様の命令で逃げてゆく三河勢を追撃している信元様の兵たちだ。先を急ぐので道を開けろ」

どうも二人は知り合いらしい。浅井の大声に、一揆勢たちが一斉に道を左右に開けると、足早に岡崎衆が境川の浅瀬を渡ってゆく。

渡河を終えた数正は兵たちの真ん中にいる元康のところへ馬を寄せ、「浅井を先導させておいて、命拾いしましたな」と小声で囁いた。

前方にぼんやりと篝火に照らし出された岡崎城が見えてきたが、まだ城内に今川勢がいるかも知れず大樹寺に向かった。

元康から知らせを受けた鳥居元吉や大久保忠俊ら老臣たちが慌てて大樹寺にやってきた。

「義元公の死を知った岡崎城内は大騒ぎで、城代の三浦・上野・飯尾らは信長の追撃を恐れて城から逃げ出しましたぞ」

老臣らは元康に空き城となった岡崎城へ入ることを勧めた。

「半蔵、疲れているところを悪いが、岡崎城内に誰もいないか、もう一っ走りして探ってきて欲しい」

正親が急がせると、半蔵は疲れも知らぬ若者のように元気よく闇に消えた。

「半蔵が戻ってくるまで、ここで一服しておきましょう」

元康に同意を求めた正親が周りを見回わすと、本堂には早くも高鼾《いびき》の音が響き渡っていた。

境内にある先祖代々の墓の前でしばらく手を合わせていたが、半蔵から城が空っぽだと知らされた元康は、ようやく腰を上げ「捨て城なら拾おう」と岡崎城へ向かった。

清洲同盟

「一日も早く兵を西へ進められるならば、それがしも兵を率いて織田領に攻め入り、義元公の旧恩に報いたい」と岡崎城に戻った元康は氏真に弔い合戦を迫るが、氏真からは何の返答もなかった。

「どうも氏真殿は信長と戦う気がないようですな。こんな調子ではせっかく義元公が手塩にかけた三河・遠江にいる国衆の心が離れていきましょうに…」

義元公の偉大さを知るだけに、数正は公家のように蹴鞠に現《うつつ》を抜かしている氏真を哀れと想う。

（こんな意気地のないことでは、せっかくの今川家の屋台骨も傾くかも知れぬ）

「氏真殿はもともと覇気のない人であったからのう」

いつも氏真から「田舎者よのう」とあざけられた元康が、今は氏真の真価を問う立場にいる。

（人心が今川から離れぬためには、氏真殿は今、打倒信長の兵をあげるべきなのだが……）

噂によると氏真は、駿府から一歩も外へ出ようとはせず、三浦右衛門などという奸臣を取りたて、出陣を勧める譜代の老臣を疎遠にして酒宴乱舞にふけっているらしい。

そのくせ「駿府に戻ってこい」という氏真の命令が狂ったように繰り返し岡崎城へ届くが、「今、岡崎を空にすれば織田に岡崎を奪われてしまうので、この地に踏んばっております」と元康は言い逃れ、悲願の三河を取り戻すため西三河領に居座る水野氏を追おうとした。

永禄四年になると、尾張から目つきが鋭く日に焼けて浅黒い顔をした男が、城に近いところに居を構える数正を訪問した。

「それがしは滝川一益と申す者で、この度信長殿の使いで参った。信長殿は元康殿の戦いぶりをお褒めになり、『ぜひ昔の竹千代と久々出会って話をしたい』と申されております」

一介の浪人から織田家に仕官したせいか、腰が低い男だ。

(信長殿も信元殿の甥であるわが殿を、ぜひ織田方に引き入れたい腹らしい)

「尾張で会ったことのある竹千代殿を信長様はひどく懐かしがられ、ついては数正殿を清洲に招き、迎え入れの段取りをしたい」と一益はいかにも昔からの旧友であるかのように数正を誘った。

すると数正の脳裏に、熱田で何度も会ったことのある奇抜な格好をした信長の姿が浮かんできた。

「重臣どもと話し合った上で、ご返答させて下され」

(どのように信長殿は変わられたかのう。これからわが殿と、どう向き合おうと思われているのか)

「よい返事をお待ちしておりますぞ」と言い残し一益が立ち去ると、「清洲行き」について重臣たちと相談するために、数正は岡崎城へ向かった。

上座にいる元康の左右に長老の正親と数正の父・康正が座ると、議論が始まった。

「当家は織田と今川との強敵に挟まれており、自立することはむずかしい。頼りにしていた今川は氏真のよくない噂ばかりが聴こえてきて、父の仇を討つ意志がないようだ。それに比べ、信長は義元公を討ちその名も全国に広がっている。その信長がこちらへ言い寄ってきたからには、これを逃す手はござりませぬ。和議を結ぶために、速やかに清洲へ参ろうではありませぬか」

家臣たちの多くは、正親に代わり酒井家を代表する忠次の意見に傾く。

だが数正は、元康の顔が一瞬曇ったのを見逃さなかった。

(殿は駿府に残された妻と子供のことを心配されているのだ。われらが織田と同盟したことが知れれば、あの気の小さい氏真のことだ、必ず殿の家族を殺すだろう)

「殿を人質にとって、自らは後方にいて、われらをこき使ってきた今川のやつらの仕打ちを考えると腸《はらわた》が煮えたぎるわ」と大いに憤慨する大久保忠世のだみ声が響く。

「大半の意見は信長につくべし」のようだった。皆の意見が出そろったところで、

「わしは信長殿に会おうと思う」と元康が決意を明らかにした。

その結果、数正がまず清洲へゆくことが決まり、段取りが順調に進んだので、元康一行は清洲へと向かう。

清洲へ入ると、道は塵一つもない程掃き清められ、川に架かる橋はすべて新しく架け直されている。広く清潔な城下には、これまで見たこともない鮮やかな色彩が溢れていた。

元康の馬の手綱を引き、殿の長刀を捧げ持つのは十四歳になったばかりの本多忠勝の役目だ。

城下の美しさに見とれながらも忠勝は、元康一行の行列を見ようと騒ぎながら城門に集まってくる者たちを睨みつけ、「無礼者は叩き斬るぞ」と大声で喚くと、鬼のような忠勝に恐れをなした群集は静まり返った。

二の丸まで一行を出迎えた信長が先に立って元康を本丸へ招こうとすると、元康の刀を持った忠勝の叔父・植村家政は当然のように主君に続こうとする。

「これ、入室するのは元康殿一人だけじゃ。お前は控えておれ」と信長の家臣が手を広げて制止する。

「それがしは主人の刀を持って参っているのだ。何故一緒に入ってはいけぬのだ」と家政は凄む。

「やつを通してやれ。家政は三河でも指おりの勇士じゃ。お前はまるで唐国で有名な鴻門《こうもん》の会の樊噲《はんかい》のような勇者だのう。元康殿はよい家臣を持たれて羨ましい限りじゃ」

と家政を褒め称えた信長は、主人に犬のように忠実な三河侍に思わず頰を緩めた。

信元を交え誓書に血判を押し、その焼けた誓紙の灰を三つの盃の中に移して酒を注ぐと、三人は一気に酒を飲み干した。

「これで元康殿もわれらの仲間となった。お主の主だった者をこの席に呼び入れ、わしの重臣たちと顔合わせをさせよう」

普段はめったに笑顔も見せない信長が、部屋に入ってくる者たちを微笑で迎える。

「お前たちの顔は今でも忘れずにおるぞ。元康殿が尾張にいた頃、一緒にいた者たちだったな」と平岩親吉や天野康景を見つけた信長は上機嫌だ。

数正は信長との会見が無事済んだことに安堵した。

（やはり清洲へやってきてよかった。だが、織田との同盟を氏真殿が知れば、駿府にいる瀬名姫や殿の子供たちはどんな目にあわされるのか…）

同盟成立に重臣たちが喜ぶ姿を見ると、複雑な思いが数正の頭の中を交錯した。

「西郡城（上ノ郷城）を守っている鵜殿長照殿は、義元公の妹の子に当たるらしいですな」と近寄ってきた滝川一益が小声で呟いた。

驚いた数正が一益の方に向き直ると、一益は黙って頷いている。

（そうか。長照を人質にして瀬名姫と殿の子らとを交換する手があったな）

一益の情報網の広さに数正は舌を巻いた。

（一益殿は一代で信長に仕えた男で、織田家中にあっても群を抜いての出頭人とき く。柴田や佐久間といった代々の重臣たちを押しのけて出世するには、他国の情報を探るなど弛《たゆ》まぬ努力と人知れぬ苦労をしているのだ）

数正はその時、苦労人の一益の側面を垣間見たように思った。

織田の重臣たちを引き合わせた信長は、了承を求めるように目を信元の方へ向けた。

「元康殿はそなたの母が阿久比の久松俊勝に嫁いでいることは知っておろうな」

「はい」

「そこでさっき信元とも話し合ったのだが、久松をお前に譲ろう」

信長の真意がわからず一瞬黙り込んでしまった元康に、「尾張にいた頃からお前はいつも母親を恋しがっておったであろう。お前がわれらの味方となった今、母親を岡崎へ連れて行けと申しておるのだ」と信長はいたずらっぽい目を元康に向けた。

その目は熱田の加藤屋敷で見せたあの目と同じだった。

（やっと母を岡崎へ呼び寄せることができる）

信長を見詰める元康の目は涙で潤んできた。

西からの脅威が去ると、元康は今川に侵されている三河領を取り戻そうと、今川氏の東三河の支城である吉良氏の東条城を攻めた。

それでも後詰にこない氏真に不満が集まり、三河の国衆の間では元康側につく者が増え始めてきた。

数正は今川の橋頭堡となっている西郡城内の調査を半蔵に命じた。桶狭間以来その活躍を認められた半蔵は、「鵜殿家は北の上ノ郷と南の下ノ郷の二家に分立しており、長照がいる上ノ郷は今川方ですが、下ノ郷は松平に靡いております」と数日も経たない間に戻ってきて、数正の前に上ノ郷城の絵図面を拡げた。

「このように城の東には兼京川が流れ、西南には熊ヶ池が広がっており、攻め込むのは北方だけに限られます。無理攻めでは多くの寄せ手の犠牲が出ますので、火攻めをすればどうでしょう」

「火攻めか。よい考えじゃ。さっそく殿に申し上げよう」

「人質を氏真に殺された竹谷松平家の清善と久松俊勝を先陣としよう」と数正の策に乗り気になった元康は、火攻めを許した。

数正は清善と俊勝を軍監として北から攻めさせるが、城方の守りは堅くなかなか落とせない。

（やはり火攻めしかないわ）

数正は城内へ合図の狼火をあげさせた。

予め半蔵は配下を城内に入れていたが、風が激しい夜を選んで放たれた火は瞬く間に燃え広がり、本丸と二の丸を分断してしまった。慌てる城兵を尻目に、包囲軍が城門を打ち破って突入すると、本丸にいた長照は逃げきれぬと悟って自害したが、二の丸で逃亡できずにいた二人の息子を首尾よく捕えることができた。

「でかしたぞ。これで氏真と交渉できるわ」

数正は、半蔵の手柄に大満足し、翌日駿府へ向かった。

関口氏広の屋敷は駿府の館に近いところにあり、枯山水の庭園を持つ広い敷地の隅にある寝殿造風の離れに瀬名姫と二人の子供が暮らしていた。

その周囲には篝火が焚かれ、氏真の兵たちが彼らの逃亡を見張っている。

氏広は思いがけず裏門から入ってきた数正を見て驚いたが、人目につかないように素早く数正を館内に引き入れると、「やはり数正がやってきたのか」と呟いた。

数正を見詰める氏広の顔は、心労からか疲れ果てた老人のように映った。

そんな氏広を気の毒に思ったが、数正は背負っている使命の重さを考えると心を鬼にした。

「実は折り入って相談があるのですが……」

「世話になった今川を見棄てて織田へ走った元康が今更何の相談じゃ。盗人たけだけしいわ」

憤怒を滾《たぎ》らせ朱色に染めた氏広の顔にはいつもの温厚さは消え、氏真を裏切って一向に駿河にやってこない元康の態度を詰《なじ》り、数正に当たり散らした。

「お腹立ちはもっともでしょうが、大高城から岡崎へ戻られた殿は今川のために織田と争っておられましたが、いつまでたっても氏真様は父の弔い合戦をされませぬ。後方支援がないようではとても織田との戦さは続けられませぬ」

優柔不断な氏真の態度を持ち出されると、氏広は言葉に詰まった。

「実は当方では鵜殿長照様の二人のご子息を預っております。瀬名姫と子供のことを非常に心配なされた殿は、そのご子息との人質交換を申し出ようとされています」

子煩悩な氏広はそれを聞くと厳しかった目の色を少し緩めた。

「元康は本当に瀬名が可愛いと思っておるのか。義理だけで申しておるのではあるまいな」

「殿が瀬名姫のことを申されぬ日はござらぬ」

「本当だな」

「嘘は申しませぬ」

氏広はそれを聞くと「よし、それではわしから氏真殿に申し上げてみよう。瀬名と孫と氏真様の従兄弟との交換となれば、氏真様も応じられるかも知れぬ」と目は希望の輝きを帯び始めた。

「もし失敗すれば…」

「わしはもうとうに命を棄ててかかっている。その時はお主も諦めよ」

「もとよりその覚悟で出向いております」

人質交換は両者の国境に近い吉田城下で行われることが決まった。

氏広は駿河に留まり、瀬名姫と二人の幼な子を乗せた二台の輿と数正とが数百名の今川兵に取り囲まれて駿府を発つ。

岡崎からやってきた長殿の二人の息子を乗せた輿が吉田城につくと、輿の警護は入れ替わって、ここからは瀬名姫とその子供を乗せた二台の輿を岡崎衆が取り巻いて守る。

吉田から岡崎までは八里程の距離だ。

豊川稲荷を過ぎると、輿の簾が上がり、亀姫を抱いた瀬名姫が顔を覗かせる。

「姫様、三河湾が見えますぞ。気晴らしに一度外へ出られませ」

梅が咲き始めたとはいえ海風はまだ冷たい。

輿から降りた瀬名姫は海の景色に目をやったが、目は憂いを含んでいた。

「長旅が堪えましたかな」

数正は瀬名姫の方に近づくと労りの言葉をかけた。

「いえ、大丈夫です」

その声は岡崎入りを心から喜んでいないように響く。

「今川の縁者のわらわは岡崎衆には憎き敵と映りましょう。風当たりも相当強いでしょうが、どんなことでも甘んじて受け入れる覚悟はできています。ただわが息子の竹千代のことだけが心配です。駿河で随分と世話になった数正だけが頼りです。何分竹千代のことは頼みますぞ」

「元康様がおられるではありませぬか」

「元康殿は義元公に勧められて義理でわらわの夫となっただけで、頭の中はいつも岡崎のことで一杯です。殿の心の中は冷え切っており、わらわを引き取るのは世間体があるからなのです」

「……」

（殿も罪なお方じゃ。こんな美しい奥方を持たれて、何が不足なのだ。義元公も亡く

なった今、誰に遠慮をしなければならぬのか）

「愚痴を申せるのは数正だけです。許して下され」

「岡崎まではもう少しです。若君も長旅で退屈されておいででしょう。馬で駆けていれば寒くはありますまい。それがしの鞍の前にお乗せしましょう」

三歳になった竹千代が喜んで数正の馬に跨がりはしゃいでいる姿を眺めていると、元康が幼かった頃の思い出が蘇ってくる。

一行が岡崎城下に入ると、駿河から瀬名姫を取り戻した数正の姿を一目見ようと町から出てきた人々で城下は溢れ返った。

数正はそれを意識してか、背筋をぴんと張り、先頃から伸ばし始めた顎髭を撫でながら岡崎城へ向かう。

城門の前で輿が止まると、門の中からは到着を待ち侘びた家臣たちがぞろぞろと姿を現わしてきた。

三河一揆

妻と子供とを取り返し、これで今川との関係が切れた元康は、義元から貰った名を棄て「家康」と改名し、三河統一を図った。

「矢作川の左岸にある針崎の勝鬘寺・土呂の本宗寺（善秀寺）や右岸の佐々木・上宮寺や野寺・本證寺の一向宗寺院らは、自らの寺内町から礼銭や地代の取立てを行い、多額の銭を石山本願寺へ寄付しておる。東三河を統べなければならぬわれらには、これからも増々銭が要るようになるだろう。寺院からも取り立てる手段はないものか……」

軍備費を増やしたい家康は、彼に不満を示す荒川氏や吉良氏に睨みをきかすために西尾城主に抜擢した、酒井正親を岡崎城へ呼びだした。

正親は戦さのことは同族の忠次に譲ってはいるが、政事向きのことはまだ若い忠次には任しておれない。

「『寺内不入』の決まりは殿の父上・広忠様が定められた年貢・諸役を免除した権利でござれば、ここから年貢を取るとなると、揉め事を引き起こし、やっかいな事になりかねませぬ。また家臣たちには一向宗徒が多く、もし寺院との戦さとなれば家臣同士が敵・味方と分かれて、三河統一はおろか今までのわれらの戦いも水泡に帰しかねませぬぞ」

三河一向宗門徒の康正の妹を娶っている正親は三河一向宗を束ね、代々松平家に仕える石川康正の存在の大きさを説く。

「総代である康正の言動一つで一千を越す門徒衆が敵に回りかねませぬ。ここは康正ともよく話し合うことが肝要かと…」

「よし、わしが康正に会う前に、そなたから康正を納得させて欲しい」

「嫌な役目ですな」と呟いた正親は下城し、矢作川を渡ると、本證寺近くにある石川康正の屋敷を訪れた。離れ座敷からは明りが漏れ、学問好きの康正は書見台に向かっているようだった。

「殿は一向宗門寺院からも年貢を取り立てるつもりらしい。これは先代が定めた法を破ることなので、宗徒たちは激怒し、いくらお主でも荒れ狂うやつらを宥めることはできぬであろう」

「殿は本気で申されているのか」と、正親に座布団を勧めた康正は信じられないという風に向き直った。

「三河を統べるには、今までの百姓たちからの年貢だけではとうてい足りぬだろう。これからはいくら軍費が要るかわからぬからのう。寺内町が豊かなことをご存じの殿は、そこに目をつけられたのだ」

「一向衆を信じている家臣は多くいる。『寺院に無理な課税をすれば、大変なことになるだろう』とわしは何度も殿に申し上げたのだが……」

怒り出す門徒のことを思い、ため息を吐く康正を見ると、「どうしても殿の若さを止められなかったのだ」と、憂いを含んだ調子で、正親は詫びるしかなかった。

「殿が本気でそう思われているのなら、これは一向宗徒のわれらにとって死活問題だ。弟の家成や息子の数正ら一門を集めて協議せねばならぬ。少し時間をくれ」

「済まぬのう。やっかいな問題を持ち込んできて」

康正の心を推し量った正親は重い気持ちで屋敷を出た。正親が立ち去ると、康正は認めた数通の手紙を小者に持たせ、一族のもとに走らせた。

翌朝康正の屋敷では、正親が持ち込んできた話題で一族は揉めた。

「先代の殿の決定に反することだ。殿は何代にも渡り三河一向宗総代を務めてきた石川家を侮辱するつもりか。絶対にそんな条件は飲まぬぞ」

「殿はわれらの力を承知しておりながら、そんな無理難題を申されるのか」

「一向宗徒を集めれば一千人は超えよう。殿との一戦も辞せぬわ」

反対する者はいきり立ち、立ち上がった。

(これでは分裂は避けられぬぞ)

石川家一門を預かる康正は眉を曇らせる。

「その方たちの気持ちは痛い程よくわかる。『寺内不入』は先代が定められた権利だが、殿も三河を統べるために必死なのだ」

康正はあえて静かな口調で話を進める。

「『寺内不入』の権利は永年にわたりわれらが勝ちとってきたものだ。それを『改める』と殿が申されるなら、一向宗徒を守るため、われらは立ちあがり、殿を相手にしてでも、争わずばなるまい」

分家の石川新九郎は康正に怒りをぶつける。

「お前たちは石川家を割ってでも、殿に反対するつもりなのか」

「一向宗の教えは末代までだが、殿との繋がりは一代限りじゃ。わしは宗徒として生きるぞ」

新九郎たちは「煮えきらぬやつめが」と、康正を罵倒しその場から立ち去ってしまった。一向宗よりも殿に従おうと居残った者たちは、康正の指示を待つ。

「わしは石川衆を纏め切れなかった責任をとって今より隠居する。家督を弟の家成に譲り、これからは一切のことを家成に任すつもりじゃ」

家成は親子のように年の離れた康正の異腹の弟で、母親は家康の母・於大の実妹になる。

息子・数正の実力を高く買っているが、康正はあえて石川家を嫡男に継がすより、家康にとって関係がより深い家成に家督を譲ることを決心し、自ら身を引こうとしたのだ。

元禄四年の秋頃から康正が予測したように松平家は二派に分かれ、城方と一揆方との争いが始まったが、家成は石川家を守るため一向宗を棄て、松平本家と同じく浄土宗に宗派を改めた。

矢作川の左岸にある土呂の本宗寺、針崎の勝鬘寺、右岸の佐々木の上宮寺、石川家に近い野寺の本證寺に千名程の一揆たちが集まり、その内には家康の家臣たちも多く混じっていた。

一揆衆は境内を埋め尽くし、本堂に入り切れず縁側に立った首謀者が「寺内不入」

を破ろうとしている家康を非難すると、怒りは一気に爆発した。

それに不穏な動きをしていた上野城の酒井忠尚、東条城の吉良善昭、また荒川義広らが一揆勢に加勢した。

戦闘が一番激しかったのは、一揆勢と境を接する日蓮宗徒の大久保一族が立て籠もる上和田砦であった。

上和田砦と岡崎城との距離は二十町あり、勝鬘寺より南にある本宗寺から上和田までが二十町と等距離で、北の勝鬘寺からは十二町と二つの寺院から近いところにある上和田砦は一揆勢の格好の獲物と見なされ、上和田砦の矢倉からは敵の来襲を知らせる法螺貝が絶えず鳴り響き、これを聞きつけた岡崎城の兵たちは用意していた馬に飛び乗って援軍に駆けつけた。

「恥ずかしいことだが、敵の大将は勝鬘寺にいるわが娘婿の蜂屋半之丞でござる。こう毎日一揆勢が攻め寄せてくれれば、傷の癒える暇がござらぬわ」

大久保一族の長老の忠俊は、立ち寄った家康に顔面や腕を晒しで巻いた孫の忠勝や忠世の姿を見せた。

「わしの力が足りぬので皆には迷惑をかけておる。済まぬのう」と大久保一族の奮戦ぶりを褒めた後、家康は詫びた。

「これはもったいないお言葉じゃ。倅や孫や甥の代わりはいくらでもいるが、殿の代わりはござらぬ。これまでの先代からの恩を返すのはこの時だと思っておるので、大将は家臣に頭など下げずにもっとどっしりと構えていて下され」

家康は忠俊の忠義ぶりに、溢れそうになる涙を思わず堪えた。

「上宮寺と本證寺と婿の籠もる勝鬘寺が一揆勢の巣で、侍大将の蜂屋半之丞らに知恵をつけているのが、どうも上野城の酒井忠尚のところにいる本多弥八郎（正信）らしい。やつを見込んで贔屓してやっていたのだが、恩を仇で返しおって、まったく見そこなったわ。同じ本多でも忠勝とは大違いだ」

目をかけていた正信を貶すと、忠俊は一向宗から浄土宗に宗派を変えてまで主君に尽くそうとする、本多家の一族である忠勝を褒め上げた。

三河侍が混じる一揆勢の勢いは家康も閉口する程の勢いで、その内でも三河随一と誰もが認める蜂屋の槍捌きには歯が立つ者もいなかった。

白樫の三間柄の真ん中が太くなるように作らせ、四寸程の長さの刃渡りの槍を構えた蜂屋が鋭く突き出した槍の穂先は音もなく投げられた紙を貫き通した。

その蜂屋の率いた一揆勢が上和田砦へ姿を見せると、矢倉からは一斉に陣鐘が鳴り響いた。

砦から飛び出してくる相手目がけて蜂屋は槍を振るう。家康が駆けつけその姿を認めると、蜂屋は槍を引き摺り顔を見られないように前かがみになって、一目散に逃げ出す。

逃げる蜂屋を家康の家臣松平金助が追いかけるが、家康の姿が見えなくなると急に蜂屋は向き直った。

「殿なればこそ逃げたのだが、追跡してきたのはお前だったのか。その痩せ腕でわしに立ち向かうには十年早いが、しかたがないので相手になってやろう」

数回軽く槍合わせをしたが腕前が違う。金助が後退したところを蜂屋は金助の胴を自慢の大槍で貫いた。

そこへ家康が駆けつけてきたので、蜂屋は再び後もふり返らずに逃げ出した。

一揆勢にとって寺院と城との中間にある上和田砦に籠もる大久保一族は邪魔な存在だった。

「われら一揆勢はわざと負けるふりをして砦から大久保党を西の妙国寺の方へ誘《おび》き寄せ、三方から包み込もう。そしてさらに逃げ道として開けておいた西の土井の水田にやつらを誘い出し、そこで皆殺しにしてしまおう」

勝鬘寺では、知恵者と重宝される本多正信が一揆勢を煽っている。

「大久保一族さえ仕末してしまえば、岡崎城までは邪魔するものは誰もいなくなる。これでわしらは勝てるぞ。よし明日決行じゃ」

集まっている一揆勢は正信の発案に気勢をあげた。

敵・味方に別れたとは言え、蜂屋にとって義兄の忠勝やその従兄弟の忠世とはお互いに顔見知りの仲だ。

（これは拙いことになったぞ）

蜂屋は夜こっそりと寺を抜け出すと、上和田砦の前を駆け、「明日寺方が攻め寄せてきて、妙国寺へ誘い出そうとしておるぞ」と告げ回ったので、明朝敵の誘いの攻撃があったが、大久保一族は誰一人砦から一歩も出なかった。

三河一揆が刈谷へ波及することを恐れた信元は家康に援軍を送ってきたので、城方の兵力が膨れ上がり、家康は協力して一揆勢に当たることができた。

一揆勢の大将格の佐藤甚五郎・大見藤六郎兄弟や石川新九郎（親綱）が討ち取られ、一揆勢もさすがに弱気になってきた。

夜更けになって蜂屋が密かに上和田の砦を訪れ、忠世の弟の忠佐を砦の外へ呼び出した。忠佐と蜂屋の嫁とはいとこにあたるので、二人は顔見知りの間柄だった。

「実は和議を結びたいのだが、大久保一族で一番話し易いのはお前なのでな」

いつもの勇ましい蜂屋を見慣れているだけに、背中を曲げ元気のなさそうな今日の蜂屋の姿に忠佐は驚いたが、これで一揆勢との終結も近いと確信した。

「蜂屋が和議を請うて参りましたが、どう計らいましょうか」

従兄弟の忠勝を同行して岡崎城を訪れた忠佐は、家康に伺いを立てた。

「和議の条件は何と申しておるのか」

怒りを押さえた家康は許すとも許さぬとも煮えきらない。

「一揆方の寛大な処分を願っておりまする」

「今まで暴れ回っていて、よく寛大な処分と申せたものだな」

苦虫を潰したように映る家康を制し、脇にいた信元が口を挟んだ。

「口ではきついことを申されているが、わしは家臣を愛おしく思う家康殿の心をよく知っているぞ。宗派を巡っての行き違いはあったが、悪いのは家臣ではなく宗派の争いだ。宗派を改めた者は許し、どうしても一向宗を棄てられぬ者はこの地を去る、というのは如何かな」

「それでよろしいかと」

伯父の説得に愁眉を開いた家康は、それでもわざとらしく重々しく頷く。

再び忠佐と忠勝が蜂屋をはじめ主なる四名を伴って城へやってきたのは、それから数日経ってからのことだった。

「敵対したことをお許しいただけるのなら、喜んで殿にお仕えします。厚かましい願いですが、一揆を企てた者の赦免と、寺院を今まで通りにしておいて欲しいのです」

蜂屋はきまり悪そうに上目づかいでおずおずと申し出た。

これを聴くと今まで緩めていた頰を強張らせ、家康は急に声を荒げた。

「何！　一揆を企てた者を許せだと。馬鹿を申すな。そやつをひっ捕まえて厳罰にしないと戦いで死んだ家臣への示しがつかぬわ」

一揆の主だった者との会見は決裂に終わった。

和議が中止となったことを憂えて、髪は真っ白だが、背筋をぴんと伸ばし矍鑠《かくしやく》とした大久保忠俊が、甥の忠佐に連れられて城へやってきた。

「本宗寺・勝鬘寺・上宮寺の三ヶ所から一揆勢がわれらの籠もる上和田の砦を目指してやってくるので、大久保一族は総出で防戦しました。そのため殿の先陣として戦った、それがしの倅や甥や孫たちは全身創痍でござる。倅の忠勝も甥の忠世も眼を射抜かれ、一族中で傷のない者がいない仕末じゃ。それでも三河衆は一致団結しなければなりませぬ。この際の一揆勢の申し立てに殿はお腹立ちでしょうが、それがしの甥や倅の辛苦を思って、どうか一揆を企てた者を許して下され」

懇願する忠俊は真剣な表情を崩さなかった。

（遠江まで逃れていた父・広忠が岡崎へ戻れたのは忠俊の働きがあったお蔭だ。一揆勢が折れて参った今、もう潮時じゃ。ここは大久保一族の顔を立てて一揆勢と和睦しよう）

「わかった。わしも我を折って、素直に長老の申し出に応じるとしよう」

二月二十八日、朝はまだ寒かったが昼になると春を思わすような陽気に包まれ始め、上和田村にある日蓮宗派の寺院・浄珠院の境内にある梅も咲き誇っている。

大久保忠俊の仲介でこの本堂で和議が成り、石川家の当主・家成は成立を見届けたその足で一揆勢が籠もる土呂の本宗寺へ向かう。

「『お前たちを許す』と殿が申されたぞ」

今まで疑心暗鬼に陥っていた一揆勢から「有難い」と大きな喚声があがった。

家成はその様子に満足そうに頷くと、和議が成ったことを知らせるために数正にも手伝わせて次の一向寺院に向かう。だが和議は一時的なもので、一向宗を三河から追放しようとする家康は、一揆勢が籠もった本宗寺・上宮寺・勝鬘寺・本證寺の堂塔を次々と破壊し始めた。

「『以前と同じようにする』と申されたではありませぬか」と驚いた一揆宗徒が抗議すると、「以前は野原だったから、以前のようにしているのだ」と家康は強引に言い張り、堂塔の破却を止めなかった。さらに一向宗に執着する家臣には宗旨変えの起請を迫った。

その結果、一揆勢を指揮していた本多正信と正重の兄弟や、どうしても一向宗を棄てきれない者は三河から立ち去り、一揆方を煽っていた上野城主・酒井忠尚や東条城の吉良義昭らは城を捨てて逃亡してしまった。

これにより松平家は領内の一向宗徒を気にすることなく、西三河を統べることができたのだ。

自信をつけた家康の目は、今川氏の東三河支配最大の支城である吉田城に向いた。吉田城は氏真の武将・小原鎮実に預け、氏真も駿河・遠江から一万もの兵を集めて、家康に備えていた。

吉田城代・小原は家康が東に向かってくるのを知ると、支城に出陣を命じ、城兵たちが一斉に出陣してきた。

十七歳となった本多忠勝が、一番槍を目指して陣地から駆け出し、敵兵を突き伏せ落馬させている様子を見た蜂屋の仲間たちは、「半之丞、早くも槍合わせが始まったぞ。一番槍を逃すな」と出遅れた半之丞を急かせた。

「しかたがないが、一番槍は忠勝に譲ってやろう。半之丞が二番槍をしたと言われては、嬉しくないからな。槍は要らぬ」

大刀を引き抜くと、敵の本陣まで馬を疾駆させる。

忠勝に追いついた蜂屋はちらっと忠勝の方を向くと、「お前の槍捌きはわし程ではないが、なかなか腕を上げたようだな」と忠勝を褒めた。

「お主に認めてもらえるとは、有難いことだわ。どちらが大将首を先にとるか、酒一升を賭けるか」

忠勝が大声で喚くと、「大将首が酒一升とは安すぎるぞ。もっと弾め」と蜂屋が言い返す。

「わしが勝てばお前の蜻蛉切の槍を戴く。もしわしが負ければ自慢の槍を謹呈しよう。どうだ」

「よし、武士に二言はないな」

「あたり前じゃ」

二騎はぱっと離れると、敵の陣営を目指す。

一足先に牧野家の家紋の旗が並ぶ陣営に飛び込んだ蜂屋は、床几に腰を降ろしている小柄な男を見降ろした。

「おのれは大将か」

蜂屋の大声に男を守っている二人の兵が槍を突きかけてきた。

「邪魔をするな」

大刀を振り回す音がしたかと思うと、二人の兵の首は一瞬の内に消えていた。

「わしは河井正徳と申し、支城を預っている者じゃ」

蜂屋の大刀が唸り河井の首が飛んだのと、蜂屋が蹲ったのは同時だった。

河井の手には鉄砲が握られており、その筒の先からは白い煙が立ち昇っていた。

銃声に驚いて陣幕の中へ飛び込んだ忠勝の目が捕らえたのは、倒れている蜂屋の姿だった。

「しっかりせい。蜂屋」

「そこにいるのは忠勝か」

薄目は開いているが、蜂屋の目には忠勝の姿がはっきりとは映っていないようだ。

「これでお前の蜻蛉切はわしのものだな。だがそれももう役に立たなくなったわ」

そう言うと蜂屋の首はがくんと忠勝の腕の中へ垂れてしまった。

日焼けした百姓のような大柄な女が陣場までやってきたのは、蜂屋が死んでから数日後のことだった。それは倅が大怪我をしたと聴いた蜂屋の母親だった。

忠勝が彼女を家康のところまで案内すると、「この戦さに勝てたのは戦死した蜂屋のお蔭だ。蜂屋にはどんなに礼を申しても足りぬぐらいじゃ」と家康は母親を床几に招いた。

「何！　半之丞が戦死したと申すのか」

「恐れ入ります」

母親のあまりの剣幕に家康は思わず頭を下げた。

「それで半之丞の最期はどうだったのか」

母親はまじまじと家康を見詰めた。

「立派なご最期でした」と忠勝が脇から口を挟むと、「そうか。それで安心したわ。もし半之丞の最期が見悪しかったらわしも長生きしてもしようがないと思ったのだが、最期が立派だったと聞いて嬉しいわ。戦死するのは侍の務めだから、悔んでもしかたがないからのう」と母親は呟いた。

そう言い放った母の様子に、家康をはじめその場にいた一同は「さすがは半之丞の母親だ」と唸る。

だが戦死した父親に代わって厳しく息子を育ててきた母親を持つ忠勝には、人前では毅然と振る舞っているが、一抹の寂しさを帯びた母親の姿をそこに見た思いがした。

やがて吉田城は落ち、この城攻めに武功のあった酒井忠次に吉田城が預けられた。この開城が契機となり東三河の国衆は続々と家康に下るようになり、渥美半島の田原城は本多広孝に預けられ、奥三河の長篠・作手田峰の城も慌てて開城を申し出て、これで家康の悲願だった三河統一がやっと実現したのだった。

遠江統一

三河統一を機に家康は朝廷に働きかけそれまで使っていた「松平」から「徳川」へと改姓し、身分も従五位下三河守となった。

翌年永禄十年になると、家康の嫡男・信康と信長の長女・徳姫との婚約が成り、五月には徳姫を乗せた色彩鮮やかな輿に続き、長持ちの行列が続々と岡崎城へ入ってきた。

本丸では新婦を待ちかねる胴服姿の信長が、大き過ぎて目までずり落ちる烏帽子を被った九歳になる新郎の信康と歓談している。

金箔が施された、華やかな模様の小袖を身に纏った新婦が本丸に姿を現わすと、周辺からは「美しい姫様じゃ」と感嘆のため息が漏れてきた。

新婦は絶対的な権力を誇る信長の長女なのだが、数正の目には細い体に角隠しをした白無垢の幼い姿が何か痛々しく映る。

（この新婦は於大の方や瀬名姫と一緒に岡崎城内で暮らすことになろう。果たしてこの幼い姫は、皆と上手くやっていけるだろうか。瀬名姫からすれば信長様は今川義元公を討った仇。目の前の凛々しい姿をしたわが子の嫁は、その仇の娘なのだ）

数正が座る陪席からは、まるで雛人形のような二人を眺めている、好々爺の表情をした家康の姿がよく窺えた。

信長が好む幸若舞が済むと、酒で座が乱れてきた。

（殿が瀬名姫を娶られた時、よもや一人立ちした徳川が、今川義元を打ち破った織田と手を結ぶ時がこようとは、夢にも思わなかったに違いない）

数正は戦国の世の不思議さを思う。

翌年になると、忠次が城代を務める吉田城へ、甲斐の武田からの使者がやってきた。

「『氏真では父・義元の領国を治めることは無理だろう。わしが駿府を戴く替わりに、家康殿は遠江を取られよ』と信玄が申してきましたぞ」

興奮からか、忠次の声が上ずっている。

何しろ今川、北条、武田といえば東国に並ぶものがいない大国だ。その武田から一緒に今川領に攻め入ろうと誘ってきたのだ。

西の織田との交渉は昔からその影響力を持つ石川家が、これから伸びようとする東方面は酒井忠次が取次役をするように決められていた。

そのため忠次は吉田の旧城を整備しその規模を拡大しているところだった。

家康が信玄の提案に飛びつき遠江に攻め込むと、今川の家臣は次々と離反し、駿府の館を逐われた氏真は唯一信頼できる朝比奈泰朝《あさひなやすとも》が守る掛川城へ逃げ込んでしまった。

その堅城掛川城を落とすために、家康は、掛川城の西にある金丸砦を久野一族に守らせた。

掛川城より西一帯を領有する旧今川配下の実力者の久野《くのう》氏一族を味方に引き入れる

と、高天神城の小笠原信興を南の青田山砦に、それに岡崎衆を二藤山に置くと、本陣は掛川城の尾根続きである東の天王山に構えて掛川城を包囲した。

兄宗能《むねよし》と意見を異にする弟の久野宗常は掛川城内の氏真方と示し合わせて、天王山砦の家康本陣と兄のいる金丸砦に夜討ちをかけようと話し合っていた。

これを耳にした宗能は、弟はじめ一門衆や重臣たちを集め「去年わしが一族を引きつれて家康殿に帰順したのに、今更裏切るとは武士として卑怯な振る舞いだ。その上氏真などに頼っておれば久野家の行末は暗くなるばかりじゃ」と弟たちを諫める。

「兄上は久野一族が今川家に多大の恩を蒙っていることを忘れたのか。われらを利用しようとしている家康に騙されているのだ」

宗能が立ち去ると宗常は、「家康の首を手土産に氏真のところへ参ろう」と重臣たちを誘った。

宗常の行動に納得のゆかない一門衆たちは「宗常殿は本気で裏切ろうとしている」と告げると、驚愕した宗能は家康のところへ訴え出た。

それを聞くと、家康は宗能の忠心を褒め、彼らの夜討ちに備えた。

金丸砦は掛川城攻めのために築かれた大規模な砦だ。久野宗能は二の丸を守り、本丸を預かる榊原康政は目覚ましい手柄を立ててやろうと燃えていた。

夜が更けてくると、大手門と搦手門に向かって松明の群れが近づいてくる。久野宗常ら重臣たちの兵が本丸を目指して攻め寄せてきたのだ。

緊張してその明かりを眺めていた康政は「大手口と搦手口を守れ」と大声で叫ぶと、先頭になって大手門へ駆けてゆく。

それを見た宗能は搦手口へと走る。

郎党たちを従えた康政は大槍を振り回し、敵が怯むところを槍で突くと、ずっしりとした手応えがあり、相手が倒れた。

「首は取らずに棄てておけ。決して敵を砦に入れてはならぬぞ」

搦手門からは宗能の胴間声が響いてくる。

暗闇の中を山麓から火縄の火の列が続き、まるで蛍が群らがって飛んでくるように映る。時々大きな爆発音と共にヒューという空気を劈《つんざ》く矢音が混じる。

放たれた火矢が砦に突き刺さり、一瞬火炎がぼおっと大きくなる。

「敵は砦を焼くつもりだぞ。火を消せ」

消火のため砦上から流された水音が響くと、明るく輝いていた火はジューという音を立てて消え、周囲の砦から繰り出した味方の援軍が敵を押し戻し、敵が退却に移っているらしく、闇夜に光っていた松明の明かりが徐々に減ってゆくと、やがて鉄砲音や叫び声は遠のいていった。

「味方であるべき筈の久野一族から裏切り者がでるとは、まことに申し訳ござらぬ」

この時、康政に詫びる宗能の顔色が急に変わった。

篝火の明かりに照らし出された康政の鎧は流れ出た血で黒ずんでおり、槍を杖にして立っている康政の姿は、まるで幽霊のように頼りなげに映った。

その康政の体がぐらりと揺れ始めたと見えたのもつかの間、そのまま地面に倒れ込んでしまったのだ。

「これは大変じゃ。榊原殿を近くの寺院までお移し申せ」

頭がぼおっとして倒れて戸板に載せられたところまでは覚えていたが、気がつくと康政は金丸砦の山麓にある寺院の一室に寝かされていた。

枕元にいる医師が何かを呟いたところまでは記憶していたが、再び意識を失ってしまった。

寺院の境内には康政の郎党が溢れ警戒にあたる内、康政の大怪我を聞きつけて天王山砦にいた忠勝が慌てて駆けつけてきた。

「どうか、康政は助かりそうか！」

医師は首を傾げ「若いのでひょっとすれば助かるかも知れぬが、ここ数日が山でござる。決して予断は許しませぬ」と顔を歪める。

「どうか康政を助けてやってくれ」と必死の形相で詰め寄る忠勝に「この者が持つ運次第でしょう」と多くの人々の生き死にを見てきた医師は厳しい表情を崩さなかった。

忠勝は眠り続ける康政の枕元で、苦痛に顔を歪め時々魘《うな》される康政を見守った。

康政の容態を心配した宗能が本堂までやってきた。

「弟が裏切り天王山砦への夜討ちをかけたのは、それがしが一族を纏めきれていなかった証拠でござる。一族を代表して腹を斬ってお詫びをさせて下され」

本堂へやってきて康政が瀕死の重傷であることを知ると、宗能は死ぬ覚悟をした。

「お主からの知らせがあり、前もって各砦から兵を揃えていたので、大事に至らずに済んだ。殿もお主の忠義心をいたく褒めておられたぞ。腹を斬るなど早まったことをすればそれがしが叱られるわ」

本堂の入り口で宗能の悲痛な思い込みを知った忠勝は、責任を取ろうとする宗能に釘を差していると、知らせを受けた家康が慌てて本堂までやってきた。

「康政が重傷と聞いたが、一命をとり止めそうか」と心配そうだ。

「わかりませぬ。目をとじたまま、眠っております。部屋へ案内しましょう」

部屋には薬草の匂いが満ちており、布団の中には顔を歪めた康政が眠っていた。枕元には医師一人だけで、入ってきた家康と忠勝を見ると頭を下げた。

翌日には忠次が見舞いに駆けつけてきた。

「死ぬにはあまりにも若過ぎるし、有能で惜しい男だ。ぜひ元気になって欲しいものだのう。康政が目を醒ますまで、親友のお前は気が落ち着かぬだろう。殿にはわしからよく申しておいたので、戦いを気にせずにもうしばらくここに居て看病してやれ」

忠次は忙しい男だ。眠り続ける康政を名残り惜しそうに眺めると、枕元から立ち上がり本堂から出て行ってしまった。

熱で魘《うな》される康政の水枕を替えてやりながら、忠勝は寝ずの看病を続けた。

康政が目醒めたのはそれから数日が経ち、枕元の忠勝がうとうとしていた時だった。

脇にいる忠勝に気づいた康政は「そこにいるのは、忠勝か」と呟いた。

「おう。やっと気がついたか。医師もお前の回復ぶりに驚いておったぞ。口が利けるようになれば、もう一安心じゃ」と忠勝は友を励ます。

「掛川城は落ちたのか」

「いや、だが殿は『開城するなら無事に氏真殿を小田原まで送ろう』と申されておる。氏真殿はそれに応じられそうじゃ」

「掛川城の次は引馬城か。これを落とせば遠江はもうわれらのものだな」

「やれやれ、寝ていてもお前の頭の中は城攻めのことで一杯なのか。それでは傷もなかなか癒えぬぞ。まだ腐る程戦いは残っておる。手柄を立てる機会は山とあるぞ。その時がくればまた力一杯働かねばならぬ。今は焦らず療養に専念する時だ」

忠勝は康政を慰める。

「わしの方はもう大丈夫だ。忠勝は早く戦場へ戻って殿を助けてくれ」

「わしもお前が気がついてくれてほっとした。お前の兄上がこちらに向かっておられるそうなので、後はお任せしよう。早く戦場に戻ってくることを祈っておるぞ。お前の姿が見えぬと、どうも張り合いが出ぬからなあ」

「お前がそう言ってくれるのを聞くと有難いぞ。必ず良くなって戦場へ戻るので、それまで待っていてくれ」

部屋を出た忠勝は、寺院を何度も振り返りながら陣営へ馬を飛ばした。

包囲してから約半年間、朝比奈泰能は嫌がる氏真を説得し、和睦の使者を家康のところへ送ってきた。

「われらが戦っている内に、漁夫の利で信玄めが、駿河はおろか遠江まで兵を進めてくるでしょう。残念でしょうがここは一旦それがしが遠江を預かり、氏真様には北条の小田原に移られ、それがしが信玄を駿河から追い出した後、再び駿府へお連れ致しましょう」

家康は氏真の感情を害さないように返答をする。

氏真の迎えとして駿府からは北条氏規が掛川城に入り、北条と今川との調整がとれた五月になると、掛塚の浦から氏真ら一行を乗せた船は小田原を目指して出航していった。

「掛川城は遠江の要の城じゃ。この城を石川家成に預けるので、忠次と共にしっかりと信玄に備えてくれ。数正には家成に預けていた岡崎城を任せるぞ」

必ず約束を破り大井川を越えて遠江へ入ってくる信玄に備えて、家康は最前線となる引馬城の改修を急がせた。

姉川

元亀と年号が変わり山桜が散り始める頃になると、「二条城修築の祝として、上洛せよ」という信長の命令が京都からやってきた。

家康と同盟を結んだ信長は、父・信秀の頃からの念願であった美濃を手に入れると、松永弾正に殺された十三代足利将軍・義輝の弟・義昭を次期将軍に立てようとした。

上洛し畿内を統べた信長は、将軍の館をそれに相応しく造営し、将軍・義昭が命じた上洛に応じようとしない朝倉義景を討つ名目を摑んだのだった。

守護大名斯波氏の重臣であった織田と朝倉は、斯波氏が越前と尾張二ヶ国を領有するようになると、二つの国に分かれてお互いに張り合い始めた。

この時引間から浜松と名を変えた城はまだ改修中だったが、家康は信長の命を断わる訳にはゆかず、信玄の来襲に備えて城の守りを厳重に固めさせると、朝倉攻めのために京都から敦賀へ向かう。

若狭街道から朽木峠を経て熊川から佐柿に出ると敦賀まではすぐだ。先に敦賀入りした信長は、海に近い妙顕寺を本陣としていた。

どこからか潮の香が漂ってくる。

「この度は遠路ご苦労だったな。礼を申すぞ」お主が信玄を押さえていてくれるので、わしは畿内を統べることができた。

そして脇にいる数正に気づくと、「いつも無理ばかり申して済まぬな」と呟いた。

家康に特別の微笑を見せた信長は「柴田、絵図面で攻め口を申せ」といつもの厳しい表情に戻り柴田を指差した。

猪を思わす風貌をした柴田勝家は、織田家中で佐久間信盛・丹羽長秀と並ぶ重臣の一人だ。

「北を走る手筒山脈の西の端にあるのが金ヶ崎城でござる。朝倉勢の玄関とも申すべきこの城は低い山の頂にあり、簡単に攻略できそうに見えるが、実は天然の要害である。そしてこの手筒山脈を山尾根伝いに東へゆくと、この手筒山城がある。われらは先に手筒山城を落として、北からくる敵の援軍をここで食い止め、それから金ヶ崎城を落とそうと思うが、家康殿の意見は如何か」

柴田はこれ以上の策はないだろうと言わんばかりに、大目玉を家康に向けた。

「それでよろしいかと」と家康が答えると、「それで決まりだな」と信長は甲高い声を出して頷いた。

手筒山城は百七十メートルぐらいの険しい山頂に聳える城だが、山麓から攻め登る三万もの大軍を見ると敵はまごついた。それでも戦闘は一刻程続き多くの死体を残してやっと城は落ちた。

これで援軍が望めず孤立無援になった金ヶ崎城は、開城するしかなかった。翌日には勢いづいた織田軍は疋田城を落とし、木ノ芽峠から一気に朝倉義景が住む一乗谷の城下を目指した。

だが信長軍の快進撃はここまでだった。

「浅井が裏切った。このまま進めば退路を断たれ、朝倉・浅井から挟み討ちを食うぞ」

思いも寄らなかった情報が信長の本陣に飛び込んできたのだ。

「浅井長政にはわしの妹のお市を嫁がせているのに、やつは何が不満なのか。せっかくここまできたと申すのに…」

信長は悔しそうに口唇をかみ、この知らせが正しいかどうかを探らせた。

だがそれが事実だと知ると、信長は長政と初めて出会った時のことを思い出そうとした。

「朝倉とは祖父の代からの付き合いがあり、これまで何度も浅井は朝倉に助けられてきました。朝倉と戦わぬと約束されるなら、これからも信長様に従いまする」とその時訴えた長政の懇願するような真剣な眼差しが信長の脳裏を過ぎった。

「融通の利かぬ馬鹿真面目なやつめが。昔の出来事などにこだわりよって…」

過去のしがらみなど平気で棄て去る信長には、長政の古ぼけた考えなどとうてい理解できなかった。

ぺっと唾を吐くと、「朝倉攻めは中止じゃ。これよりすぐに撤退を始める。殿《しんがり》は誰がやるか」

本陣にいる誰もが「浅井離反」という思わぬことに呆然としており、すぐには名乗り出る者はいない。

「それがしで良ければ、ここに居残りましょう」

皆の目が猿のように皺が寄り、若いのか、老けているのかはっきりしない木下藤吉郎という小男に集まった。

「猿か。いつも威勢がよいのう。だがお前だけでは手に余ろう。光秀と池田勝正とが猿を助けて金ヶ崎城を守れ。改めて三人に殿を命ずる。生きて戻れたら、また京で会おう」

そう言い残し信長は、僅かな供回りの者に守られながら本陣を出ると、朽木峠を目指して一目散に駆け去ってゆく。

金ヶ崎城に居残った兵たちは心細そうに信長の後姿を眺めていた。

佐柿城まで退却していた徳川軍のところへは、金ヶ崎城から激しい鉄砲音が聞こえてくる。

「彼らが防いでくれている間に早くこの場を立ち去らねば」

忠次は家康を急がせる。

遠江を任されてから忠次は、その存在感が一段と増し、貫禄がでてきた。

敵の手がまだ回っていない熊川の宿で一服した家康は、信長の後を追って水坂峠を越えて朽木峠に向かう。

「熊川から京の大原までは約二十里の距離だ。われらは若狭街道をゆくことになるが、この街道は古《いにしえ》から『鯖街道』と呼ばれ、若狭湾でとれた鯖はここで塩をまぶされ、京につく頃には身も締まって、ほどよい味加減となるのだ」と、一歩京に近づいた安心感からか、数正が若狭街道のいわれを話す。

「数正、いつもの講釈か。今は一刻も早く信長公に追いつかねばならぬ時ぞ」

忠次は少しの間も惜しいようだ。

「さらば急ごう」

(余裕のない無粋者めが…)

数正は忠次を哀れんだ。

朽木の集落に入って圓満堂で休んでいると、一日前に信長がここに立ち寄ったと村の者が教えてくれた。

「いま頃、信長様は無事に京に着かれている頃だ。われらも急ごう」

立って握り飯を頬張っている重臣たちは忠次の言葉に元気づいた。

金ヶ崎を発って三日目に大原の三千院の境内に着いた一行は、無事に帰れた安堵感からか、体を横たえると死んだように眠りをむさぼり始めた。

無事京都へ戻った信長の長政への憤怒は激しく燃え上がっていた。

一旦岐阜へ戻り二ヶ月も経たない間に兵を揃えた信長は、再び浜松の家康に援軍を要請した。

「信長公は今度こそ長政の首を討ち取るつもりらしい。この戦さは厳しいものになりそうだな。それにしても遠江を狙う信玄にも目が離せぬし、まだ浜松城の改修も済んではいないと申すのに、大軍を畿内へやらねばならぬとはな…」

忠次は引馬城改め浜松城に集まった重臣たちに愚痴をこぼす。

「だが、信長公あってのわれらだ。要請を断る訳には参らぬぞ」

信康を補佐し岡崎城を預かる数正は、織田との外交を担っているので、信長の実力をよく知っており、やがて信長が天下に号令をかける日も近いと信じている。

「それはそうじゃ。信長公の敵はわれらの敵でもあるからのう」

忠世も信長を持ち出されると、数正の言葉に頷かざるを得ない。

「信長様は決戦を目の前にして、われらの出陣を待っておられるのだ」

家康の鶴の一声で浜松を出陣した徳川軍は岡崎城に着くと、城下の伊賀八幡宮に参拝した。境内で戦勝祈願を行う頃には、約五千近くの兵に膨れ上がっていた。

家康が小谷城を望む織田本陣に駆けつけた時、信長は横山城を包囲し、その先端にある龍ケ鼻の陣中にいた。

身を包んでいる南蛮製の甲冑は、日の光を浴びて金色にまぶしく輝いている。

（いつもながら新しいものがお好きな人じゃ）

「ようやく決戦に間に合いました。何よりです」と家康は低頭した。

「よくきてくれた。小谷城に近い虎御前山に陣を構えていたのだが、長政めはなかなか出てこぬ。それでやつを誘き出そうと、横山城を包囲して本陣をここへ移したのじゃ」

家康を認めると、信長の顔は綻び、声は喜びの色を帯びている。

前方の小谷城下はすっかり焼き尽され、所々黒い煙が立ち登っていた。

家康の傍らに数正を認めると、「朝倉の援軍がやってきたら決戦じゃ」と信長は呟いた。

その復讐に燃える信長の目は獣のように赤い光を放っており、数正にはとても人間のものとは思えなかった。

まだ白々と明けきらない朝、信長の本陣に「小谷城の東方、大依山に朝倉軍が陣を構えました」という知らせがもたらされた。

「いよいよだな。前方を流れる姉川を挟んでの合戦となろう。手前の岸辺に繋っている柳の木の辺りに、わしは本陣を置く。徳川殿はそれより西にあるあの岡山と申すところに陣を構えてもらおう」

信長が指差す方向には小高い丘がある。

六月二十八日の深夜、ものすごい数の松明の群れが大依山から続々と降りてくる。

「兵がこちらに向かってくるぞ」

織田・徳川軍の間を盛んに伝令が行き交う。

それが合図であるかのように、今まで静まり返っていた小谷城からは次々と城兵たちが出陣し始め、姉川に向かって群がってきた。

「敵の数はどれくらいだ」

忠次の胴間声が響く。

「朝倉軍約一万それに浅井軍八千程です」

使い番の声も緊張で上擦る。

「味方はわれら徳川の五千と信長公の兵二万三千だ。兵力ではわれらが勝っているので、この戦さは絶対に敗れる筈はない。ここは一番、敵に三河武士の強さを教えてやろう」

広忠の頃からあらゆる戦さを経験してきた忠次は、合戦ではいかに士気が大切かということを知悉している。

緊張で引き攣《っ》った兵たちの顔色を窺うと、何気ない話をして兵たちの不安を取り除き、高ぶる気持ちをほぐそうとした。

朝倉軍は対岸にある城のような構えをした三田村屋敷と呼ばれるところに布陣し、浅井軍は野村というところに陣を張り、煌々と篝火を焚して夜明けを待つ。

対岸の馬が嘶き、号令の声や武具が触れる音までもが、こちらの陣中まで響いてくる。

空が白んでくると、忠次・数正隊は一番槍をつけてやろうとお互いに息を潜めて、対岸の敵の様子を窺いながら渡河の合図を待つ。

味方の兵が待ちきれずに弓・鉄砲を放ったところから戦さが始まり、「徳川軍は小勢だ。叩き潰してやれ」と朝倉軍は一斉に渡河してきた。

「それ、敵を打ち破れ！」

忠次と数正隊はやってきた敵を川の中央で迎え撃ち、それに高天神城の小笠原長忠隊も加わったが、何しろ敵は二倍近い大軍だ。徳川の先鋒は朝倉軍に川岸まで押し戻され始めた。

「あの粘り強い忠次と数正隊が立ち往生しているぞ」

本陣の家康は爪を噛み始めた。これは苛立った時見せる家康の仕草だ。

「敵の横っ腹を突きましょうか」と苦り切った表情をしている家康に向かって、旗本衆の忠勝が進言した。

「よし、すぐに発て」

忠勝をはじめ、大久保忠世、本多広孝らが土手道を迂回してから馬を川に乗り入れ、勢いづいている敵に向かってゆく。

別の方向から出現した新手に慌てた敵は向き直ろうとしたが、この一瞬の隙を突いて、今まで押されていた忠次・数正それに小笠原隊が息をふき返し始めた。

朝倉軍は徳川軍に対岸の方へ押しやられていたが、織田軍の本陣まで斬り込みをかけている浅井軍を見つけると、彼らに合流しようとした。

「忠勝！　朝倉軍を浅井と一緒にさせるな」

家康の本陣からは次々と伝令が放たれる。

一丸となった忠勝ら旗本衆が大熊に立ち向かう猟犬のように、一万近い朝倉軍の横腹に飛び込んでゆく。

「それ、忠勝を討たすな」

旗本隊の奮戦ぶりを横目で見ていた忠次・数正・小笠原隊は、猛然と朝倉軍へ突っ込む。

朝倉軍の動きが一旦止まったのを見届けると、家康は「康政、大きく川下へ迂回して朝倉の右翼から大将朝倉景健の本陣を突け」と命じた。

敵が見えなくなるまで大きく迂回し、渡河した康政は、前方が水田で底が砂石のところを見つけると対岸に登った。

これを目にした忠次は、「一番槍をやつに奪われてはならぬ。わしに続け」と叫ぶと、急いで探ってきた浅瀬を渡り対岸を駆け登った。

「やっと味方が渡河できたわ。これからは康政の戦さぶりを手本とせよ」と家康は康政の活躍に大満足だ。

「わぁ敵がこちらからやってきたぞ」

康政隊だけでなく、渡河を終えた徳川軍が次々と岸を登ってきたので、前面の敵に向き合っていた朝倉の本陣は、思わぬ方向から出現した新手に混乱をきたした。

一方、数では劣るものの戦意の高い浅井軍は渡河すると、包囲した横山城から戻るのに手間どり陣立てが遅れた織田軍の本陣を攻め立てた。

特に浅井軍の先鋒の磯野員昌の勢いは突進してくる猪のようで、まるで待ち構える猟師を嘲笑うかのように、十三段の織田の陣立てを十一段まで切り壊す活躍ぶりだった。

「信長公が危うい」

徳川軍は退く朝倉軍の追撃を投げ捨てて群がる浅井軍の中へ飛び込む。

徳川軍の後陣にいた稲葉良通隊と横山城に備えていた氏家卜全ら三千が、徳川軍と一緒になって浅井軍に襲いかかり激戦となった。勢いづく浅井軍を織田・徳川軍が徐々に対岸まで押し戻す格好となったが、忠勝・忠世ら旗本衆と忠次・数正・小笠原隊は押し返された浅井軍と死闘を繰り広げた。

「長政の弟、浅井政之を討ち取ったぞ」

「わしが浅井政澄の首を取った」

討死した浅井の重臣たちの名が戦場に高らかに響く。

「朝倉の遠藤直経を討ち取ったぞ」

（あの猛将が討たれたのか）

朝倉氏の家中で剛将の誉れの高い遠藤の死を知ると、数正はこの戦さは勝ったと思った。

九時間に渡る激戦もようやく終わりを迎え、四千近い死体を残して、やがて敵は小谷城まで撤退し始めた。

満々たる流れの姉川も討たれた死体で流れが滞り、彼らが流す血で川面は真っ赤に染まった。

戦場を見て回った信長は上機嫌だった。

首実検が済むと床几から立ち上がった信長は、そこにしゃがんでいる数正の肩を叩くと、「勝ったぞ」とはしゃいだ子供のように得意気に大声をあげた。

そして「これも家康殿のお蔭じゃ」と家康の手を握りしめ、用意していた感状と長光の刀を授けた。

空には夏の到来を告げる入道雲が湧き上がり、遠くの比良の山々の緑は濃く、湖を吹き抜ける湿った風が数正の頬に気持ちよく触れた。

三方ヶ原

「信玄が浜松に向かっているぞ」

「秋山虎繁が別動隊を率いて美濃の岩村城を奪取したらしい」

「青崩峠を通って、山県昌景が奥三河にやってくるそうだ」

浜松城内は三方向から三河・遠江に向かってくる武田軍の噂に、急に慌しくなった。

数正ら岡崎衆も加わり、浜松城の本丸で軍議が開かれた。

「信玄の本隊はどの道を通ってこちらへやってくるだろうか」との家康の問いに、

「信玄の本隊は駿河から隊列を組んで海沿いを堂々とこちらに向かってきているよう

です」と進行役の忠次は大敵武田との合戦を前にして緊張を隠しきれない。

「信玄の狙いはまず遠江を手に入れ、あわよくば三河をも奪おうという考えかと…」

「どれぐらいの兵力なのだ」

忠次の胴間声に負けない程の大声を数正は張り上げた。

「二万五千は下らぬ。遠江の国衆を続々と傘下に入れているらしい」

忠次の説明に一同の視線が絵図面に集まる。

「まず浜松城を攻撃させ、攻めあぐねている武田の後方を掛川・高天神城の兵が突くという手はどうでござろう」

強敵を前にして忠勝の目は喜びに溢れているように光る。

「信玄は慎重な男だ。やつなら掛川・高天神城を別々に落とし、それから浜松城を狙おう」と、康政が「もし自分が信玄ならそうするだろう」と付け加えた。

そんな二人の若者を睨みつけると、「いずれにしても信長様の後詰が着くまで、浜松城を死守することが何よりも肝要じゃ」と、忠次は信長を取り巻く一向一揆との厳しい現実を知っているが、必ず後詰があると信じている。

武田は徳川だけでは荷が重すぎる相手なのだからだ。

康政の予想ははずれ、武田軍は掛川・高天神城を警戒しながらも手を出すことはせず、浜松城の方に直進してきた。

信玄の道案内は北遠江の国衆の一人、天野景貫だ。

信玄は天竜川を渡り、すぐに浜松城を攻めるような無理はせず、一旦兵を袋井に集結させた。

袋井からは西の見付の高台がよく見え、その台地上に徳川の旗差物が翻っているのがよくわかった。彼らは三箇野から見付の台地に登り、袋井方面にいる武田軍の偵察にやってきた徳川の部隊だった。

「あの敵を逃すな。討ち取ってしまえ」

袋井の宿に、真っ黒になって群がっている武田軍がこちらへ動き始めるのを知ると、偵察にきた徳川の兵たちは顔を引き攣らせた。

「敵は数知れず、わが方の四千ばかりの小勢では戦ってもいかんともし難い。ここは一度浜松城に引き返し、信長様の後詰を待とう」

旗本衆を率いる内藤信成は大声で退却を叫ぶ。

「よし殿《しんがり》はわしがやろう。お主は味方をつれて早く浜松城へ引き取ってくれ」

旗本衆の一人に選ばれて張り切る忠勝は、二十五歳になったばかりだ。鬼のようにいかつい顔をした大男が、黒糸縅《おどし》の鎧に鹿の角の冑を被り、蜻蛉切という長槍を手に馬に跨っている姿は、徳川の兵たちの目にも頼もしく映る。

「さあ早く退け！」

そう急かせると、彼は従卒の大兼彦次郎に足軽を見付の宿へ走らせ、戸板や畳、筵それに枯れ草を集めさせ、道の片隅に潜むように命じた。

「それ逃すな！」

怒濤のような勢いで、奥三河の国衆を味方につけた山県隊が逃げ遅れた徳川軍を襲おうと忠勝を目がけて迫ってくる。

「よし火を放て」

忠勝が大声をあげると、見付の宿に逃げ込んだ足軽たちは一斉に枯れ草に火をつける。

燃え始めた火が戸板や畳に燃え移り、またたく間に巨大な炎となって武田兵の行く手を遮る。

「この隙に早く一言坂を目指せ」

従卒たちに大声をかけると、忠勝は踏み留まっては追撃してくる武田兵を槍で突き伏せ、味方の兵たちが立ち去ったのを確認しながら、まだ煙が立て籠もる小道に駆け込む。

忠勝の縦横無尽の働きに、武田の兵たちは煙の向こうに徳川の大軍が潜んでいるのかと疑い、一旦進軍を止める。

一言坂の下りに差しかかり、地元の地理に詳しい忠勝はこれでもう逃げきれたと思ってほっと胸を撫で降ろすが、目の前に武田の兵たちが待ち構えているのを見ると驚いた。

目の前には滔々と流れる天竜川が迫っており、坂道を迂回し脇道を通ってきた武田の兵たちが前方を塞いでいるのだ。

その瞬間、突然耳を劈《つんざ》くような鉄砲の一斉射撃音が響くと、今さっきまで目の前にいた武田の兵たちの姿が一瞬硝煙の中に消えてしまった。

煙が薄れて目を凝らすと、敵は倒れ地面に転がっている。

「早く坂を駆け降りてこい」

先回りしていた忠世・忠佐兄弟に率いられた大久保の鉄砲隊が、忠勝を助けてくれたのだ。

「有難い。地獄に仏とはこのことを申すのか！」

天竜川に飛び込むと、忠勝隊の馬は首だけを水面に出して、まるで川を泳ぐ犬のように対岸を目指す。

武田の兵たちは彼らが対岸に着くのを阻止しようと鉄砲の筒先を向ける。

「撃つことはならぬ。やつは敵ながらあっぱれな勇者だ。見逃してやれ」

鉄砲を構えた足軽たちに、山県昌景の大声が響く。

その間にも忠勝ら主従たちは流れに逆らわず対岸へと進んでゆく。

一言坂を降り切り、武田の近習たちが川岸まで続々と集まってくると、対岸へ向かう忠勝隊を無口でじっと見詰めている。

やっと対岸についた忠勝が怪我をしたところはないかと見回すと、傷口はなかったが鎧に矢が刺さり、まるで針ねずみのような姿になっていた。

対岸から武田の兵たちが何かを大声で叫んでいる。耳を澄ませて聴いていると、「家康に過ぎたるものが二つあり、唐の頭に本多平八」と忠勝を称えているようだった。

「唐の頭」とは、から牛というヤクの尾毛で、それを兜やその他を飾りつけたもので、徳川家ではこれを兜につけるのがはやっていたのだ。

その後北上した信玄自身は南の合代島に本陣を置き、息子・勝頼に二俣城攻めの指揮を任せた。

城は三方を天竜川と二俣川に囲まれた要害の地にあり、城兵は必死で籠城戦を続けていたが、水を汲み上げている櫓を壊され、水の手を奪われると飢えと喉の乾きに苦しめられた。

家康は二俣城を救援しようと気が焦るが、送ってくれた信長の後詰の兵が僅か三千ではとても援けることはできず、後詰のないことを知った二俣城は十二月中旬に落城してしまった。

二俣城攻めで浪費した時間を取り戻すかのように、武田軍は大菩薩山（欠下城）から三方ヶ原台地に登ると、戦うこともなく浜松城を素通りしようとして、姫街道にある追分に向かわずに、南の小豆餅というところで大休止をし始めた。

「敵は悠々と飯を食っておりますぞ。徳川もよくよく舐められたものよ」

本丸からは三方ヶ原の台地上にいる武田軍の動きがよく眺められた。

重臣たちはまるで「挑んでこい」と言わんばかりの武田の態度に歯がみした。

「このままやつらが祝田までゆくのを指をくわえて見ているおつもりか」

大久保忠世は家康が当然出陣する筈だと信じて疑わないようだ。

「馬鹿を申すな。小勢で武田にぶつかるなどしてみろ。みすみす飛んで火に入る夏の虫のようなものだ」

忠次は年甲斐もなく熱くなっている忠世を叱る。

「このまま浜松城内に引っ込んで信玄が通り過ぎるのを黙って見過ごせば、せっかく後詰を送って下された信長殿に大目玉をくらう破目になろう。戦うとしても、一応城外へ出て敵の様子を見てからにするぞ」

重臣たちの意見が出尽くすまで自分の考えを明らかにしない家康が、珍しく即断したことに彼らは驚いた。

こう切り出されると、浜松までやってきた織田の後詰は家康に従わざるを得ない。

大軍の武田軍の後を八千の徳川軍がゆっくりと尾行し始めた。

「信玄がこのまま姫街道を祝田まで進めば、そこで坂に突き当たる。右手には都田川が流れており、左手は三方ヶ原の台地だ。その狭い坂道で行軍が滞るのは必定だ。とても大軍が一度に通ることはできぬ。敵がそこを通過する時に襲えば勝ち目はあるぞ。さっそく物見を出そう」

家康は鳥居元忠の弟で戦さ慣れした忠広に物見を命じた。

「今日の戦さは見合わすべきでござる。敵は祝田の坂の前で陣列を整えており、われらが来るのを待ち構えておりますぞ。七分が一にも足らぬ小勢のわれらが打ちかかっても、勝利することはおぼつかぬでござろう」

帰陣した忠広の報告は家康を苛立たせた。

「日頃武功者だと思いそなたを大切な物見にやったのだが、信玄の大軍を見て臆病神に取りつかれたのか。そんな腰抜けでは何の役にも立たぬわ」

家康の言葉に憤怒した忠広は、ぷいと顔を背けるとそのまま無言で家康の本陣から出て行ってしまった。

「もっとましな見立てをすると思っていたが、見下げ果てたやつだ。渡辺半蔵を呼べ」

徳川家中では「槍の半蔵」と武功で鳴らした男に「その方が見て参れ」と、家康は再び物見を命じた。

戻ってきた半蔵の報告は、さらに家康を激怒させた。

「敵の備えは厚く味方はまばらで、今戦いを始めてもわが方には利がありませぬ」

「馬鹿を申すな。今戦わずしていつ戦うと申すのだ」

家康の旗本衆を預かる大久保忠世は半蔵につめ寄ったが、

「今戦えば必ず敗れまする。ここはぐっと堪えて自重すべきだ」と、半蔵は首を振る。

何かに取り憑かれたのか、今日の家康はこれまでと違ったように映る。目を攣り上げ「自分の屋敷内を敵が踏み通るのに、咎めない者がいようか。たとえ武田が大軍だとは申せ、黙ってやつらがこの浜松を素通りするのを見過ごせば、遠江の国衆たちは『家康はよくよく腰抜けだ』とわしを嘲笑するだろう。この際運を天に任せて、信玄と雌雄を決するぞ」と気がふれたかのように大声で叫んだ。

この大将の思わぬ決断を耳にすると、桶狭間や三河一揆をやっとの思いで制して、これまで必死の働きで、遠江を統べようと、戦ってきた苦難の日々が重臣たちの脳裏をよぎったが、やがて彼らは家康の判断に腹を据えた。

「やはり出てきおったわ」

徳川軍が城から出陣してきたのを知ると、信玄は思わず頬を緩めた。

五十一歳にもなった信玄は三十一歳の若造の心を煽り、時間のかかる城攻めを避けてまんまと怒った家康を城から誘き出したのだ。

徳川軍が祝田まで軍を進めた時、すでに武田軍は祝田の坂からひき返して、縦に伸びた陣型のまま追いかけてくる徳川軍を迎え撃つ準備を済ませていた。

坂の上に整列した武田軍を目にすると、徳川軍には予想が外れた失望よりも、大軍を目の前にした恐怖が広がった。

だが家康は怯まずに右翼を忠次と織田の援軍を、左翼には数正を配し、本陣はその後方に置いて忠勝・康政・大久保忠世ら旗本衆に守らせ、ちょうど鶴が翼を広げたような三日月形の鶴翼の陣を張るように命じた。

八千余りの兵は横一列に並び、薄い陣型ではあるが武田軍を包み込もうとした。

「気宇壮大な陣型だな」

縦に長く中央が厚い武田の魚鱗の陣の兵たちからは、嘲笑の渦が湧いた。

戦いは武田最前線の小山田隊の石礫《つぶて》の攻撃によって始まったが、小山田隊は酒井・石川隊の猛攻にあって破られ、武田の左翼を守る山県隊も崩れ始めた。

「武田と申しても意外と頼りないではないか」

戦いを始めることに消極的だった忠次も、戦さの神様だとの評判の高い信玄も唯《ただ》の人ではないかと、「信玄神話」を疑い始める程武田軍は脆かった。

これに気をよくした家康は、旗本衆の一部を割いて攻撃に加わらせ、信玄の本陣を突こうとした。

だが徳川軍の善戦もここまでで、信玄の本陣に靡く「風林火山」の旗印の左右の陣から地を揺るがすような押し太鼓と鬨の声があがると、馬場信春と勝頼と思われる部隊が武田陣地まで深入りした徳川軍を包み込み、殲滅しようとした。

敵の巻き返しに驚いた数正隊が敵を食い止めようと下馬して戦うが、その間に後退していた小山田隊が息を吹き返し再び戦闘に参加し始めた。

　家康は味方の劣勢を盛り返そうと旗本衆を残らず投入するが、多勢に無勢で劣勢に転じた戦局を好転させることはとても無理だった。

　申の刻（午後四時）頃から始まった戦いは、薄暗くなってくるにつれ徳川軍の惨敗の様相が濃くなってきた。

「今の内に殿だけでも城へ落ちのびて下され」

　家康の馬の手綱を固く握りしめた旗本衆が敵陣に駆け込もうとする家康を諫めていると、「まだこんなところにおられるのか。大将が退かぬことには家臣たちは戦場から去れませぬ」と、顔面を返り血で朱に染めた忠次が駆け寄ってきた。

「無念じゃ」

「今さら繰り言を並べてみても始まりませぬ。早く味方に下知をして、殿はここからすぐに城へ退かれよ」

　口唇を固く噛み締め今にも泣き出しそうな表情をした家康を、忠次は聞き分けのない子供を諭すように諫める。

「わかった。下手な戦さをしたものだ。これより城へ戻るぞ」

　忠次の諫言に頷いた家康を見ると、居並ぶ旗本衆の緊張した顔に安堵の色が広がった。

何か憑きものが取れ、引き攣っていた目がいつもの色を帯びてきた。

「真ん丸になって退け」

心が落ち着き、できるだけ家臣を討たせまいという配慮が蘇ってくると、数名の家臣に守られながら家康は退いてゆく。

黄昏になり敵・味方の区別がつきにくくなってきたが、あちこちでは叫び声や槍や刀のぶつかる音や腹に響くような鉄砲音が、雪のちらつく戦場を揺がせる。

「殿早く駆けられよ！」

武田の兵たちの追撃を躱しながら進むが、家康を守ろうとする供回りの者は徐々に減ってゆく。

遠目にぼんやりと城の姿が見え始めてきた時、こちらへ向かってくる数十騎の兵が目に止まった。

「殿ではござらぬか。ご無事で何より」

夏目吉信は浜松城の留守をしていたのだが、戦況が不利だと聞くとじっとしておれず、家康の身を案じてここまできたのだ。

「さあ早く城へお戻りあれ」

じっと見詰める夏目の目は何かを訴えていた。

夏目は三河一揆の折、一揆勢に加担して捕えられたところ、家康の執り成しによって命を救われた男だった。

「何でわし一人が助かりそなたを捨て殺しにしようか。討死する時は一緒だぞ」

思わず漏らした家康の言葉に、夏目は目を怒らせた。

「これは大将とも思えぬ甲斐なき物言いじゃ。大将たる者はこれからの武功を心がけることこそ肝要なことで、端武者のように簡単に命を棄てるものではございませぬぞ」

夏目は強い口調で家康を叱る。

怒った目に涙を浮かべ馬の轡を取って頭を城の方へ向けると、「これからはお前が殿のお供をせよ」と畔柳武重に申しつけ、馬の尻を槍で突いた。

驚いた馬は一声高く嘶くと城へ向かって疾走し始めた。その遠ざかってゆく主君の後姿を認めると、夏目は十文字の槍をひっさげ、与力二十五騎を引き連れ追撃してくる敵に突進していった。

城の前では松井忠次が戦い疲れて横になって一服していたが、敵に追撃され、逃げ惑う主君の姿を目にするると、すくっと立ち上がり、「御着用の鎧の背中の朱色が敵に目立っているのです」と叫び、慌てて自分の鎧を脱ぎ、家康の鎧を身につけるや、

「わしは徳川家臣では名の知れた松井忠次なる者ぞ」と大声で言い放ち、槍を振り回し追ってくる敵を大槍で突き倒す。

大きく口を開いている北の犀ヶ涯を迂回すると、家康は這《ほ》う這《ほ》うの体で玄默口《げんもくぐち》から城へ戻ることができた。

「南の大手門の城門を開いておき、遅れてきた者を通せ。門外には真昼のように煌々と篝火を焚かせよ」と命ずると、家康はそのまま奥に入ってしまった。

大手門の櫓では、家康より先に入城していた忠次が逃げ戻ってくる者を勇気づけようと、血染めの鎧も脱がずに時を刻む太鼓に向かって、自らが手にした撥《ばち》を力を込めて打ち続けた。

その音は戦場に取り残された味方のところまで届く。

その様子に大手門まで押し寄せた武田の兵たちは不気味に思い、城につけ入ることを躊躇した。

武田の重臣たちは夜討ちを進言したが、信玄は城攻めで消耗する味方のことを考え、翌日犀ヶ涯で首実検をした後、浜松城攻めを中止して西へ向かった。

長篠

年号が天正と変わった翌年、岡崎へ向かうと思われていた武田軍は野田城を落としただけで、長篠城から鳳来寺山の北へ進軍し始めた。「どうも信濃へ戻ろうとしているらしい」との噂が広がり、その動きを不思議に思う半面、ひとまず危機が去って、家康はほっと胸を撫で降ろしていた。

その後、甲斐へ戻った信玄が家督を息子・勝頼に譲ったとの噂が広がったので、家康がさらによく探らせていると、「どうも信玄が没したらしい」と、甲斐から戻ってきた半蔵は告げた。

念のため今まで武田に奪われていた城を攻撃すると、これまでの手応えとは全く異なるため、「信玄死す」の噂が本物だと家康は確信した。

翌年になると勝頼は攻勢に転じ、信玄も落とせなかった高天神を開城させ、さらに徳川に寝返った奥平信昌《おくだいらのぶまさ》が守る長篠城を奪回しようと、城を厳重に包囲してしまった。

(勝頼は信玄以上の武将であるかも…)

信玄に悩まされ続けた家康の頭に、一瞬三方ヶ原の悪夢が蘇った。

(勝頼に長篠城を奪われればますますやつを勢いづかせ、下手をすれば、奥三河の国衆や武田の傘下に入っている遠江の国衆たちが、三河へ攻め込んでくるかも知れぬ)

「『長篠城へ出撃してきた勝頼を討つ好機がやってきたので、信長公にぜひ後詰をお願いしたい』とお前の口からぜひ後詰の了承をとりつけてきてくれ」と、単独では武田に当たれない家康は、信長に信頼の厚い数正を岐阜へ向かわせた。

岐阜城にいた信長は、以前家康が要請した高天神城救援に間に合わなかったことへの後ろめたさがあったのか、「目障りな勝頼を討ち取る千載一遇の機会がやってきたか。この際ぜひ織田・徳川の連合軍で勝頼の首をあげてくれよう。この度は新兵器を試してみようと思うのだが、長篠城をとり巻く地形を教えてくれ」と窮地に立たされた家康の頼みにぜひ応えようとした。

「長篠城は東を大野川、西を寒狭川に挟まれた三角形の先にある城で、川幅は広く両岸は谷のように険しく渡河は無理なので、攻め口は台地続きの北側しかありませぬ」

数正は調査してきた城の情報を伝える。

「西に広がる設楽ヶ原と申すのは、どんなところじゃ」

おおよそのことは信長も摑んでいるようだ。

「南は大野川と寒狭川が合流した豊川が流れており、北は雁峰《かんぽう》山で遮られ東西に長く伸びた原野のようなところを設楽ヶ原と申します。そこはこの辺りでは珍しい地形をしており、雁峰山の山麓からは、ひとでの腕のように多くの丘陵が南へ伸びており、その丘陵の裏側に兵を忍ばせておけば、長篠城を包囲する武田方からはこちらの全容が摑めませぬ」

信長はじっと考えていたがやがて口を開いた。

「それはよいことを聞いたわ。お前の話から勝頼めを討ち取る算段が立ったぞ」

信長は何か楽しいことを思いついた子供のように目を輝かせた。

「上様は何故三段もの馬防柵作りをお命じになられたのかのう。少々厳重すぎて、武田が寄ってこぬのではないか」

忠次は仲間から意見を聞こうと、元忠の方を振り向く。

「この柵で敵の騎馬を食い止めようと思われているのだ。武田の騎馬軍団は手強いからなぁ」

武田に何度も苦杯を舐めさせられている元忠は、三方ヶ原の惨敗を思い出したのか口唇を噛んだ。

「兵力はわれらの八千に、上様の二万二千程。それに対して武田兵は半分の一万五千。兵力に優るわれらが三重の柵内に籠城し、数の少ない武田が柵外からわれらを攻めるのか。これではまるで武田を恐れて檻の内に入っているようだわ」

忠次はこの消極策に納得がいかない。

「上様には上様なりの思惑があるのだろう。わしが思うに、上様はこの一戦で勝頼の首を取る千載一遇の機会が巡ってきたと意気込まれているのだろう。それで前面をこのように馬防柵で囲み、城のように構えられているのだ」

半里程続く馬防柵の群れを見た数正は、今までにない激しい信長の気迫を感じている。

「畿内の本願寺攻めもほぼ一服し、勝頼を討ち取る絶好の機だと思われているのだろう」

三方ヶ原での敗戦が堪えている元忠は、柵を目の前にしても自信なさ気に映る。

「上様はこの戦いで何やら新しい戦法を試したいらしい」

岐阜から漏れ聞こえる噂から、忠次は信長が〝新戦法〟を試そうとしていると薄々感づいていたが、その〝新戦法〟がいかなる物なのかはっきりとは知らない。

　脇にいる榊原康政が「上様は大量の鉄砲を持ってこられるとの噂だ。本願寺に籠もる雑賀衆が行っている鉄砲戦さを、ここで試そうとの腹ではないのか…」と聞きかじった畿内の戦さぶりを皆に披露する。

「そういえば『あるだけの鉄砲を掻き集めておけ』と殿が申されていたのう」

　これを耳にすると、槍戦さを得意とする忠勝は鉄砲足軽に手柄を横取りされ、腕の振いどころが減ることを心配した。

「水野様にも『できる限りの鉄砲を持ってこい』と上様は命じたらしい」

　畿内を押さえた信長が、ポルトガルの宣教師を通じて大量の硝煙と鉄砲玉を仕入れていることを水野信元から聞いている大久保忠世は、今回は間違いなく鉄砲戦さになるだろうと確信している。

　北の雁峰山から南の豊川まで連なる三重の柵と深く掘られた空堀の群れを見渡した数正は、「武田軍が果たしてこちらが思うようにこの餌に飛びついてこようかのう」と首を捻った。

「問題はそこよ。折角力を入れてこのように三重柵を構築して敵を待ち構えていても、相手が寒狭川を渡ってこちらに向かってこなければどうしようもないからな。半蔵が調べてきたように、勝頼があの鳶ノ巣山に本陣を移し、持久戦に持ち込む気になれば、われらもここに陣地を構えた甲斐がないからのう」

忠次の言うように、柵を構えている味方の泣きどころはここだった。

「武田の棟梁たる勝頼がそう易々とこちらの策を見抜けぬわけはあるまい。久々に武田を殲滅させる唯一の機会が訪れたというのに…」

忠次は知恵を絞って打開策を見つけようと、南に聳える鳶ノ巣山を睨む。

その忠次の真剣な顔つきを見ていると、今までうるさかった重臣たちは急に黙り込んでしまった。

しばらくして、「良い手があるぞ」と急に忠次が手を叩いて大声を上げると、集まっている者の目が一斉に忠次に集中した。

「これから殿のところへ参る」と忠次は皆を待たず足早に高松山を登り始めた。

家康は本陣で絵図面を睨みながら、苛立ったように爪を噛んでいた。

「みっともない真似はお止め下され。味方の士気にも関わりますぞ」

忠次は続いてやってきた重臣たちが、家康を取り囲んで床几に腰を降ろすのを待って、今さっき頭に閃いた策を口にした。

「武田がこちらへ来ぬなら出てくるように仕向けるのでござる」

家康は当たり前のことを言うなというように、ぎょろりと大きなどんぐり眼《まなこ》を忠次に向けた。

「そんな良策があれば、何も苦労はせぬわ」

「いやそれがあるのでござる」

忠次の言葉に大久保や忠勝、康政らは身を乗り出す。

「鳶ノ巣山をご覧下され。あの山頂に武田の見張りの砦があり、長篠城を見降しております」

皆の目がその山麓を流れる豊川沿いに聳える高い山に注がれる。

鳶ノ巣山全体に広がった新緑の鮮やかさが、澄み切った空の青色に映えている。

「あの山頂にある武田の砦を襲い、後方から武田軍を攻め立てれば、逃げ場を失った勝頼めは勢子に追われた猪のように、突破口を求めてこちらに向かってきましょう」

忠次を見詰めていた皆の目が、今度は家康に注がれる。

「あの山の砦にはどれぐらいの武田の兵が配されているのだ」

「千名足らずかと。早く奇襲しないと、勝頼が本陣をあの山頂に移してからでは遅いですぞ。迅速なる決断をお願いします」

皆は首肯しながら家康の次の言葉を待つ。

鳶ノ巣山を見上げ何やら考え事をしている風だったが、絵図面に目を移した家康はやがてゆっくりと頷いた。

「これで決定したと解してよろしいな。それがしは今日の夕刻にこちらに着かれる上様の前で、この奇襲案を披露しましょう。その場で許可がでれば、ただちに決行したく存ずるが、皆の者もそれでよいな」と忠次は念を押す。

(忠次の策が成功すれば、勝頼もこちらへ向かってこよう。今度こそ三方ヶ原の仇討ちができるぞ)

忠世・忠勝・康政らの頭の中は、明日の決戦のことで忙しく回り始めた。

信長が本陣としている極楽寺山では哄笑と、破れんばかりの手拍子とが満ち溢れていた。

上座にいる信長と家康とを囲み、武具で身を固めた諸将が、忠次のひょうけた踊りに興じていた。

片手に大宮川で取れた魚一匹を釣り竿の先にぶら下げ、もう一方の手には扇子を広げた恵比寿の姿だ。手鼻をかみながら、退く様子はまことに名演技で、やんやの拍手が飛び交う。

忠次の「恵比寿舞い」で張りつめた軍議の雰囲気が緩むと、不敗の武田軍団への恐怖も薄れる。

忠次は目の前の絵図面に描かれている山を指差した。

「この長篠城の南に位置している山を鳶ノ巣山と申す。鳶ノ巣山とその周辺の山に武田方は砦を築き、長篠城を包囲しております。そこへ勝頼は城への押さえの兵を残し、大半を率いて寒狭川を前にして進軍しようかどうか迷っています」

信長は忠次に最後まで言わせなかった。

「よし、それは名案だ。鉄砲五百挺と軍監をつけよう。今夜発て」

この時極楽寺山へ伝令がやってきて、「武田軍が渡河して、こちらに軍を進めております」と告げた。

信長は膝を叩いた。

「勝頼は本気で決戦する気だ。これで勝ったぞ」

こう叫ぶと、武田軍により近い茶臼山へ本陣を移すよう告げ、信長はその日のうちに茶臼山に陣を構えた。

ここは雁峰山から伸びてきた丘陵の一つで、低い山頂に檜葺きの屋根を持つ神社が建っており、その前に古ぼけた鳥居があった。

神社を二匹の石造りの狛犬らしい生き物が守っている。

「ここに狛犬がおります」と言う家臣に、「馬鹿者め、狛犬に牙が生えておるか。これは狼だ。この神社は狼を祀る山住神社だ」と信長は得意気に説明する。

「狐鳴く声も嬉しく聞こゆなり
　松風清き茶臼山がね」

明日への自信をしまいこんでおれなくなった信長は、「茶臼山の峰」と言うところを「茶臼山がね」と詠うと、狐の声までが戦勝を寿ぐように「嬉しく」彼の耳には聞こえたのだ。

鳶ノ巣山奇襲隊は恐しいほどの悪路続きだった。忠次が率いる三河衆二千人、織田加番衆二千人から成る混成部隊は黙々と豊川の対岸を目指す。

どしゃぶりの雨が降る中を遅々として進むので、日が暮れかかってきた。

広瀬から豊川を渡るが、狭いところでも川幅は六十メートルぐらいあり、水深は人の背丈を越す。

腰に縄を垂らした案内人が下帯一丁の姿になって川に入り浅瀬を捜し、下流に流されながら対岸に渡りつくと、岩壁や木の根元に縄を結びつける。

その縄を伝い、まず足軽が対岸に向かう。激流に流されぬよう足を踏んばりながら必死の形相だ。流されれば命は無い。

先頭が対岸に辿りつくと、足軽たちは人垣となり、そのまま川の中に止まる。そして堰止めた川の中を兵士と騎馬が渡河する。

四千もの大軍だ。全員の渡河だけでも約二時間はかかった。長時間水に浸かっているので、夏とはいえ兵たちは体の芯まで冷え、歯はがちがち鳴るわ、腹を下す者もいる。

これからが大変だった。濡れ鼠になった軍は標高四百メートルを越す船着山の山麓を迂回し、船着山と峰続きの菅沼山を目指す。

迂回路は尾根筋なので、雨のため道は泥濘《ぬかる》み、岩が露出していて滑りやすい。

この悪路を一里も登り、数十軒の百姓家が散在する吉川という部落に着くと、忠次はここで小休止を命じた。

百姓家は無人で明かりもなく、ひっそりと静まり返っている。

案内人はこの村出身の豊田藤助という者だ。

「ここから船着山を横切る途中に観音堂があります。それからは松山越えの難所となります。道無き道となりますので、用心してかからねば菅沼山まで着けませぬ」

「これからが本番という訳だな」

どうしても夜明けまでに鷲ノ巣山の砦を奇襲しなければならないので、忠次は気が急く。

「よし出発する」

軍は再び黙々と道無き道を登り始めるが、谷が深く切れこんでおり、踏み外すと谷へ転落する。

夜半を過ぎているので真っ暗闇の中を兵は馬から降り冑を背負い、両手を樹木の幹にかけながら登る。おまけにどしゃぶりの雨が加わる。

先頭の者の姿も見えないが、激しい息づかいが耳に響いてくる。前を登っている者が足を滑らせて後ろへ転ぶと、将棋倒しになった。

菅沼山の山頂がどの方向かわからないので、仲間と逸《はぐ》れる者が続出し、忠次は一旦中止を命じた。

その間彼は案内人を集めると、どうしたものかと相談をした。

「われら土地の者が先にいって木に目印と縄をつけて参りましょう。菅沼山の頂まで着けば、後は鷲ノ巣山までは尾根続きの道ですので、迷うことはありませぬ」

案内人は白い布を太い木の幹にくくりつけながら先をゆく。

白い布の目印は夜目でもわかり、それを頼りに兵たちは縄に取りつき、後に登ってくるものに槍の柄を差し出してやる。

目印がついてからは迷う者も減り、行軍速度は上がり、菅沼山の頂上に着いたのは午前三時頃であった。

ここから鳶ノ巣山までは尾根続きだ。尾根を登ったり下ったりすると、「蒡椎」と呼ばれる椎の木のところへきた。落雷のため立ち枯れた姿が牛蒡に似ているため、地元の人はそう呼んでいた。

「ここで一服して腹ごしらえをする」

忠次は兵に休憩を命じた。

兵たちは思い思いに尾根の周辺に腰を降ろすと、腰から兵糧を取り出し、焼き握り飯に焼き味噌や梅干しを添えて、貪《むさぼ》るように食べる。下帯まで濡れそぼり、冷たさに震えながら冑を脱いで湧水を汲み、腰につけている芋の茎縄を器用に小刀で小さく刻むと、木陰へ入って枯れ枝や落ち葉を探す。

釜がぐつぐつと煮え始めると、芋にしませた旨そうな味噌の匂いが、あちこちから漂ってくる。

腹が温まると元気が湧いてきた。予定の時刻まではまだ間があるので、忠次は兵たちに仮眠を命じた。

空が白んでくると、雨も小降りになってきた。

「そろそろ発つぞ」

忠次は行軍を告げ天神山の山頂を越えると、兵たちは旗を背中に差し鉄砲の火縄に点火し、将たちは背負いの冑を被り緒をしっかりと締め始めた。

「主力は鳶ノ巣山の本陣を目指せ。他の隊は姥《うば》ヶ懐《ふところ》と中山砦を、もう一隊は久間山の砦を攻撃する」

忠次は軍勢を三手に分けた。

その時突然、設楽ヶ原方面から雷鳴のような大音響が聞こえてきた。大筒のような鈍い音に混じって地面を揺るがすような鯨波が響いた。

「いよいよ戦さが始まったわ。こちらは少々遅れたか。よし、急ごう」

忠次隊は足を早めた。

鳶ノ巣山砦に近づくと、眼下に長篠城が見える。

奇襲は鉄砲と弓矢との攻撃から始まった。鳶ノ巣城は長篠城を監視するための砦なので南の天神山からの守りは薄く、簡単な土塁と堀切りだけで、石垣もなく、柵が土塁の上に築かれている。

鳶ノ巣砦の城将・武田信実は敵襲を知ると、各砦に分散している千名の兵をできるだけ鳶ノ巣山砦へ集めようとした。あまりにも兵力差が大きかったからだ。それでも武田方は勇敢に戦った。

鉄砲と弓矢での攻撃に続いて、槍と刀を手にした奇襲部隊が鳶ノ巣山砦へ押し寄せるが、固く守る武田勢に再三にわたり押し返された。天野惣次郎が「わしが一番乗りだ」と叫んで柵を破って突入したが、天野は山の中の行軍で邪魔になると思い、旗指物を背につけていなかった。一方、戸田半平の指物は映えた。彼の「銀の髑髏」は敵からも味方からも目立った。

武田方も四度まで敵を砦の外まで追い返したが、最後は力尽きて、武田信実《のぶざね》以下一千名の兵たちは討死してしまった。

鳶ノ巣山砦を落とすと、鳶ノ巣山を駆け降り長篠城を目指す奇襲部隊の中には、長篠城主・奥平貞昌の父・貞能の姿があった。

（一刻も早く城に籠もっている息子を救出したい）

寒狭川と合流する渡合から上流の大野川は川幅が狭いが、渓谷は険しく、川岸は切り立った崖が続く。

忠次隊は昨夜のように縄を持った案内人を先に立てて渡河するしかなかった。

鳶ノ巣山砦が炎上するのを見ると、長篠城を包囲している武田方に動揺が広がった。

忠次隊が大野川を渡河し始めると、武田兵は渡河を阻止しようとしたが、その時長篠城内から貞昌が鉄砲隊を率いて大手門から討って出てきた。

小山田昌行と高坂昌澄が指揮する武田方は、渡河を終えた忠次隊と城兵からの攻撃に苦戦を強いられ徐々に押され始め、武田勢は寒狭川沿いに逃げ出し、奇襲は成功した。

このため戻ることができなくなった武田の主力部隊は、前進するしかなくなり、数時間に渡る激戦を繰り返したが、柵を破って信長・家康の本陣まで達することができずに完敗してしまった。

勝頼は側近たちに守られてかろうじて戦地を脱することができたが、勝頼を逃がすために、信玄の薫陶を受けた馬場信春・山県昌景・内藤昌秀・真田信綱といった主だつ武将たちが次々と戦死してしまった。

長篠の戦さの翌日、信長は茶臼山本陣から、武田が布陣していた「信玄台地」へ、首実検をするためにやってきた。

雨は上がっており、この日は朝から蒸し暑かった。

家康は信長の前に成瀬正一を呼び出した。彼は一時武田信玄に仕えたことがあったので、武田家臣に知己が多かったからだ。

ずらりと並んだ三方の上には、討ち取られた武将の首が置かれている。

首には名前と、討ち取った者の名札がかけてあり、首は血を洗い落とし薄化粧されていたが、どの首も無念そうな表情をしていた。

永禄四年の川中島合戦では成瀬は武田方として働いていたのが、もう十年も経っている。

どの顔も成瀬が見知っていた顔よりも老けて見えた。

「この首は高坂昌澄のもので、やつは重臣高坂弾正の倅《せがれ》です。その隣りは真田幸隆の倅《せがれ》、信綱とその弟の昌輝です」

彼らの顔にはどことなく青年の頃の面影が残っていた。

「その隣りは土屋昌続でござる。やつは金丸虎義の倅で、虎義は板垣信方と同様、信玄の父信虎からの家老で、その息子である昌続は、信玄に大層信頼されていた者です」

「そうか、まだ顔は若者のようだが、金丸虎義の倅か」

信長は床几に腰を下ろして、成瀬の説明に満足そうに頷く。

「その次は原昌胤で、やつは原昌俊の倅で陣場奉行をやっておりました」

「その脇の面構えの良い男は誰だ。さぞかし高名の者だろう」

信長は顔を無数の刀剣で刻まれた男を指差す。

「これは武田軍の副将、内藤昌秀でございます」

「これがかの有名な内藤か。よき面構えだ。さすがに武田の重鎮だけのことはある」

滅多に人を褒めない信長が、今日は機嫌が良いのか、しきりに褒める。

「馬場信春の首はどれだ」

成瀬は内藤の隣りに並んだ首を指差した。

「陣構えと後退といい、馬場は天下一の武将じゃ。勝頼は下手な采配で信玄から譲られた多くの優れた武将を殺してしまった。馬鹿な主人を持つと家臣が迷惑するわ」

こう言うと、信長は「馬場の首を取った河井三十郎はいるか」と、大声で呼んだ。

「ここに控えております」

「もっと近くへこい。そこではお前の手柄話が聞こえぬわ」

河井は信長の膝下ににじり寄る。

「お主は原田直政の家臣だったな。大手柄だ。これを受け取れ」

信長は手ずから国主の太刀一振りと、鹿毛の馬を河井に与えた。

「それにしても武田一門衆の首は、鳶ノ巣砦を死守しようとした信実の一つだけか。一門衆もさすがに勝頼を見限ったものと見えるわ」

そう言うと信長はぺっと唾を吐いた。

「ここを『信玄台地』と名付け、戦場に散らばる武田兵たちをこの地に葬ってやれ」

首実検が済むと、信長ら一行は川路村にある松楽寺へ立ち寄った。

竹広村とその南の川路村は、武田と徳川軍とが激しい戦闘を繰り広げたところだ。この付近には折り重なるように戦死者が水田に転がっており、足の踏み場もない。

松楽寺の僧侶たちは信長一行に祝事を述べ、酒をもてなすのに大わらわであった。

信長は戦死者の供養費を玄賀和尚に渡すと、「戦さに勝った記念だ。これより寺号を勝楽寺と改めよ」と和尚に命じた。

信長と家康ら一行が長篠城に近い古呂水《ころみず》坂という小高い丘で休憩していると、城から二騎がこちらに駆けてくるのが見えた。

「長篠城主とその父親の二人が、上様にお目見えに駆けつけようとしております」

家康が彼らを紹介すると、「早くこれへこい。お主たちのお蔭でこの度は武田に勝つことができた。嬉しく思うぞ。わしの一字をお主の倅にやろう。これからは奥平信昌と名乗れ」と奥平父子を労う。

するとこん度は家康が、「お主が長篠城を死守してくれてわしも上様の前で鼻が高い」と彼らを褒めて般若長光の一刀を貞昌に渡した。

「わしの娘をお前に与えるという約束は必ず守る。上様は今ここでそのことをわしに念を押されてのう。お前には田峯と作手とそれに遠州にも領土を与えよう」

家康が信長の前で度量が大きいことを示すと、武田から徳川へ鞍替えした奥平父子の苦労もようやく実を結ぶことになった。

信康自刃

天竜川沿いの城を徳川に押さえられてしまったので、勝頼は遠江に残る小山・高天神城に兵糧の補給を行うには、どうしても大井川沿いを南下しなければならなくなった。

この徳川の台頭ぶりに備えるため翌年天正四年末になると、勝頼は重臣高坂虎綱の勧めもあり北条氏政の妹を正室に迎え、北条氏と手を組み徳川に対抗しようとした。

この北条と武田の同盟は、家康にとって脅威に映ったが、この関係は意外なところから綻び始めた。

天正六年三月初旬になって、武田信玄を悩ませ続けた越後の上杉謙信が急逝し、謙信は北条氏政の弟・景虎と謙信の姉の嫡男・景勝を養子にしていたので、後に残された二人は家督相続の争いを始めたのだ。

浜松城内では「勝頼の動向」を巡って重臣たちの意見が飛び交った。

「北条は早雲以来関東まで勢力を張っている大国であり、北条との同盟を優先する勝頼は当然景虎に味方する筈だ」とだみ声を張り上げながら、忠次は自信あり気に話す。

「『武田が生き残るためには北条との同盟が欠かせぬ』と武田の重臣・高坂虎綱が渋る勝頼を説き伏せた甲相同盟だが、その虎綱が病で伏せっているらしい。高坂という重しが外れれば、勝頼の考えも変わるかも知れぬ。景虎が謙信の後釜に座っても越後は北条のものとなるだけだ。それよりも景勝を助ければ越後には謙信の血筋が残り、越後の国衆も景勝が棟梁となることを望む筈だ」

岡崎衆を代表して数正は「勝頼は景勝に肩入れをして、最後には景勝が勝つだろう」と、忠次の意見を退ける。

重臣たちの多くが見守る内、景虎と景勝との争いは勝頼の協力もあって数正の読み通り景勝側の勝利となり、一年余り越後を二分して争った「御館の乱」もようやく治まり、その結果勝頼の妹・菊姫が景勝のところへ嫁ぐという幕切れで終わった。

これにはさすがの氏政も怒りを露わにし、武田との同盟関係が危うくなってきた。

この気配を察した家康は機会を逸さず、目障りな遠江に残る武田の高天神城を落とそうと考えたのだ。

その動きに気づいた勝頼は、小山城にいた歴戦の勇士・岡部真幸を高天神城の城代に移し、徳川の勢いを封じようとした。

この岡部に対抗するように、「武田軍が小山城や高天神城へ兵糧を運び込もうとする度に、浜松城から出陣していては後れをとる。この城から高天神城までは離れすぎている。また掛川、牧野城からではいざという時に間に合わぬ。そこでこの際、遠江灘に近い横須賀村に新しく城を築こうと思う。城代は大須賀がやれ」と高天神城の東にある馬伏塚城を守っていた大須賀康高に、家康からの築城の命令が下された。

彼は以前に岡崎城に近い上野城の城主・酒井忠尚に仕えていたが、三河一揆の折、忠尚が家康に反旗を翻したのを心よく思わず、上野城の頃から目をかけていた康政を誘って家康に仕え、旗本先手衆にまで出世した苦労人だ。

そして康高は、同じく旗本先手衆に抜擢された康政に自分の娘を嫁がせていた。

同僚の忠勝と康政の二人が連れ立って横須賀城代就任の祝言上に出向いてゆくと、康高はちょうど出来上がった新城の縄張り図を睨んでいるところだった。

「いつも二人一緒だな」

康高は旗本先手衆の中にあって、この二人がお互いに切磋琢磨して武芸を競っているのを微笑ましく思っていた。

「高天神城を落とし、早く遠江全土をわが領地としたいとの思いから、殿は大須賀殿に白羽の矢を立てられ、新城を任されたのだ。大須賀殿のこの大抜擢に娘婿殿としてこれ程嬉しいことはあるまい」

忠勝は新婚してまだ間がない康政を冷やかす。

康高はそんな二人のやりとりを微笑んで見ている。

「戦場での康政の勇ましさは忠勝に引けを取らぬが、子作りの方では随分と引き離されておるわ。この婿殿にお前から子作りの秘伝を伝授してやって欲しいものだ」

早くに嫁を娶り、もう三人もの子供を持つ忠勝が、まだ孫のいない康高には羨ましいようだ。

「ここは三方が入江で、残る一方は陸地で沼や深田で囲まれた天然の要害の地でな。

ここには直接海から兵糧が運べるし、ここに城を築かれてはさすがの勝頼もそう易々とは攻め寄せてはこれまい」

康高の自慢話を聞きながら、忠勝は本丸の予定となる高台から周囲を見回す。

「この逆川を船で遡れば掛川城の外堀へと通じている。掛川城が北の陸地を押さえる城なら、こちらは南の浜筋と海上を見張る城となろう。掛川城とこの城でもって浜松を守り、勝頼の援軍を阻止し高天神城を締めつけてゆかねばならぬ」

家康の信頼に応えようとするかのように、康高は語気を強めた。

横須賀築城が完成に近づくにつれ、武田軍の高天神城への兵糧の搬入がむずかしくなってきた。

高天神城の東を流れる菊川が入江に注ぎ込む付近まで、城兵は城を出て麦の青田刈りを始めるが、康政の知らせで徳川軍が浜松から横須賀城に到着すると、刈り取った麦を残して慌てて城へ逃げ戻った。

そんな時、徳川家に激震が走った。

「信康を大浜城へ移せ」

久しぶりに岡崎へやってきた家康は、信康としばらく話し合った翌日この命令を下したのだった。

翌日家康は酒井正親の息子・重親のいる西尾城に移ると、岡崎城代は数正から本多重次に替えられ、その日の内に籠に入れられた信康の身柄は大浜城へと運ばれた。

「何が何やら訳がわからぬわ」

康政の屋敷を訪れた忠勝は、家康のわが子への理不尽な仕打ちに不満を露《あら》わにした。

康政の屋敷にはいつ岡崎から出てきたのか、信康に幼い頃から仕えていた康政の兄・清政の姿があった。

「鷹狩りの途中だと申され、殿はひょっこりと岡崎へ参られ、信康様と何か口論されていた様子だったが、信康様が突然大浜城へ移られたのはその翌日のことだった」

「何があったと申すのじゃ」

忠勝は先を急かす。

「はっきりとはわからぬが、何となく岡崎衆の若い者の中には浜松衆への不満が燻《くすぶ》っておるようだ。武田との最前線にいる浜松衆は武功を重ね恩賞にあずかれるが、岡崎衆は兵站を司る役目しか与えられぬ。おのずと二者には心のずれが生じよう。その隙を勝頼がついたと言う噂だ。とても信じられぬ。今度の事件で岡崎城代は本多重次殿に替わり、責任を取らされた数正殿は寺院へ蟄居させられたのだ。そして岡崎城へ集められた岡崎衆は『今後は信康様ではなく家康殿に従う』と一筆を書かされ、誓わされたのじゃ。これではいかにも信康様が家康殿に反意を持っていると申しているようなものではないか。絶対に信康様は無実だ」

浜松城にいる家康に訴えにやってきた清政は、二人に怒りをぶつける。

「事の始まりは、天正三年冬に起こった水野信元殿の殺害まで遡るのだ。信元殿は岩村城攻めで、同輩の佐久間信盛殿に『敵方に兵糧を送った』と讒言《ざん》をされ、申し開きをするため家老を清洲へ送ったのだ。ところが酒を飲む内にその家老は信盛殿の使者と喧嘩となり、二人とも相討ちで死んでしまった。それを知り恐ろしくなった信元殿は岡崎へ逃げてこられて、甥の家康殿に庇護を求められたのだ。そのことは二人の耳にも入っていよう」

信元と信盛殿とは犬猿の仲だと知っていたが、忠勝は何故その時家康が彼の伯父の助命を信長に申し出なかったのかと、不思議に感じていたのだった。

大樹寺で助命を待っていた信元殿を、手にかけたのは岡崎衆の数正と平岩親吉だった。

「岡崎より西のことは数正殿の差配で殿から何らかの指示があったとしても手を下したのは数正殿だ。忠次殿の妻は腹違いとは申せ信元殿の妹に当たる人だ。東の取次が役目とは申せ、忠次殿が数正殿の処理を怒《いきどお》らぬ訳はない」

　喉が渇いた清政は、水を一口飲むと話を続ける。

「口にはされなかったが、この時から忠次殿は数正殿を憎んでおられたのよ。その憤怒が信康様のところまで飛火したのだ。それでいつか仕返ししてやろうと数正殿の挙動に目を光らせていた忠次殿は、数正殿と示し合わせて、信康様が武田と組んで大殿に反旗を翻そうとしているとの不穏な噂を家康殿に告げられたのだ」

「まともな父親なら、わが子の反乱をまともに受けることはあるまい。それに信元殿の殺害を命じられたのは家康殿だぞ。信元殿の助命を願うなら直接殿に訴えるべきだったのに…」

　忠勝は忠次のやり方に首を傾げる。

「大敵武田と戦っているため、殿はいちいちお互いの言い分を聞いて、浜松衆と岡崎衆との融和を図る暇がなかったのだ」

　清政の話で、忠勝は浜松にいてはわからない根深い確執が、岡崎衆と浜松衆との間にあることを知った。

　大浜城から堀江城へ移された信康は、その後岡崎とは遠く離れた二俣城を預かる大久保忠世の元へ送られた。

事件のあらましを知った二人は、信康助命のため家康に会おうとするが、家康は部屋に籠もって誰にも面会を許さない。

「殿には無断で行くか」

滔々と流れる天竜川に目をやりながら、二人は浜松から二俣城へと続く川沿いの土手道を急ぐ。土手道には紫色の花弁をつけた一本のさるすべりの大木が植わっていた。

近づいた康政はその木の下に立ち、つくづくとその花弁を眺めていたが、急に手を伸ばして枝を手折ると、それを懐にしまい込んだ。

途中の農家の軒先で一服して馬に水をやっていると、「息子の無実を訴えようと浜松へやってきた信康の母・築山殿が何者かに殺されたぞ」と百姓たちが騒いでいるのを耳にした。

「ひょっとすると信康殿の命も危ういぞ」と叫んだ康政は、慌てて馬に飛び乗った。

「殿は気が狂われたか」

妻を殺しその上わが子の命まで奪おうとする主君が、忠勝にはこれまで見知っている家康と同一人物だとはとても思えなかった。

二人は二俣城へと馬を疾駆させる。

「いや殿は決して狂われてはおられぬ」

　いつも控えめな康政にしては、珍しく興奮しているようだ。

「育ちの良い忠勝にはわからぬかも知れぬが、わしのように途中から殿に仕えるようになった者には、織田・今川で長い人質生活を送られた殿の心の奥底にあり、沈殿したどろどろとした汚物のようなものが多少はわかる気がするのだ」

「何が申したいのだ、康政」

「まぁ黙って聞け。殿は桶狭間の合戦で義元公が討ち取られて初めて人質という重い枷を外されたのだ」

　こんな真剣な顔をして話す康政を見るのは初めてのことで、忠勝は驚いたように親友の顔を眺めた。

「徳川家は徳川丸という海に浮かぶ船のようなものだ。海と風向きを見るのは、舵を任された船頭である重臣だ。忠次殿が水なら数正殿は風だ。船は水の上に浮き、吹きつける風向きで武田という大船に向かって進んでいるのだ。もし水と風が思い通りに働かぬと船は前進しないどころか下手をすれば転覆してしまおう。殿は向かってくる武田の大船と戦うためには、たとえ息子といえども海に放り出してでも自らが乗っている船を前へ進めねばならぬ。徳川家を守るためには大ていのことには目を瞑《つむ》り、舵取りを数正と忠次殿に任せておられるのだ」

「たとえ信元殿や信康様を海へ突き落としてもか！」

康政は黙って頷いた。

「伯父や息子のことだぞ。他のこととは違うわ」

忠勝の声は上ずる。

「あまりに近づき過ぎると人はその人間がわからなくなると申すが、早くから殿に仕えているお前には耳の痛い話だろう。だが怒らずに聞いて欲しい。お前は殿の人柄を欲目で善く見てしまっているようだ。幼少期の長い人質生活が殿をはっきりと物を言わずにじっと他人を観察し、やたらと人を信用しないという、慎重な性格へと変えてしまったのだ。そしてたとえ船長の人柄が変わろうが、船に乗り合わせた家臣たちは船長の命令に従わねばならぬのだ」

そう康政に指摘された忠勝は、これまで取ってきた家康の行動を振り返ってみた。

忠勝が覚えている家康は、困難に出くわすと即決即断することはなく、彼を支えている重臣たちの意見を優先させた。決して腹を割って自分の意見を開示することはなく、まるで他人に自らの腹の底を見透かされることを避けるかのように、重臣たちに意見を尽させてから、結論を出した。

（われらは先祖代々徳川家に仕えてきた家臣なので、そんな船に乗り合わせたことに我慢ができるが、一緒に乗り合わせた若殿の目には殿がどのように映っていたのだろうか）

忠勝は信康を不憫に思う。

「若殿がそんな父親に不満を抱いたとしても不思議ではないわ」

そう康政に言われると、さすがの家康贔屓の忠勝でも、康政が指摘することが正しいように思えてきた。

「殿の目には多分、信康様は自分を脅かす競争者と映っていたのだろうな」

康政は醒めた目で家康を眺めている。

「そう申せば、岡崎城へ連れ戻した瀬名姫を、殿は城外にある築山と呼ばれる尼寺に留め置かれていたわ。信長公への遠慮にしては度を越していたな。領国を支えるというのは大変なことだな。わしらは家の安泰のため子供や家臣を犠牲にせざるを得ない大殿のような身分ではなく、普通の生まれでよかったわ」

忠勝はふうっと大きく息を吐いた。

（大領主となれば、その地位に相応しいだけの悩みがあるものだ。そう言えば、書籍好きの康政は「人は中庸であることが幸せなのだ」とよく申していたな）

話をしている間に、天竜川を外堀とした二俣城が見えてきた。

馬を飛ばして走らせてきたので、体から汗がしたたり落ちる。

門番から二人がやってきたことを知らされた忠世は、「殿に断わってきたのか」と急に警戒するような鋭い目つきになった。

「大切な預かり人だ。逃亡でもされれば、わしのここが飛んでしまうわ」

忠世は手で首を切るまねをした。

家康に見張りを命じられた忠世は、信康を罪人として扱っているようだ。

「もちろん殿の許可を戴いてここへ参上しました」

康政の返答に、忠世はうさん臭そうな目で二人を睨め回した。

しぶしぶ信康が監視されている櫓まで案内し、「少しの間だけだぞ」と断わると、忠世はその場から立ち去った。

櫓の下層にあるかび臭い屋敷牢には書見台の他には何もなく、薄暗い部屋の壁に取りつけられた一本の蝋燭だけが、僅か二ヶ月の幽閉生活で一回り縮んだような信康の背中を頼りなげに照らしていた。

「若殿、忠勝と康政が参りましたぞ」

声がする方に振り返った信康の顔は、今まで見慣れた小綺麗な信康ではなく、髪は伸び放題で頬がげっそりと削げ、その姿はまるで別人であるかのようで、かび臭い強烈な臭いが二人を襲ってきた。

「よく訪ねてきてくれた。お前たちが初めての客だ。会えて嬉しいぞ。ここに居ては外界のことは何もわからぬが、母上は達者にされているか」

心配そうな信康の目が、二人の口元に吸い寄せられた。

「ご安心下され。母上も若殿の二人の姫様も達者でござる」

早くも忠勝の目には涙が溢れてくる。

「わしが若い者を先導して、父上を討とうとしているなどと噂する者がおるようだが、決してわしは父上を裏切るような卑劣な真似などしてはいない。これだけは信じてくれ」

二人は黙って頷いた。

信康は今まで書見台で認《したた》めていた一通の書状を取り、格子から痩せこけた手を伸ばして忠勝に渡した。

「この手紙には、わしがこれまでやってきたことが書き綴られている。これを父上に見せてくれ。父上とは度々口論したが、わし自身は父上の立場を奪おうなどと、一度も考えたことすらない」

信康は訴えるような目を忠勝に向けた。

「必ず殿に手渡しましょう」

「頼んだぞ忠勝」

書きつけを渡すとほっとしたのか、信康は脇に控えている康政へ目をやった。

「お前の兄・清政には随分と世話になった。今回のことで傅役《もりやく》の平岩親吉が何かと父に執り成してくれたそうだな」

声をかけることを禁じられていた忠世がしぶしぶであろうが、請われた信康に浜松城の様子を漏らしていたことを康政は知った。

「兄は信康様のことが心配で堪らず、浜松城へ押しかけてゆき、それでわれらは若殿がここにおられることを知ったのです」

「そうだったのか。『わしのことは心配要らぬ』と清政に伝えてくれ」

康政は懐から、さっき手折ってきたさるすべりの枝を信康に渡そうとした。

「さるすべりの花か。そうか外ではもうさるすべりの花が咲いているのか。暑い筈だな」

一日中暗い部屋に閉じ籠もっているので、季節を感じることができないせいか、信康は花を顔に近づけその匂いを懐かしむように嗅ぎ、しばらく目を閉じていた。

「あの頃は楽しかったな」

目を開いた信康はぽつんと一言呟くと、じっと康政を見詰めた。

「僅かの間でしたが、若殿に槍を指南したことがございました。稽古した城内の庭には大木となったさるすべりの花が、このように紫色の花をつけておりましたな」

「あの頃わしは海道一の弓取りになって父を助け、徳川の名を天下に轟かせてやろうと思っていたのだ。だがその夢も……」

「……」

何か話しかけると涙がこぼれそうになる。二人は急に黙り込んでしまった。

すでに信康が死を覚悟していることを察した二人は、それを口にすることを避けた。

「さあ、もう約束の時間が過ぎたぞ」

もっと話したかったのだが、咳払いしながら忠世が櫓内に入ってきた。

「わしも好きでお前たちと若殿を遠ざけようとしておるのではないぞ。何事も殿の命令を厳守しようと、心を鬼にしておるのだ」

一徹者の忠世は、言い訳がましく弁解する。

「もう行くがよい。くれぐれも父上にはよろしく申してくれ」と、もっと側にいたそうにする二人に信康は優しく頷いた。

数日後、浜松城へ戻ってきた服部半蔵が信康自害の様子を伝えた。

半蔵と天方通綱との二人が、信康の討手として家康から直に申しつけられたのだ。

「鬼といわれた半蔵でもさすがに信康の首は討てなかったのか」

主君の息子を目の前にして、いくら自分の命令だと言っても、苦悩する半蔵の葛藤を思うと、家康は顔を歪めた。

腹に刀を突き立て悶え苦しんでいる信康を目にすると、さすがの半蔵も労《いたわ》しさに介錯できず涙に咽《むせ》んだ。そんな半蔵を見かねた天方が替わって、血の海の中にいる信康の首を討ち落としたのだ。

半蔵から信康の最期を聞いた家康は、それきり黙り込んでしまった。

家康の心境を思い、重臣たちが目を伏せている。忠勝と康政の二人の胸中には数日前に会った信康の姿が瞼に浮かんでくると、彼らのすすり泣きはやがて号泣に変わった。

「遺体は丁重に二俣城の山続きにある長安院の傍らに葬りました」

囲りの重苦しい雰囲気に黙り込んでいた半蔵は、葬儀を済ませてきたことを沈痛な面持ちで告げた。

武田滅亡

一年に渡る越後の御館《おたて》の乱が、勝頼の肩入れで景勝の勝利で終わると、立腹した氏政は武田との同盟を破棄した。

天正七年十月に入ると、まるで信康の死を忘れようとするかのように、家康は高天神の落城に精魂を込め始めた。

まず高天神城の南にある三井山、南東の中村城山、北の小笠山に三つの砦を築き、天正八年の六月に入るとすぐに、東方から高天神城への後詰ができぬよう、さらに鹿ヶ鼻・火ヶ峰・能ヶ坂に三砦を築いた。

天正八年が暮れに近づいてくると、「この六砦が仕上がったので、もし甲斐から勝頼がやってくれば、信長殿の援軍を待って勝頼を討ち取るか、甲斐から後詰がない場合には、城兵を兵糧攻めにして落城させよ」と家康は厳命した。

横須賀城に立ち寄った家康は、完成した砦の出来具合の視察に康高をつれ出した。

もちろん忠勝・康政も同行する。

「六砦の外側には、勝頼がきても高天神へ入城できぬよう障壁を作り、砦の回りには濠を掘らせ、周囲は柵と高土居や高塀を築き、簡単には砦に近づけぬよう工夫しております。それに堀の内側には、大柵をもうけさせております」

康高の言葉にすっかり孤立色を深めた高天神城周辺の様子を見て、忠勝と康政は驚きを隠せない。

「それに六砦を継《つな》ぐ高土居の完成を急いでおり、これが出来上がった暁には一間につき番人を一人配置し、やつらが城から突出してきても、すぐ知らせが横須賀城へ参るよう手筈を整えるつもりです」

康高の細部にいたる説明に、家康は満足そうに頷いた。

「そうなれば城兵は鳥籠の中の鳥だな。羽でもない限り甲斐へは戻れなくなるわ」

翌年天正九年に入ると、蟻一匹這い出る隙間もないように城の包囲網が完成し、城兵は飢えに苦しみ出した。

「聞いたか。高天神城代の岡部は城兵を助けるために開城を申し出たが、信長公はそれを許さなかったらしい」

早耳の忠勝は、康政にその噂を伝えた。

「信長公はどうしても高天神城を力攻めで落城させ、武田に落日が迫っていることを世間に知らせたい考えだ」

康政はこう信長の狙いを分析する。

「救われぬ城兵は哀れだのう」

飢餓地獄へ追いたてようとする信長の強引なやり方を忠勝は憎む。

三月も終わりに近づき、桜もそろそろ散り始める頃、高天神城の東の山麓には仮設の舞台が作られ、鉄砲の音が途絶え、寄せてくる波の音に混じって鼓と謡《うたい》のかけ声が響いてきた。

迫ってくる夕暮れに備え、舞台の周囲には真昼のように篝火が煌々と灯っている。

「太夫の一さしを目にして、今生の名残りにしたい」

幸若三太夫なる謡の名師が陣中に供奉していることを聞き知った城方が、矢文を家康のいる本陣へ放ったところ、その願いが許されたからだった。

義経が最期となった衣川・高館の段を太夫が切々と謡い始めると、櫓に登り壁に群がった城兵たちの間からは思わずすすり泣きが漏れてきた。

彼らは太夫の謡にじっと耳を傾け、頬に伝わる涙を拭おうともせず感涙に咽ぶ。

謡の宴が済むと、今まで悲しみに満ち溢れていた城内は、まるで涙が干れ果て言葉を失った人間たちの集まりのように静まり返った。

「今夜の謡を契機に城兵たちは死を覚悟したのだ。死兵は手強いぞ。やつらは必ず今夜当り突出してくるので、討ち漏らさぬよう細心の注意を払え」

康高はまだ謡の余韻に浸っている部下たちに厳命した。

康高の言葉通り、亥の刻（午後十時頃）を回ると約九百人程の敵は、手薄な北の搦手門と西の丸の二ヶ所から突出してきた。

西の丸を発った岡部は、大久保忠世が守り口としている林の谷へ向かって出撃してきた。

急を聞いて横須賀城から康高が林の谷へ駆けつけると、すでに先回りした忠勝・康政隊が懸命に敵と戦っている。

六砦から高壁でぐるりを取り巻かれているので、城兵はそこを突破しようと踠《もが》いていた。

忠勝・康政らは包囲網から逃れようとする敵を深堀の方へ押し戻し、次々と討ち取ってゆく。

真っ暗闇なので合言葉をかけて返答がなければ敵だ。

横須賀城代を務めている舅の顔を崩せぬ立場上、康政は多くの首を獲らねばならぬと奮戦する。信長の非情な命令のため、立ち向かってくる相手には容赦はしなかったが、空腹で力が入らず、やっとの思いで槍を振り回しているだけの城兵を討ち取ることには抵抗を覚えた。

戦闘は厚い防備で圧倒的に数に優る徳川軍が有利で、明け方までに徳川軍は高天神城の本丸の占領を果たした。

翌朝本丸に集まると、重臣たちの首実検が行われた。

「大須賀康高殿の百七十七級が最高で次いで鈴木重時殿の百三十八級…」

若いが最近家康の側近を務める井伊直政が、武功帳に記帳された討首の数を喚くような大声で読み上げる。

その度に、家康の周囲からは大きな響《どよめ》きが広がる。

「石川数正殿四十八級、酒井忠次殿四十二級、榊原康政殿四十一級、本多康重殿二十一級、本多忠勝殿二十一級…」

振るわなかった忠勝の討首の数を聞いていた康政は、降伏を許さぬという信長の厳命に、顔を顰《しか》めていた忠勝のことを思い出した。

首実検が済むと、「設楽ヶ原で勝頼を破ってからはや六年が経つ。これでやっと遠江随一と名高い堅城を落とすことができたのは、ひとえに皆の精進のお蔭じゃ。これで武田を滅ぼす日も近づいたぞ」と家康は久しぶりに満面に笑みを浮かべた。

駿河の穴山信君が勝頼を見限り、徳川側についたことから武田家の崩壊が始まったのだ。

反旗を翻した木曽義昌を討つために、諏訪の上原城まで出陣した時、勝頼は「穴山信君謀反」という信じがたい知らせを受けたのだ。

一門衆の信君が勝頼から離れたことを知った信長は、勝頼を片付けるのはこの時とばかり氏政・家康の二人に武田領に侵入するよう要請し、勝頼が築いた防備のための新府城を目指す。

大軍の襲来で一門衆や国衆が次々と離反する中で、勝頼に忠誠を尽くして華々しく散ったのは、高遠城を守る異母弟の仁科信昌だけであった。

高遠落城を知ると、勝頼は最後の砦として築いていた新府城に火を放ち、甲府を目指して退却する。

浅間山の噴火も武田軍の士気を挫いた一因だったが、それにしても甲斐の虎と恐れられた武田王国の瓦解はあっけないものだった。

小山田信茂が守る郡内を目指し、笹子峠まできて小山田の裏切りを知り、それで死を覚悟した勝頼は、武田信満が自害した天目山にある棲雲寺で腹を切ろうとしたのだ。

だが勝頼一行が棲雲寺に行きつく前に、天目山の山麓の田野というところで、織田の配下・滝川一益勢に見つかってしまったのだ。

勝頼はじめ勝頼の嫡男・信勝それに氏政の妹で勝頼夫人らはこの地で自害し、名門を誇った武田氏はここに滅亡してしまった。

飯田で勝頼と信勝の首級と対面した信長は、「お前は信玄公の薫陶を守らずに決定的な誤りをおかした。それは高天神城を後詰せず、城兵を見殺しにしたことだ。このことで武田の国衆たちはお前を見限り、それが武田滅亡を生んだのだ」と呟き、無念そうに信長を睨む勝頼の頭を手にした杖で叩いた。

甲府入りした信長は終始上機嫌だった。

「お主は若い頃駿河にいたので、かの地のことはよく知っておるだろう。武田の遺臣の抵抗もあろうが、お主なら上手く治められよう」と信長は気前よく家康に駿河一国を与えた。

「この願文は勝頼の妻の書いたもののようでござる」

燃え残った新府城に近い韮崎神山の高台にある武田八幡宮へゆき、早い武田領の平定を祈願していた折、康政はたまたまこの願文を目にしたのだ。

「南無帰命頂礼八幡大菩薩

先祖武田太郎がこの国の本主となって以来、代々お守り下さっています。ここに不慮の逆心が国家を悩ましていますので、勝頼は運を天に任せて、命を軽んじて敵陣に向かいました。しかし戦況が不利で、士卒の心がまちまちです。木曽義昌は神慮を空しくし、父母をすてて叛乱をおこしました。これは自ら母を害するものです。勝頼の累代重恩の輩まで、逆臣と心をひとつにして、武田の国家をくつがえさんとしています。万民の悩礼、仏法の妨げではありませんか。勝頼の怒りの炎は天まで上るほど、私の悲しみの涙に袖をぬらしております。神慮天命誠あらば、五逆・十逆の輩に加護はありますまい。渇仰肝に銘じています。願わくは霊神力をあわせて勝頼に勝利を得させ給え。敵を四方に退けさせ給え。

右の大願成就の上は、勝頼と私と、ともに社壇をみがき、回廊を建立いたします。

天正十年二月十九日　源勝頼うち」

自害の約一ヶ月前に認められたこの願文には、妻が夫の無事を願う悲しい程、切実な思いが込められていた。

康政がこれを読み上げると、その場にいた一同からは思わずため息が漏れ、感情家の忠勝などはすすり泣きを始めた。

伊賀越え

武田を滅ぼした信長は、家康を安土城で歓待した。そして長谷川秀一の案内で京都の名所旧蹟を訪れた家康一行は堺の松井友閑の屋敷に逗留し、今井宗久や天王寺宗及との茶会や、信長が好む幸若舞いを堪能したが、固苦しい儀式ばったことに慣れない重臣たちは、そろそろ里心がつき始めていた。

「骨休めがこうも長いと貧乏性のせいか、遠江や駿河のことが気にかかってしかたがないわ」

「もう信長公は上洛された頃なので、われらは早々に堺を発ち、信長公にあいさつしてから帰りましょう」

暇を持て余している重臣たちの様子に、家康は重い腰を上げた。

「済まぬが、忠勝は早馬でこれから上洛する旨を、信長公に伝えてくれ」

退屈していた忠勝は、二つ返事で馬で駆け出した。

堺から大坂に出ると、大坂湾から吹いてくる潮の香りを含んだ浜風が顔にひんやりとして気持ちがよい。大坂からは淀川沿いの道を京都へ向かう。

大坂を過ぎ枚方まできた時、前方から見覚えのある男が急いでこちらへくるのを認めた。まるで馬から落ちそうになり、必死で手綱にしがみついている姿は、滑稽を通り越して悲愴感に溢れていた。

「茶屋殿ではないか」

茶屋四郎次郎清延は京都の呉服商を営んでいる男で、徳川家とは親しい間柄だ。清延の祖父は小笠原長時の家臣・中島宗延という侍だったが商人に転身し京都で呉服商を始め、その孫が清延に当たる。清延は将来を見越して家康に接近し始め、今では徳川家の呉服御用を一手に引き受けるようになっている。

だから家康は京都での逗留先を清延の屋敷とするぐらいだ。いつもは澄まし顔で落ち着いている男なのだが、こんな慌てふためいている清延の姿を忠勝は初めて目にした。

「大変です。本能寺におられた信長公が討たれましたぞ」

清延の顔は蒼白になっている。

「何！　誰の手にかかったのだ」

魔王のように振る舞っていた信長が討たれたとは、どうしても忠勝は信じられなかった。

「明智の謀反のようです」

（あの明智が…。何が不満でそんな大それたことをしでかしたのか…）

忠勝は安土城で見た光秀の怜悧そうな横顔を思い出した。

「とに角、殿に知らせねば…」

二人は堺に向かって駆け出し、飯盛山の山麓まできたところで、京都へ向かう家康一行に追いついた。

清延が家康をはじめ重臣と道案内役の長谷川秀一に信長が討たれたことを告げると、それまで長閑だった一行の顔色が急変した。

「これはえらいことになったわ」

数正や忠次の重鎮をはじめ忠勝・康政や忠世の息子忠隣や、それに年少の井伊直政たちの目が一斉に家康のところに集まった。

家康はまるで言葉を失ったかのように、呆然と立ち尽くしているままだ。

「われらは小勢なので、大恩ある信長公の弔い合戦はできぬ。この上は明智の雑兵の手にかかるよりも、京に登り知恩院へ入って潔く腹を切ろう」

重い口を開くと、意外なことを口走った。

「徳川殿が割腹すると申されるのなら、信長公の家臣であるそれがしは、一番に腹を切るべき人間でござる。直ちに京へ発ちましょう」

秀一も家康に従おうとする。

これを聞くと忠勝は急に怒り出した。

「しばらくお待ち下され。それ程信長公の御恩を思われるなら、この際ぜひに本国へ帰りつき、軍勢を従えて光秀と弔い合戦をすべきではござらぬか。光秀の首を信長公の墓前に手向けることこそ、亡き信長公の魂を安んじることではありませぬか」

忠勝は消極的な家康の態度を詰《なじ》った。

「年寄りのわれらも忠勝の考えと同感じゃ」

その様子に今まで黙っていた数正と忠次が、「忠勝の申し出が正しい」と家康を諫め始めた。

「しかし周りは敵ばかりだぞ。どの道を通って岡崎へ戻れると申すのだ」

家康は語気を荒らげたものの、冷静さを取り戻し始めた。

「河内・山城を経て近江・伊賀路への道筋の国衆たちには、それがしが信長公へ取次ぎして拝謁させた者が多くいるので、よもやそれがしの申し出に背くことはあるまいと思います」

弔い合戦しようとの忠勝の強い思いに心を揺さぶられた秀一は、何としても家康を無事に岡崎へ送り届けなければならないと、前言を改めたようだった。

「信長公の覚えめでたかった長谷川殿が道案内を引き受けてくれるとは、実にわれらはついておるぞ。これで一安心じゃ」

この地に不案内の数正と忠次は、強い味方を得た思いだ。

家康もだんだんその気になってきた。

「まずは、大和の十市玄蕃允に使いをやり、やつに道案内させましょう」

秀一が玄蕃允へ手紙を認めていると、「それがしは道を確保するために先に伊賀に入り、味方を募っておきます」と服部半蔵は一行から離れて西へ向かった。

「武士でないそれがしも、何か役に立つことはないかと思い、これを用意して参りました」

見ると清延の乗ってきた馬には、重そうな箱が積まれている。

「これは伊賀越えするわれらにとって、何よりの力強い贈り物だ」

家康は清延の気配りに感謝した。

主従の心は帰国することに一致した。

夕暮れが迫る頃、河内・尊延寺村に入った一行は、清延が調達してきた松明を翳《かざ》して先を急ぎ、普賢寺谷の山道に差しかかった時には、もう真夜中になっていた。

山道続きの強行軍で疲労困憊気味の一行が地面に腹ばうように体を横たえ一服していると、向こうから揺れ動く松明の火の群れが近づいてきた。

敵の接近かと思い、一行はただちに立ち上がると腰の刀に手をやった。

「徳川殿はおられるか。十市光広（玄蕃允）からの迎えの者でござる」

「味方がきたのか」と一行は刃にやった手を放し張りつめていた心が解《ほぐ》れ、ほっと安堵のため息をついた。

「ここから草内の渡し場まではすぐでござるぞ」

吉川という三人の案内人と、片手に〝蜻蛉切〟の長槍を持った忠勝を先頭にして、薄く白みかけた肌寒い空気が漂う山中をしばらく進んでいくと、目の前に滔々と流れる穏やかな木津川の川面が広がってきた。

水面は朱色に染まり、まるで日の光にきらめく鏡のようだった。

忠勝は川舟を探すが、一艘も見当らない。

「渡し舟がなければ、この木津川の広い川幅では渡れぬぞ」

集まってきた一行が騒いでいると、朝霞の中を二艘の柴舟が近づいてくるのに気づいた。

「川舟だ。あれを貰おう」

大声で呼ぶが、不審がる船頭は川の途中で舟を止め、対岸に集う怪しい一団の様子を窺う。

一行が叫んでいると、「その舟を丸ごと買おう。金はこの通りすきなだけつかわそう」と、清延は馬に積んでいる箱からぎっしりと詰まった小判を見せた。

薄汚れた数十人の侍たちの群れを横目で見ながら、船頭は金に釣られたのか、川舟を岸につけてきた。

「この舟にはわしの生活がかかっておりますのじゃ」と、船頭は声を震わせながらも、清延が持つ小判から目を離さない。

「柴と川舟二艘分の代金だ。これぐらいで舟を手離さぬか」

清延は朝日に輝く三枚の小判を取り出すと、船頭は腰を抜かさんばかりに驚いた。

「結構でございます。これだけの金があれば、もっと立派な新品の柴舟を買うことができます」

「お前の気前よさに免じてこれはおまけじゃ」

四枚の小判を受け取ると、船頭は何度もぺこぺこと頭を下げながら、その場から立ち去った。

「上手くいったわ。早く馬ごと舟で運ぼう」

数正と忠次が人数を手分けして何回にも分かれて乗船する。

船頭役は若い忠勝と康政とそれに家臣となってまだ日が浅い井伊直政の仕事だ。

額からぼたぼたと汗を流している若者に、「お前たちは侍をやめても、立派に船頭として食っていけるぞ」と忠次が冷やかす。

やっと全員が渡り終えると、用心深い忠勝は、敵がこの舟を利用することを恐れて槍の柄で舟板を突き破り、二艘とも川に沈めてしまった。

山口甚介は甲賀五十三家を束ねる多羅尾光俊の三男で、養子に入った宇治田原にある山口城は、城といっても砦のような小っぽけなもので、周辺には郷侍の屋敷があり、その周りに民家が並んでいるだけだ。

巳の刻（午前十時頃）、宇治田原を訪れた一行は城近くの屋敷に招き入れられ、皿に盛られた握り飯を目にすると、急に腹が鳴り出した。

「考えてみれば昨日飯盛山を越えてからまだ何も口に入れていないわ」

「ここでしばらくお待ち下され。それがしは山口甚介が心変わりしていないかどうかを確かめてきましょう」

秀一は甚介の家臣たちを伴い、城へ入ってゆく。

「もしもの時の用心だけはしておけ」

家康の首を土産に甚介が明智方に寝返ることを、数正は危惧した。

「皆様のために替え馬と朝餉を用意されているそうです。どうぞこちらの屋敷へお入り下され」

再び外へ姿を現わした秀一の表情が緩んだのを見て、数正は安堵した。

「やれやれ、これでやっと一服できるぞ」

座敷に並べられた茶碗の中の赤飯を黙々と平らげると、米びつは空になってしまった。

「やっと生き返った気分じゃ。一眠りしたいところだがそうもゆっくりとはできぬぞ」

放っておけばこのまま眠り込みそうになる一行を、数正は急かす。

「今日の夜までには、それがしの父の多羅尾光俊がいる小川城に着かねばなりませぬ。今からすぐに発ちましょう」

甚介の差し出す替え馬に跨り、信楽街道を通って小川城を目指す一行が遍照院の境内で一服していると、急に腹が鳴り始め、持参の握り飯を頬張り出した。

「裏白峠から朝宮に至る道は険しいですが、これから先はもう近江でござる」

「珍しい名称だな。何故、裏白峠というのだ」

年寄っても好奇心旺盛な数正は、先頭を歩く甚介に問《と》う。

「山城の国から見れば、近江は裏白に当たりますので」

「なる程、それでやっと合点がいったわ」

数正は頷いた。

「お主はこんな時でもよく平気で峠の名前のことなどを考えておられるのう。それにしても、こんなところで襲われでもしたら、逃げ場がないわ」

数正と並んで歩いている忠次は、周囲に気を配りながら両側を山で挟まれ、巨木に包まれた勾配が緩い山道を登ってゆく。

山頂は迫ってくる山のため日当たりが悪かったが、上りは険しかった山道も下りにさしかかると、勾配は徐々に緩くなってゆく。

夕方近くになり、一行が鉛のように重くなった足を引き摺って進んでいると、山道が少し広くなってきたところに、樵が住んでいるような山小屋が見えてきた。

そこには道を遮っている木戸がある。

「この人たちはわしの知り合いの者じゃ」

山口甚介が大声で叫ぶと、番人は慌てて木戸を開き、甚介の供の者が家康が到着したことを知らせるために小川城へ走っていった。

「山賊が出なかったのも、多羅尾光俊殿の善政のお蔭じゃな」

蛸蛉切を手にしながら、忠勝がほっとしたように呟く。

朝宮に入ると平地が広がってきたせいか、周囲が明るく感じる。

「小川城はもう近くですぞ」

甚介は青息吐息の一行を励ました。

使者に伴われ一行を出迎えに出てきた多羅尾光俊は、髪に白いものが混じっているが、矍鑠《かくしゃく》とした目の鋭い老人で、「ようこそ参られた。信長公の御恩は忘れることはできませぬ。無事岡崎へ戻られたならば、どうか憎き明智めを討ち取って下され」と信長のことを思い出すのか、しきりに目を潤ませながら家康に訴える。

「田舎なので大したものはござらぬが、空腹を満たし、今夜はこの地でゆっくりと休まれよ」

強行軍のため、空きっ腹で目の前に並べられた重箱に詰まった赤飯を見ているだけでも、口の中に唾が貯まってくる。

一人が目の前に置かれている赤飯を箸も使わずに手づかみで頬張り始めると、一行は喋る間も惜しみ、争うように赤飯に食いつく。

よく噛まずに飲み込み、喉に詰めて慌てて咳込む者もいる。

一行が瞬く間に重箱を空にしてしまった様子を眺めて、「余程腹が空いておられたようですな」と光俊は微笑む。

「これは些少ですが…」

清延が光俊に用意した小判を握らせると、最初は当惑したような顔を見せたが、それでも光俊は黙ってそれを受け取った。

「問題は明日の伊賀路です。柘植から加太まで続く加太峠は山賊が跋扈する難所で、ここを無事に通過できれば伊勢湾まではすぐでござる」

光俊は一同の目の前に絵図面を広げ、明日通ることになる二里半程続く加太峠を指差す。

加太峠は亀山と伊賀の境にある鈴鹿山脈の鞍部で、標高が三百メートルある峠だ。

「それがしの配下から五十人余りを募りましょう。それに明日になれば、甲賀から百数十人の助っ人がやってくることになっております。今夜はゆっくりと眠られ、明朝の峠道に備えて下され」

責任感の強い十市光広は、伊勢を発つまで家康に同行するつもりのようだ。

「家康殿こちらへ参られよ」

仏間へ家康を招いた光俊は、襖を開けると仏壇から黒光りのする地蔵像をとり出してきた。

「これを持っておれば、神仏が慈悲の力で家康殿を守ってくださるでしょう」

「これは勝軍地蔵像ですな」

小ぶりだが、鎧・冑を身につけ勇ましい姿をした地蔵菩薩が、錫杖と如意宝珠を手にして軍馬に跨がっている。

「これは難所を前にして、有難い贈り物じゃ」


一方一足先に伊賀へ先行した半蔵は、父親の故郷・伊賀の千賀地を時々訪れたことがあったので、生家付近の景色は今でもよく覚えていた。

だが相次ぐ戦乱で目の前に広がる風景は激変していた。

山を隔てると北は国司・守護が領有する甲賀の地だが、伊賀は元々国司不在・守護不入の地で領主はいないので、服部・百地・藤林といった有力者は他の領主に協力を求められると、お互いに敵・味方となって働くという特殊な地でもあった。

信長の二度の進攻で伊賀の国は焦土と化したが、人々は身を潜めたり他国に逃れたりしてしぶとく生き続けていた。

広い敷地を誇っていた服部氏の本家は見る影もなくなっており、藁葺きの小さな農家が一軒あるだけだった。

「半蔵ではないか」

家の前に広がる果樹園から聴き覚えのある声がしたので振り返ると、たわわに実った桃の手入れをしている農夫の姿が目に留まった。

笑うと深くなった目尻の皺が下がり、日に焼けた顔からは白い歯が零《こぼ》れた。

「叔父上ではないか。随分と久しいのう」

「やはり半蔵か。何かあったのか。こんなところでは立ち話もできぬ。まあ狭いところだが上がってくれ」

腰を伸ばし首に巻いた手拭いで汚れた手を拭き、叔父は先を歩きながら上がり框《かまち》で藁草履を叩《はた》くと、濡れた雑巾で足を拭った。

続いて囲炉裏のある部屋に入り、「珍しい客がきたぞ」と奥の部屋へ声をかけた。

「これはたまげた。半蔵さんではないか。何年ぶりになるかのう」

突然の半蔵の訪問に叔母は繕い物をしていた手を休めた。

「源太と与次郎は元気にしているか」

二人は近くに住んでいる叔父の息子なのだが、叔父は甥の久しぶりの訪問に不審を覚えた。

「達者にしているようだが、何か特別の用でもあるのか」

「実はわしの仕えている家康殿は、信長公から饗応を受けて堺におられたのだが、その頼りとしていたお方が家臣・明智光秀の手にかかって討たれてしまったのだ」

それを聞くと口元を緩めていた叔父の顔は、急に真剣になった。

「いつのことだ」

「三日前のことだ。それで家康殿は伊賀越えして岡崎へ戻ろうとされているのだが、どうしても加太峠を通らねばならぬ。峠越えに手を貸して欲しいのだ」

「わしらは二度も信長に痛い目にあっているからのう。明智がやつを討ったとなれば、明智側につく者も多くいよう」

「信長公が伊賀攻めを行った折、逃げ出した伊賀者を家康殿が黙って三河で匿ってくれたことを存じておろうな」

半蔵の念押しに、叔父は頷く。

「それを手伝ったのが服部一族だということを知らぬ者はこの伊賀にはおるまい。家康殿は情け深い人で、加太峠で恩を売っておけば家臣に取り立てて下さろう。そのことはわしが請け負う。叔父の力で、百地と藤林の若い衆を集めて欲しいのだ」

「お前がここへやってきたのはそのことだったのか」

叔父は何か考えている風だった。

「よし、わかった。わしがお前のために一肌脱いでやろう」

「有難い。やはり叔父上を頼って、ここへやってきた甲斐があったわ」

日焼けした半蔵の顔が綻んだ。

その晩、叔父の懸命の説得のお蔭で、二百人を越す服部・百地・藤林一族の若者たちが叔父の家の周りに集まってきた。

熱心に説得を始めた半蔵の態度から、徳川への仕官も夢ではないと知ると、彼らの気持ちは高揚してきた。

「家康殿が加太峠に差しかかるまでに追いつかねばならぬので、夜明け前にはここを発つ。今晩は刀や槍や鉄砲の手入れをしっかりとしておいてくれ」と半蔵は命じた。

一眠りして源太と与次郎を伴った半蔵は、約二百人ほどの伊賀者を引きつれて加太峠へと急いだ。

一方、加太峠越えを控えた家康一行は朝早く目覚めた。

草鞋を履き、出発の用意をしていると、小川城の前には屈強な約二百もの男たちが勢揃いしていた。

家康を中心に、一行が音羽郷から柘植の徳永寺についた時、突然一行の前方に百姓や猟師たちが現われ、槍や鉄砲を手にして近寄ってくる。

家康はじめ重臣たちは素早く刀を抜き、槍を握り直したが、彼らに敵意はなさそうだ。

そんな気配を察したのか、彼らは白い歯をむき出した。

「柘植三之丞清広と申す。われらは前々から徳川家に好意を寄せていた伊賀や甲賀の地侍でござる。われらは家康殿一行が伊賀路にやってこられたら、加太峠を越えて伊勢の白子までのご道中の道案内をしようと、ここで待機しておったのです」

信長が伊賀攻めを行った折、逃亡する民を目立たぬよう匿ってくれた家康の恩を、今ここで返そうとしているらしい。

野良着を身につけているが、逞しい体つきをしている。

「加勢有難く思うぞ。加太峠まではあとどれぐらいあるのか」

「三里ほどの距離でござる。峠道は下りは見通しが利き、勾配も緩いのでさ程危険はありませぬが、短い上りが危うござる。加太峠は鈴鹿峠の鞍部を走っているので、山賊たちが襲ってくるとしたら、多分両側の山からでしょう。われらが先頭に立ちますので、皆様はわれらの後からきて下され」

新たに加わった者たちが道案内を買って出る。

「忠勝、康政、お前たち若い者は彼らと共に先に行け。われら年寄りはお前たちの後からゆく。直政は決して殿のそばを離れるなよ」

てきぱきと忠次が指示を出す。

上りは一本道で、山麓を流れる加太川のせせらぎが耳にやさしく響き、山麓にはところどころ肩を寄せるように集落が固まっている。

「いつもならこの辺りは平穏なところで、盆になると集落ではかんこ踊りが盛んに行われるらしい」

一行の緊張をほぐそうと、物知りの数正が呟く。

「われらに危険が迫っているというのに、またいつもの講釈を聞かねばならぬのか」

忠次は悠々と構えている数正に立腹する。

「こんな時こそ冷静さが必要なのだ」

「何じゃ。そのかんこ踊りとは」

家康が言い争っている二人の間に割って入る。

「かんことは太鼓のことで、集落の者たちはお盆の夜、飾りや灯籠を付けた笠を被り、体の前につけた太鼓を打ちながら寺の境内を踊るのです」

「盆踊りのことだな」

浴衣を着て踊る岡崎での楽しい一夜を思い出すと、一行の心に余裕が湧いてきた。

その時数発の空砲が峠に響き、喚《おめ》き声があがると、両側の山腹から武具を身につけ、槍や刀を手にした野武士たちが湧き起こり、家康ら一行を襲ってきた。

「やっとお待ちかねの山賊がやってきたぞ」

先をゆく忠勝や康政が、後ろの家康一行に敵の出現を大声で知らせると、今度は峠の山頂の方からも山賊たちが姿を現わした。

「わしらは上からやってくる者を防ぐ。残った者は殿をお守りせよ！」

忠勝の蜻蛉切が唸ると、坂道を下ってくる山賊たちは一瞬たじろいだが、再び群れをなして襲ってくる。

「ちょこざいなやつめ！」

忠勝の槍は相手の手足を狙い戦闘意欲を萎えさせ、次々と戦線離脱させてゆく。

「わしの分も残しておけよ」と言い棄てると、康政は一目散に大きく迂回して山腹を駆け登り峠道の上方に出ると、山賊たちに立ち向かう。

山頂から降りてきた山賊は、忠勝と康政とに挟まれた格好となるが、家康の首を手柄にしようと懸命に防戦する。

一方、丸陣で臨んだ家康のところへは左右の山の斜面から敵が群がってくるが、老いたりといえども忠次・数正らは百戦錬磨の強者だ。それに加えて、大久保忠世の弟・忠佐、渡辺守綱ら一騎当千の者たちから、石川家成の嫡男・康通それに大久保忠世の息子忠隣らの若手まで揃っている。

まして相手は土豪に等しい烏合の衆だ。

ただ敵は数だけが多い落人狩りで、賞金を目当てに大将首を狙っているので、必死に討ちかかってくる。

猛攻に耐えて敵を押し戻すが、敵は囲みが乱れたところを突いてくる。

「殿を守れ！　こんな山賊相手に殿の首など取られたら世間の物笑いの種だぞ」

忠次の怒号が周囲に響く。

忠勝と康政は早く家康のところまで戻りたいが、敵が峠道を遮っているのでなかなか近づけない。

その時、峠の山頂と山の両側から狼火が上がり、ものすごい喚声があがった。

「新たな敵がやってきたのか」

数正と忠次は戦いながらも声のした方に目をやると、山側から出現した新手は忠勝・康政らが戦っている山賊たちに向かってゆき、彼らの背中を襲い始めた。

「助かったわ。味方がやってきたぞ」

返り血を浴びた数正は、槍をしごきながら安堵のため息を吐いた。

「遅くなり申した」

伸び放題の髭を擦りながら、日に焼けた真っ黒い顔に、白い歯をこぼした半蔵が家康のところへ駆け込んできた。

「おお半蔵か。地獄に仏とはこのことじゃ」

「やっと間に合いましたな。伊賀・甲賀を走り回り、味方を募って参りました」

「有難い。これで生きて岡崎へ戻れそうだわ」

半蔵の加勢で味方の士気は上がり、山賊たちを山際まで追い詰めてゆく。

山賊は半蔵が連れてきた援軍に手を焼き、家康を討ち取ることを諦め蜘蛛の子を散らすように山中へ逃げ込んでしまった。

「追わずともよい。それより傷ついた味方の者を助ける方が先だ」

家康は追撃を止めさせた。

峠道には敵の死体が散乱し、手傷を負った味方の者も多かったが、先を急ぐ徳川の一行は、後始末を半蔵に任せてその場を立ち去った。

関の宿場に入り瑞光寺の境内で一服していると、何者がやってきたのかと不審がった坊主が、本堂から出てきた。

近寄ってくる坊主を眺めていた家康は「ご坊は確か三河におられたことはござらぬか」と見覚えのある坊主に声をかけた。

「いかにも、それがしは三河の生まれで、豊屋永隆と申す和尚だが…」

「やはりそうでござったか。家康でござるよ。幼き頃、三河で何度か出会った記憶がありましたが、よもやこんな所で巡り合うとは…」

「ああ竹千代殿でしたか。これは何とも奇遇でござるわ」

家康がここへやってきた経緯を説明すると、「それなら白子の浜へゆきなされ。大浜までは舟でゆくのが一番安全じゃ」と親切に教えてくれた。

礼を述べて亀山・和田から庄野を経て、やっと伊勢湾に面した白子の浜に着いたのは、もう夕方を過ぎていた。

「どこかで船を捜して参れ」

商人として顔の広い清延が先に立ち、忠勝も彼に従って浜へ向かう。

穏やかな海面には夕陽が波に反射して、まるで朱い魚が海面を飛び跳ねているようだ。

　海岸沿いには、今にも朽ちそうな粗末な漁師小屋が軒を連ねて並んでおり、浜には一艘だけ大船が浮かんでいた。

「ここまで明智の命令が行き渡って、われらが海から逃亡せぬよう、港から船を遠ざけているようだ」

　商人仲間から様々な情報を入手している清延は、一艘しか舫っていないがらんとした海岸を見渡した。

「とりあえずこの大船の持ち主に出航するよう頼んでみましょう」

　清延が貧しそうな漁師小屋に入り、持ち主の住まいを聞き出すと、浜から少し離れたところに、塀の内側を木斛《もっこく》の木で囲んだ立派な屋敷が一軒建っていた。

「あの浜にある船の持ち主は、角屋と申す船主のものだと伺ったのだが…」

「そうだ。わしの船だが」

　目のぎょろっとした四十前の日焼けした男が、不意に入ってきた二人を不審そうにじろじろと見詰めた。

　清延が「二～三十ほどの者を載んで知多半島の大浜へやって欲しい」と頼むと、

「明智様から『船を出すな』との厳命がこの地にもきております。命令を破れば、角屋はとり壊されますので、せっかくの頼みに応じることはできませぬ」と、角屋は断わる。

「わしも京都では少しは名の知られた商人だ。堺から白子の浜までやってこられた家康殿が、弔い合戦のために岡崎へ戻ろうとされている。ぜひに力を貸して欲しいのだ」

清延は、用意していたぎっしりと小判が詰まった箱を角屋の目の前へ置いた。

「お主が家康殿の味方をして船を出してくれたら、この持ってきた小判のすべてをそなたに進呈しよう」

驚きで大きく見開いた目が急にそわそわとし始めた。

しばらく黙って考え込んでいたが、新築の巨船が三艘も購入できそうな金への欲望が角屋を決心させたようだった。

「よろしい。今から船を出しましょう」

「有難い」

二人は頭を下げた。

浜では清延や光広をはじめ柘植《つげ》三之丞清広や伊賀、甲賀の地侍たちが集まり、「ぜひ信長公の弔い合戦をして明智を討ち取って下され」と家康を励ます。

「お主たちの尽力は決して無駄にせぬぞ」

数正や忠次は一人一人の肩を叩いて、彼らの骨折りに応えた。

一行を乗せた船が薄暗くなった海岸から離れると帆は順風を受けて、海面を滑るように大海原へと進む。

船板の上に横になると、これで岡崎へ帰ることができるという安堵感からか、空腹にもかかわらず一行の激しい鼾の合唱が甲板に響き始めた。

天正壬午の乱

信長が死ぬと、信濃・甲斐・西上野の国を治める織田の武将たちに激震が走った。西上野を預かっていた滝川一益《かずます》は神流《かんな》川合戦で北条氏に敗れ領国の伊勢へと逃げ出し、甲斐にいた河尻秀隆は地元の一揆勢に殺され、信濃の川中島四郡を預かっていた森長可、それに伊那郡の毛利長秀も逃亡し、三国は「無主の地」となってしまった。

「これは早く手を打たねば、武田の旧領は北条や上杉のものになってしまうぞ」

家康は焦るが、良策が思いつかない。

「殿は有能な旧武田家臣を自領に匿っておられましたな」

数正はこの際、旧武田遺臣を利用すべきだと主張する。

武田旧臣を鎮撫するために、さっそく大須賀康高を大将として、領地に潜ませていた岡部正綱・曾根昌世らの遺臣たちを甲斐に派遣することにした。

「織田との連携はわが方の命綱ですぞ。殿が『無主の地』を治める許可を、それがしが信雄・信孝様から取り付けて参りましょう」

数正はてきぱきと善後策を編み出す。

「わしが欲得で武田の旧領を奪っているのではなく、織田殿の後始末をしている風に装わねばならぬからのう。その役目を果たせるのは数正しかおらぬわ」

明智光秀を討ち果たした織田方が、まだ旧武田領まで手が回らないことを見越すと、数正は織田家から旧武田領の奪回の了解を取りつけてきた。

先に甲斐入りした大須賀康高が「土豪たちの抵抗に遭い、容易に彼らを味方に付けられぬ」と告げてきたので、家康は大久保忠世を中心として、本多広孝それに家成の息子・石川康通らを甲斐に向かわせた。

彼らの活躍で一揆勢の反乱は下火となり、甲斐はあらかた治まった。それで、「今度は信濃を押さえよう」と一行は諏訪街道を西へ若神子から諏訪領に入る。

この頃浜松城を発った家康は、江尻から中道往還を通り甲斐へ向かっており、下伊那地方を拠点にする神之峯城の知久頼氏や吉岡城の下条頼安それに松尾城の小笠原信嶺は、「領土を安堵しよう」との家康の約束を信じて味方についた。

諏訪領の要は高島城で城主は諏訪頼忠だ。

「家康殿は義理堅いお方で、焼き払われた甲斐の恵林寺の再建や、田野で果てられた勝頼公を偲んで景徳院を建立なされるつもりだ。貴公が味方すれば、家康殿は諏訪大社を再建しようと申されておる」

普段横柄な大久保忠世は、精一杯の丁寧さで頼忠に接し、気を使って説得する。

下伊那衆が徳川に靡いていることを知っている頼忠は、北条に傾きかけていた天秤の目盛りを徳川の方に戻そうとした。

一方碓氷峠から佐久・小県郡を押さえ信濃入りした北条は、小諸城を本拠地として上杉が領有する北信濃の川中四郡を巡って上杉と対峙していた。

北条と上杉との戦いの様子は、佐久郡の春日城に籠もる依田信蕃によって逐一家康に報告された。

依田は徳川の兵糧攻めに二俣城を開城したが、武田滅亡後も田中城を守り切った律儀な勇将でもあった。

その依田は、旧武田遺臣を根絶やしにしようとする信長の目を逃れて、佐久の自領に戻っていたのだ。

「北条に身を寄せる真田昌幸は、このまま北条と上杉との対陣が長びけば北条の士気が低下するので、上杉景勝との決戦を進言しています。しかし大将の北条氏直は上杉との決戦を避け、今度は甲斐から駿河に矛を向けてきそうな模様でござる」

この知らせに二万を越す北条がこちらに向かってくると判断し、家康は兵力を増やそうと吉田城にいる忠次に檄を飛ばした。

「信濃を平定した暁には、その方に信濃を任せるつもりだ」

この知らせに、徳川家臣団で頂点に立ちたいと望む忠次は、狂喜した。

東三河の国衆三千を率いて吉田城を出陣した忠次は、吉岡城の下条頼安と知久頼氏それに小笠原信嶺らの下伊那衆を指揮下に加え北進すると、高島城の城門まで駒を進めた。

「城門を開け。頼忠殿に話がある」

「話ならここから聞こう」

「殿はそれがしに信濃を下されたのじゃ。諏訪衆も我が手につかねば攻め寄せるぞ」

いつもの慎重な忠次に似合わず、驕りから脅せば靡くと高飛車な態度で頼忠に徳川家へ帰順を迫った。

忠次隊のものものしく武装した様子を警戒した頼忠は、城内の櫓に登り狭間から狐のような細長い顔を覗かせる。

「大久保殿が『知行安堵を約束する』と申したからこそ徳川と手を結んでやろうと思ったが、お前の家来になって仕えるぐらいなら、氏直殿に味方するわ」

そう言うと頼忠の顔は狭間から消えて、代わりに鉄砲の筒先が顔を出す。

「危ない！　退がれ」

忠次は慌てて城門から離れて城を厳重に包囲するが、頼忠は固く城門を閉じて討って出てこようとはせず、持続戦の構えをとった。

これを知ると、諏訪へやってきた忠世をはじめ大須賀らは怒った。

「折角、わしらが骨を折って頼忠を味方につけたと思ったのに、お前がいらざる無礼を働いて頼忠を北条方にしてしまいおって…」

「元々やつはわしらと北条方とを天秤にかけていたのよ。そんなやつを味方にしたところで何の役にもたたぬわ。やつの態度がはっきりした方が、われらにとっては都合がよかったのだ」

信濃を任されたとの自信からか、忠次は強気に言い返す。

そんな折、地元に顔が効く乙骨太郎左衛門尉という地元の豪族が、「それがしと頼忠殿とは昵懇の仲でござる。頼忠殿への説得を試みましょう」と、忠次に名乗り出てきた。

「北条軍が南下している」という依田からの報告があり、早く高島城を開城させたいと焦る忠次は、この太郎左衛門尉の話に飛びついた。

頼忠は「北条南下」の情報を知っているようで、徳川家の使者として太郎左衛門尉が参上したことを聞くと、「話し合うことは何もない。早々に帰れ」と辛辣な対応だ。

高島城にいた懇意な者からも「頼忠はお前を殺そうとしているぞ」と告げられ、太郎左衛門尉は急遽高島城から逃げ出した。

「北条軍が南下している」ことを知ると、これまで徳川方だった「安曇・筑摩郡の深志城主・小笠原貞慶までもが北条方についた」との知らせが忠次のところへ届く。

「北条の大軍がやってくれば、われら三千の小勢ではどうにもならぬわ。ここは一旦殿がいる甲斐まで退くべきだ」

どうしても高島城を開城させたい忠次と忠世らは、退却を巡って揉め始めた。

そこへ太郎左衛門尉が飛び込んできて、「北条の先鋒が大門峠を通ってそこまでやってきている」と告げた。

忠次と忠世は一旦口喧嘩を止めると、戦さ支度を始めた。

「北に丸山という小高い丘があります。そこを押さえれば少しは退却の準備までの時間が稼げましょう」と、太郎左衛門尉は進言する。

「道案内を頼む」と取る物も取り合えず、彼らは叢を踏み分けて丸山へ走った。

丘の上に立つと、すぐそこまでやってきている北条の先手の様子がよく見渡せた。

鉄砲の一斉射撃を行い、驚いて蜘蛛の子を散らすように逃げる敵を尻目に、太郎左衛門尉を先頭に大慌てで諏訪街道を柏木から西へ金沢まで逃げ出した。

この時、佐久の依田から「北へ一里程の辺りにある柏原に、四万三千の氏直率いる北条軍が迫ってきている」と知らせてきた。

忠世はこの知らせに驚くかわりに腹が立ってきた。

「諏訪頼忠を味方にすることができた筈なのに、お前の口が災いして敵に廻してしまいこの有り様だ。こうなってしまったのはお前のせいだ」

と忠次に食ってかかる。

「お前が先に退却せよ。お前が引き揚げねば、わしは引き揚げぬぞ」

素直に謝るのは沽券に関わる忠次は、殿《しんがり》を務めることで自ら招いた責任を取ろうとするつもりらしく、がんとして動こうとはしない。

敵の姿が向こうの原野を一杯に埋め尽くすようになっても、二人はまだ口喧嘩を止めなかった。

近づいてくる敵の大軍を見やりながら、他の者は気が気でない。

「それならわしは皆と一緒に退く」と、やっと忠次が我を折ると、ほっとした三千の兵たちは本陣に火を放って退却に移る。

敵が追撃してくると、一旦立ち止まって鉄砲の一斉射撃を行い、北条軍が動きを止めた頃を見計らって、再び退却を繰り返す。

「しつこいやつらじゃ。甲斐までついてくるつもりか」

諏訪街道を白須まで逃げてきた忠次が腹立たしそうに喚いた時、花水坂の方から金扇の大馬印がこちらに向かってくるのが見えた。

「殿じゃ。殿がこられたぞ」

ほっとした味方の兵からは、大きな歓声が湧いた。

兵は次第に近づいてきた。それは家康ではなく、彼の意を受けた数正隊で、赤備えの兵を率いるのは武田の遺臣・曲淵吉景・正吉父子の姿であった。

「それ、これまでの貸しを返してやれ」

新手が加わった彼らは、これまでのうっ憤を晴らすかのように敵に向かってゆく。

北条の大群は甲斐方面から湧き出てきた新たな敵の出現に驚き、軍を収めて一旦若神子まで退いた。

「大軍の北条相手に、七里の道程をよくも無事にここまで辿り着けたことよ」

数正は、泥まみれになった彼らの姿を眺めて感無量だ。

「わしが上手く頼忠を口説いていたのに、尊大に構えた忠次がやつを敵に回してしまったのだ」と忠世は喚き始めた。

遠のいてゆく敵兵を眺めながら、疲労と安堵からかしばらく体を横にしていた忠次は、これを聞くと急に起き上がり、顔を朱に染めて忠世に詰め寄ると、口喧嘩を蒸し返し始めた。

北条に追われて甲斐へ逃げ帰った徳川軍を見て、安曇《あずみ》・筑摩郡の小笠原貞慶、高遠城の保科正直それに箕輪城の藤沢頼親ら伊那地方の国衆たちは次々と北条方に走り、徳川を支持する味方は、下伊那郡の下条頼安の飯田城だけとなってしまった。

八月に入り甲斐の領有を本格化しようとする氏直は、若神子に本陣を置き、七里岩上の各地に砦を構えた。

七里岩とは八ヶ岳が噴火した時、流出した溶岩が固まったとされる七里程続く台地のことだ。

そして甲斐東方の都留郡にある岩殿城を制した氏直の叔父・氏忠は、御坂城に拠って東から甲斐を睨む。

また北の雁坂峠は北条の別動隊が握っているので、徳川軍は正面の北条本隊だけでなく、背後からやってくる敵にも備えなければならなかった。

二万もの北条軍に対抗しようと、徳川軍は若神子のやや南の新府城に本陣を構え、七里岩台地上の北条軍の砦から敵が甲斐盆地へ降りてこないように八千の兵を振り分けて砦を築き始めた。

先に動いたのは北条の方だった。

御坂城にいた氏忠は、甲斐へ侵入して徳川軍の背後を突こうとしたのだ。

御坂城を発った氏忠隊は鎌倉街道に沿って黒駒に進み、甲斐に居残る徳川の部隊を討ち取ったらすぐに狼火を上げ、それを合図に若神子の本陣が府中へ攻め込む手筈を整えた。

「黒駒へ敵が押し寄せてくるぞ」

府中の留守を任されている鳥居元忠は、甥の三宅康忠を伴って残された千五百の兵を集めると、急いで黒駒へ駆けつけた。

敵は各地に兵を分散していたので、急に出現した徳川軍を目にすると驚いた。

地理をよく知っている武田旧臣を道案内にした元忠隊は、敵の背後に回り込んで退路を遮断し、御坂城の麓まで敵を追撃した。

新府城にいた家康は、元忠からの勝利の報告に頬を緩めた。

「斬り取った首を若神子にいるやつらに見せつけてやりましょう」

高島城の失敗をとり戻そうと焦る忠次は、何としても敵の戦意を挫きたい。

「それはよい考えじゃ」

黒駒での敗戦をまだ知らない若神子の北条軍は、翌朝目が覚めると砦の前に出現した槍の行列を見て首を傾げた。

穂を天に向けた何百本もの槍の群れが地面に立ち並んでおり、その穂先に何か重そうなものが置かれている。

「何か首のようなものが刺さっておるわ」

敵兵の姿が見えなくなると、北条の者たちは砦から抜け出て、恐る恐るそれを見にゆく。

「これはわしの父親だ」

「俺の兄貴の首があるわ」

「従兄弟の首が突き刺さっておるぞ」

彼らは呆然としてそこに立ち尽くしていたが、やがて槍の穂先からまだ血が滴り落ちる首を引き抜くと、大事そうに首を抱きかかえて砦へ運び込んだ。

この合戦が契機となり、領内に身を潜めている武田旧臣たちが家康の呼びかけに応じるようになってきた。

「殿、この地に隠れている者たちに知行安堵状を与えてやりなされ。さすればもっと多くの者が殿の元に馳せ参じましょう」

この数正の献策が実を結び始め、今まで身を潜めていた武田旧臣たちが続々と家康のところに集まってくるようになると、これまで北条に押され気味だった信濃の状況も徐々に徳川有利に働き出してきた。

さらに数正は、織田方に働きかけることを忘れなかった。

しばらく姿を見せなかった数正が、清洲から戻ってきたのは、それから数日経ってからのことだった。

「今まで日和見を続けていた木曽義昌が、織田信雄様を通じて徳川帰属を申し出てきましたぞ。その証しに、これまでやつが預かっていた小県・佐久郡の国衆の人質をこちらに譲ると申すので、それがしがその手筈をつけて参りました。やつは国境が遠い北条より近い織田との繋がりを重視し、織田と同盟しているわれらに近づいてきたようでござる」

しばらく見ぬ内に数正は日に焼けて精悍そうに映るが、よく観察すれば眼の隅の小皺は深くなり、髪には白いものが混じっている。

「お主の骨惜しみのない働きには頭が下がるわ。礼を申すぞ」

「何を水臭いことを申される。大将は家来などにいちいち礼を申すものではござらぬ。堂々と構えておらねば、家臣たちに舐められますぞ」

（いつも数正が申していた大将としての心得か）

ふと家康の脳裏に、これまで忘れていた今川での人質の頃の記憶が蘇ってきた。

（あの時数正がいたからこそ、悔しさや悲しみにも耐えてこられ、今日のわしがあるのだ）

数正を眺めた家康の目は、幼い頃の目になっていた。

信濃に北条軍が増えてくると、大軍を有する遠征中の北条軍の方が多くの兵糧が必要となり、その分だけ不利に働く。

北条軍の兵糧は碓氷峠を経て入ってきているので、ここを押さえられると苦しくなってくる。

北信濃で北条が上杉と戦っている間、佐久の春田城にいる依田は多勢の北条軍に蹂躙され、耐えるしかなかったが、北条軍が甲斐の方へ去ると碓氷峠は手薄となってきた。

攪乱の機会を待っていた依田は、北条の兵糧補給隊を襲い始めた。

北条はこの動きを警戒し、小諸城に残しておいた大道寺政繁に依田を押さえさせようとした。

「依田とお前は二俣城以来の顔見知りだ。小県の真田昌幸は今では北条についているが、氏直に不満を託っているらしい。やつを味方につけるよう、依田に命ぜよ。真田昌幸の力は侮り難いからのう」

家康は真田昌幸を味方に誘い込み、依田と二人して碓氷峠を押さえさせれば、さすがの北条も苦境に立つだろうと、忠世を春田城へやることにした。

道案内は、地元のことを獣道ですら知り尽くしている乙骨太郎左衛門尉だ。

八ヶ岳の山麓を這うように走る細道を、猿のように岩や木の根に捕まりながら、乙骨は少しの呼吸の乱れもなく登ってゆく。

九月に入ると、山の中は早朝の涼しい風が気持ちよく顔を撫でる。

「疲れたわ」を連発し、汗を拭いながら勾配の厳しい登山道を前にして、しきりに一服しようとする忠世を励ましながら、乙骨は登り道を進んでゆく。

「登りはまだ続くのか」

「もう間もなくでござるわ」

蓼科山が目前に現われると、足元から谷川のせせらぎの音が聞こえてきた。

「あの山の麓に見える小城でござる」

目を細めれば、城といっても砦のような小っぽけな建物が見えた。

城門で待ちかねていた依田に、「お主も元気で何よりだ。これはこれまでの礼じゃ」と、忠世は家臣の背中に負わせたずっしりと重い箱を取り上げると、蓋を開かせた。

中にはぎっしりと小判が詰まっている。

「こちらの兵力も兵糧も乏しくなり困っていたところなので、これは何よりの贈り物でござるわ。助かります」

依田は人懐っこい表情をして、頰を緩めた。

忠世が家康の申し出を伝えると、「昌幸が味方につけば、碓氷峠を押さえることはさ程困難なことではござらぬ」と依田は目を輝かせた。

「頼むぞ。真田を口説けるかどうかに、わが方の命運がかかっておるのだ。加勢の兵はもうすぐこちらへ着く予定じゃ」

約束の援軍を受けとった依田は、前から交渉していたのか、昌幸を味方に引き入れると、碓氷峠を通過して若神子へ輸送される兵糧や人馬を襲い始めた。

北条軍の苦戦ぶりを知ると、木曽義昌が徳川方へ旗幟をはっきりさせ、それに続いて徳川方に靡き始めた高遠城の保科正直が、北条方の箕輪城の藤沢頼親を攻めて自刃させた。

碓氷峠からの兵糧が滞り始めると、兵糧不足に苦しむ氏直は何としても兵糧を確保するため、八ヶ岳を横断して、まだ徳川軍に阻止されていない西上野へ抜ける佐久往還や穂坂路を模索するが、乙骨太郎左衛門尉に導かれた大久保忠世隊が彼らを阻む。

窮地に立たされた北条軍は、雁金峠から侵入しようとして失敗し、また南の韮山城の北条氏規が駿河を侵そうと三島から沼津方面への攻撃を試みるが、江尻城を守っていた本多重次の必死の働きに撃退され、北条は八方塞がりの状態に陥ってしまった。

勝利の女神は徳川方に傾きかけたように思われたが、家康にも困った事情が発生した。予定していた織田の援軍が到着しないことになったのだ。

「織田内部で光秀を討ち取った秀吉と織田の宿老・柴田勝家との間に亀裂が入り、二者は睨み合っているようです」

織田との取次役の数正が渋面を滲ませる。

「両者に担がれた信雄様と信孝様との間もおかしくなり、二つに割れた織田はこちらに出向くことができなくなり、われらに北条との和睦を勧告してきました」

「せっかく北条を一気に叩き壊す機会がきたというのに……」

家康は唇を噛んで残念がる。

「ここは北条の動きを見極めることが肝要です。こちらから言い出せば足元を見透かされる恐れがあるので、頃合いを見計らって相手が和睦を申し込んでくるまで待ちましょう」

外交に長けた数正が睨んだように、これ以上の対峙が不利だと判断した氏直は、交渉役に韮山城主・北条氏規を送り込んできた。

氏規は北条家から今川へ人質としてやられていた男で、家康と隣家同士だったのでよく一緒に遊んだ二歳年下の顔見知りの仲だ。

「元気そうで何よりです。少し太られましたかな」

子供の頃から氏規は愛嬌に富み、明朗な性格は相変わらずのようだ。

「やはりお前がやってきたのか。お前が相手ではどうも情が入ってやりにくいのう」

家康の苦言を軽く受け流すと、氏規は本題に入る。

「今日はお互い感情抜きで条件を申しましょう」と前置きすると、交渉に入った。

「わが方が占領している甲斐の都留郡と信濃の佐久郡を返上する替わりに、真田昌幸が持つ沼田領と西上野をわが方に譲って頂きたい」

氏規は家康の顔色を窺い、その次に交渉役として脇にいる数正の目付きを観察し、まんざらでもない数正の様子を認めると、「氏直様はまだ妻帯されておりませぬ。聞けば家康殿には年頃の娘をお持ちとのこと。督姫様を嫁に下さらぬか」と同盟まで匂わせた。

（氏直のようなぼんくらに督姫をやるのは惜しい気がするが、織田の内部分裂がどうなるかわからぬ今、北条とは絆を深めておいても悪くはないわ）

「その件は徳川家にとって大事なことなので、家臣一同に諮《はか》った上でご返事致そう。これでややこしい話し合いは終わりにして、そなたとは積もる話があるわ」

家康の表情が緩み氏規が頷くと、両家の重臣たちは席を外し、二人は寛《くつろ》いだ表情で向かい合った。

「あの竹千代様がこのように偉くなって、われら北条と肩を並べるようになろうとは、正直夢にも思わなかったわ」

「あの助五郎が兄・氏政の片腕となって、われらを苦しめようとはのう…」

お互いに髪に白いものが混じる二人は、急に黙り込むと幼い日の思い出に浸っていた。

二人とも今川義元のところで一生飼い殺しの運命に置かれ、決して生きて領国に戻れないと覚悟していたのだ。

「桶狭間で義元公が討たれたことで、われらの運命が変わったのだ。人生とはわからぬものだのう」

家康は微笑む。

（臆病で内気だったあの竹千代が、このようにふてぶてしい小肥りの男に変身しようとは…）

運命の不思議さに氏規はため息を吐いた。

「婚儀が成ればわれらは親類同士となる。これからは義兄弟として仲よくやっていけるな」

本音とも社交辞令ともわからぬ言葉を漏らすと、氏規は頰を緩めた。

和睦は成功し、六月から始まった天正壬午の乱は十月の終わりには、北条が上野を得、家康が甲斐・信濃を領有することで終結を迎えた。

都留郡に鳥居元忠を、旧武田氏館には平岩親吉を配して甲斐を固めると、小諸城に大久保忠世を置いて信濃一国を見張らせることにした。

小牧長久手の戦い

「賤ヶ岳で秀吉が柴田勝家を破った」という噂が浜松まで伝わってきたのは、天正壬午の乱が収まった翌閏年のことだった。

「金ヶ崎の退き陣で殿《しんがり》を務めた、あの猿のような顔をした秀吉が織田陣営において頭角を現わし、勝家の肩をもった信長の三男・織田信孝が二男・信雄の手で殺された」と、浜松へ続報が入った。

浜松城の本丸では、渋面を滲ませた家康が数正と向かい合っている。

「織田一筋でやってきた徳川はこれからどうすべきかのう」

「織田家との同盟を続けるかどうかは、秀吉という男の動きをしっかりと見定めてからと存ずる」

「数正、戦勝祝いと称して秀吉と会い、あの男の腹をしっかりと探ってきてくれ」

家康は、これからも西の守りには織田家が必要だと感じている。

「手ぶらという訳にはゆきませぬぞ。何か手土産を用意しませぬと…」

「初花を持って参れ」

「え！　あの名品をですか…」

「茶の湯のことは皆目わからぬからのう。わしのような門外漢が持っていても宝の持ち腐れじゃ」

初花は楢柴肩衝、新田肩衝と並んで天下三肩衝と呼ばれる「大名物」として有名な茶入れだ。

山崎は京都への出入り口にある町で、京都・大坂への交通の要所だ。その中心を占める天王山の山頂に築いた山崎城本丸で、数正は秀吉と対面した。

「遠路はるばるとご苦労だったな。数正殿にはこれまで二度お目にかかったことがござるな」

この小男は笑うと目尻に皺が集まり、ますます猿によく似てくる。

「一度目は金ヶ崎の退き陣の折、もう一回は姉川の合戦の際でござる。貴殿の戦場での勇ましさといい、水際立った凛々しさといい、まったく男でも惚れ惚れしてしまう男ぶりじゃ」

人を褒め上げる巧みさは抜群で、それに人をよく観察しているのか、皺の中に隠れた小さな目がまるで別の生き物のように動き回っている。

（むっつりとして無口な殿とは大違いだ。それに相手の気持ちを逸らさずに、よく読もうとしておるわ）

「わしは山崎に城を築いてみたが、ここは不便なところでのう。今度本願寺の跡地に新しい城を築いておるところじゃ。明日大坂へ参ろうと思っているのだが一緒にゆかぬか」

「ぜひ御一緒しとうござる」

城はその人を表わすと信じている数正は、新城を見ることで秀吉という人物が何を考えているのかを解き明かす鍵になるだろうと思う。

翌日淀川を船で下り河口が近づいてくると、大坂湾の洋上には石を積んだ船が蝟集し、湾を埋め尽くしている。

地上に目をやれば、背骨のような上町台地の北端に数万という人夫がもうもうと立ち込める土埃の中に犇めき、土を掘り石を運搬している。

（確か信長公が本願寺を立ち退かせた後に、この地に安土城に優る立派な城を建てようと思われていたが、この男は信長公の衣鉢を継ごうとしているのかいずれにしても岡崎や浜松などとは問題にならない大規模な城が、今目の前に築かれようとしていた。

数正の心には、城内をあれこれ説明しながらせかせかと歩く小男の背中に、巨大な野心の炎が燃えているような気がしている。

戻ってきた数正から報告を聞く家康の様子には、織田家で頭角を現わし始めた秀吉にそう脅威を感じていないように映った。

だが一年も経たない間に、秀吉の野心が数正の予想した現実のものとなって姿を現わし出した。

織田家の簒奪を狙う秀吉は、信雄の家老を手懐けようとしたのだ。

この秀吉の横暴ぶりに、信雄は家康に助けを求めてきた。

「よし、思い上がっている秀吉を退治するにはよい機会じゃ。あやつは本《もと》を正せば、信長公の草履《ぞうり》取りだったと申すではないか。この際、やつを徹底的に叩いてやろう」

何か言いたそうな数正を尻目に、忠次ら重臣たちは気炎を揚げる。

重臣たちが勢いづいたのを知ると、数正から秀吉の実力をさんざん聞かされていたが、家康は秀吉と戦う選択肢を選んだ。

清洲城へ入った家康は、信雄と会って今後の対応策について協議する。

「やつはわしの手から織田家を奪おうとしている。徳川殿の力で、織田家を守って欲しい」

父に似ず凡庸な信雄は、この時尾張・伊賀・南伊勢百万石を領有し、伊勢の長島城を居城としていた。

「さっそく長島城へ参って相談しましょう」

だが北伊勢で上がった戦火は、その日の夜、大垣城が秀吉に内応した池田恒興に奪われたことで急変した。

「これは尾張が主戦場になるぞ」

家康は急遽伊勢ゆきを取り止め、清洲に留まった。

「犬山城を敵に取られた今となっては、清洲城では後方過ぎましょう。秀吉がまだ大坂にいる間に犬山城を攻め落としてしまうべきじゃ」

「いや、まだ敵の手の内がわかるまでは手出しを控えよう。城攻めは慎重が肝要だ」

秀吉の実力を知る数正は、忠次の暴走を押さえようとするが、姉川合戦での池田恒興の下手な戦さぶりを目にしている忠次は、犬山城の奪取を主張する。

「以前信長公が本拠地とされたこの小牧山と申すところには、まだ敵の手が入っておりませぬ」

　二人の意見対立に割って入った康政が、皆の前で絵図面を拡げ始めた。

　濃尾平野の中央に小高い山が描かれており、重臣たちの目は康政が指差すこの山に集まる。

　小牧山は二十メートル程の台地上にあり、標高八十メートル前後の低山だ。

「これ程の要害の地が敵の手に落ちずに残っているとは、まだわが方に運が味方しているようじゃ」

　今まで言い張っていた犬山城攻めのことはけろりと忘れたかのように、忠次は「康政の申すように小牧山を手に入れることが肝要じゃ」と叫ぶ。

「今すぐ康政は兵を率いて、この山を押さえて砦を築け」と家康は命じた。

　康政が小牧山に登ると、山頂からは北に岐阜城、西は伊吹山、養老山脈までもが見渡せ、ここはまさに天然の要害だと実感した。

（ここならもし秀吉が犬山城に入っても、十分に渡り合えそうだわ）

　康政は大急ぎでかつて信長が住んでいた城を改修し始めた。

　山麓を一周する堀を作り虎口を造り直し、埋もれていた石垣を掘り返し、山の斜面に施されていた一重の土塁を二重にして守りを固め終えて数日経った頃、信雄の兵たちを引き連れた家康が小牧山に到着した。

「これは立派に仕上がったものだ。ここでしっかり上方勢を押さえ込めば、秀吉はそう簡単に清洲を襲えぬぞ」

家康は山頂に登り、敵の最前線となる犬山城を睨んだ。

ここから北の犬山城までは約三里しかなく、晴れた日にはその姿がくっきりと映る。

「ここにおれば敵の動きがよくわかるわ」

家康は満足して清洲城へ引き上げていった。

目を凝らして、康政が敵の様子を窺っていると、うっすらと春霞にかすむ犬山城に近い八幡林の鳥居辺りから煙が立ち昇っている。

夜になるとおびただしい篝火の数に膨れ上がってきたので、慌てた康政は清洲城へ早馬を駆けさせた。

「そやつは森長可と申し、上方では鬼武蔵と有名な男に違いない。舅の池田恒興が犬山城を乗っ取ったので、自分も何か手柄を立ててやろうと逸り立ち、小牧山を奪おうと考えたのだろう。上方者に三河武士のお手並みを見せてやろう」

六十に手が届きそうな忠次だが、まだまだ口も体も達者だ。

三月十七日、家康の許可を得た忠次に率いられた大須賀康高、奥平信昌ら五千騎が深夜清洲を発ち、小牧山で康政隊と合流し、彼らは一団となってまだ明けきらぬ薄黒い平野を駆けてゆく。

日が昇って周囲が明るくなってくると、羽黒川の北に建つ朱色の鮮やかな八幡林の鳥居の周辺に群がる森隊は、敵が近くまできたことに気づかず、まだゆっくりと朝餉を摂っている。

「川を渡れ！」

奥平隊が渡河し始めると、驚いた三千の森隊は渡河させまいと対岸から盛んに鉄砲、矢を放ち始めた。

怯んだ奥平隊が渡河途中で足踏みしているのを見て、「敵の側面を突け」と早くも川下から渡河し終えた忠次隊が敵の左側へ回り込もうとした。

退路を断たれるのを恐れた森隊は、踏み止まって戦おうとする者もいるが、大将の長可は犬山城を目指して逃げてゆく。

援軍を出撃させようと池田恒興が犬山城の大手門に姿を現わすが、秀吉から使わされた軍監の稲葉一鉄に出撃を阻まれ、娘婿の救援に気を揉んでいた。

家康の金の扇の馬印が小牧山麓までやってきて、忠次らが犬山城まで攻め寄せようとしているのを知ると急いで伝礼を走らせた。

「地の利がある敵地では、無謀な戦さを仕掛けてはならぬ。ここは一旦引き揚げて、もし敵が城から出撃してくるならば戦おう」

使者は家康の命令を伝えると、早くも大手門まで迫っていた忠次らは口惜しそうに、ゆっくりと退却を開始する。

一行が小牧山まで退いてくると、家康は康政を呼び寄せた。

「間もなく大坂より秀吉がここへ姿を見せよう。小牧山は大事な最前線の砦じゃ。ここをお前に任すので、何としても死守せよ」

頷いた康政を残して一行は清洲へ急ぐ。

後方を振り返ると、小牧山の山頂にはすでに車の紋をした康政の旌旗が春風に光って翻っていた。

「われらは武田や北条といった大敵をあしらってきたので、池田や森といった小倅に勝っても何も名誉なことではないわ。子供の喧嘩のようなものだ」と、論功行賞で左文字の刀を賜った忠次は大口を叩いている。

（井の中の蛙が何を申すか。前哨戦で少し勝ったぐらいで大騒ぎしよって。徳川家の安泰のために大切なことは、秀吉が本気になる前に如何に相手と手を打つかだ）

実際秀吉と出会い、彼の野心と実力とを知る数正は、そんな忠次を冷笑する。

「上方の合戦では東国の戦いとは違い、槍を取って戦うことは稀で鉄砲が主力でござる。これからは和睦を考えておかねば……」

森隊を撃退した忠次をはじめ大須賀・奥平らは、弱気に映るこの数正の苦言を耳にすると、急に興が醒めたような表情になった。

「何せお前だけは秀吉と出会い、いつもお前は『秀吉は信長公の衣鉢を継ぐ程の大物になるだろう』と申しておるからのう」と忠次は面と向かって数正に毒づく。

言い返そうとしたが、数正は止めた。

（田舎の頑固者に何を言っても無駄だ。三河者は狭い矜持の中で生きている。それが一つの目標に向かうと団結して猛烈な強さを発起するが、相手によって柔軟な姿勢を取ることができぬのが欠点だ）

彼らと共に暮らしてきた数正は、三河者の一徹な性格を知るだけに、その許容性の狭いことを嘆く。

数正が言い返してこないことを知ると、「秀吉は犬山方面からこちらへやってくるに違いない。秀吉への備えを急がねばならぬわ」と忠次は家康を促した。

忠次の進言に家康が頷くと、小牧山を拠点として後方の清洲城を守るように、徳川軍は西から蟹清水・北外山・宇田津・田楽砦の構築を始めた。

信雄の兵も含め一万五千と膨らんだ兵士が三月の肌寒い中を昼夜兼行で掘り出した土砂で土塁を築き始め、それを小牧山山頂から眺めているとまるで蟻の大群が巣作りに励んでいるようだ。

秀吉が犬山城に収容しきれない程の大軍を連れてきたのは、それから十日程経った頃だった。

「秀吉めはわれらを封じ込めようとしておるわ」

忠次の言うように小牧山山頂から眺めていると、犬山城に着いたばかりの秀吉は遅参を取り戻すかのように、十万を越える兵たちに命じて砦を築き始め、その砦の群れは日に日に小牧山に向かって前進してくる。

犬山城の北から南へと続く内・外久保砦をはじめとして、青塚と岩崎山砦、東に小松寺山砦を設けると、小牧山と半里程しか離れていない最前線には田中砦、二重堀砦を築く。

秀吉が率いてきた織田家中でも名を知られた武将たちはじっとしておれず、小牧山麓で多少の小競り合いはあったものの、各々の砦に籠もって小牧山を挟んでじっと睨み合いが続く。

小牧山山頂から敵方の構えを眺めると、ちょうど鳥が大きく翼を広げているような格好だ。

「信長公とわしは長篠で武田勝頼と戦ったことがあったが、勝頼は向こう見ずな若者であったので、馬防柵の後方で待ち構えているわれらに討ちかかってきた。しかし、盛んに鉄砲を撃ってやつらを柵で足止めしたので、われらは勝つことができたのじゃ。われらの本陣を包囲した秀吉は、われらが勝頼のように出撃してくるのを待つつもりでいるらしい。やつはわしを勝頼程度の男と思っておるようだわ」

家康の笑いは余裕あるように映る。

「この戦さは先に手を出した方が負けるぞ」と出撃したくてうずうずしている武将たちを家康は戒めた。

四月に入ると小競り合いはあったものの、大きな戦闘は起こらなかった。

「秀吉が犬山城を出て、南の楽田城に本陣を移したようでござる」

服部半蔵は秀吉側の各砦へ配下を放って情報を集めている。

「敵はわれらの砦に攻め寄せてくるかも知れぬ。十分に注意せよ」

秀吉がこれから何を仕懸けてくるのかと用心し、家康は味方を引き締める。

七日の夕方頃、「敵が動いておるようで…」と柏木、篠木に住む村人からの通報があった。

「われらを小牧山から誘き出そうとする敵の企みだろう」

急遽軍議を開いた家康はその情報を疑う。

「いや、それがしが放った者からも約二万の敵軍が南に向かっているとの報告がござった」

忠次は前もって半蔵からこの動きを知らされていた。

「敵の狙いは三河か。秀吉めは何故中入りをしようと思い立ったのか」

家康は秀吉の焦りの原因がわからない。

（別部隊に空になった本拠地、三河を襲わせ、それを阻止しようとわれらが小牧山を離れたところを秀吉は突こうと考えたのだが、これは成功すれば一気にわれらを挫くことができる。しかし失敗すればその損害は測り知れない程甚大なものになる。そんな危険な賭けに出ずとも、このままじっくりと包囲を続ければ、兵力の少ないわれらの方が先に音を上げることは明らかなのに…）

数正は首を傾げた。

（柴田勝家を倒してまだ日の浅い秀吉は、数こそ多いものの、かつての織田家の同僚を纏めるのに苦労しているのかも知れぬ）

一見豪放磊落そうに見える秀吉の泣きどころを、数正は見た思いがした。

「七千程の兵を残してゆくので、小牧城の守りは忠次と数正に任す」

いつもの家康にしては素早い決断で、まず水野信元亡き後水野家を継いだ弟の忠重を、南の小幡城へ先発させた。

「われらは大須賀康高・康政と信雄殿の兵を借り、一万程の兵で秀吉の中入り軍を追おう。道案内は地元の地理に詳しい小幡城主・丹羽氏次殿に頼もう」

家康が出撃してしまうと、残された留守部隊の兵たちは不安に駆られる。

「半蔵、お前は殿の後を追い、合戦の様子を逐一報告してくれ」

半蔵が立ち去ると、強気だがその反面心配性な忠次は、床几に腰を降ろしているかと思えば急に立ち上がり、苛立った熊のように行ったり来たりして落ちつかない様子だ。

「忠勝、南の方からはまだ狼火が上がらぬか」

仁王像のように南の空を睨んでいる忠勝に話しかける。

「殿は今出撃されたところじゃ。何も変化はござらぬわ」

忠勝は南方からの朗報を待つ、この忙《せわ》しない年寄りを持て余している。

二日目の夕方頃、息を切らせながら小牧山へ駆け込んできた半蔵の配下が、「味方は大勝利で、殿は別働隊の大将・池田恒興・森長可を討ち取り、首実検をされておりますぞ」と、叫んだ。

「やったぞ！」

この知らせで小牧山は湧き立った。

忠次は皺寄った目尻を下げ、歯を剥き出して喜びを表わす。

「よかった。して今殿はいずこにおわすのか」

数正が、喉を鳴らしながら竹筒の水を飲んでいる半蔵の配下を急かす。

「長久手から小幡城に入られ、まもなくこちらへ戻られるとのことでござる」

それから半刻も経たない内に、敵の最前線にある二重堀砦の動きが慌ただしくなり始めた。

夜討ちを危惧した忠勝が物見を放つと、「長久手で別働隊が敗れたことを耳にした秀吉が、殿を討とうと楽田から出撃する模様でござる」と敵の動向を探ってきた。

「秀吉の本陣は空になっておるぞ。今から楽田砦を突けば、やつらは驚いて逃げ惑うに違いないわ」

忠次は出撃しようとする。

「それはいかんぞ。秀吉方は十万と聞いている。別働隊の二万を引き、残りの八万の半数が出陣してもまだ敵には四万の兵が残っておるわ。六千少々のわが軍ではどうにもならぬぞ。下手をすれば付け入りを許し、この小牧山まで乗っ取られかねぬ。もしそうなれば、一体殿はどこへ戻ればよいのだ」

武力を鼓舞し戦さに勝つことばかりにこだわる忠次を、数正は押し止めようとした。

「この機会を逸せば、もう二度と秀吉を慌てさせることはできぬぞ」

「ならぬわ。今はじっとして無事に殿が帰られるまで騒がずにこの地を守ることが肝要じゃ」

お互いに譲らず、口論を続ける二人の様子を黙って聞いていた忠勝は、次第に苛立ってきた。

「老人たちは好き勝手になされよ。それがしはここで安閑とはしておられませぬ。別動隊を討ち取った味方の兵たちも疲れ切っておろうし、そこへ秀吉の大軍が押し寄せてくれば、一体殿はどうなりましょうや。それがし一人でも小幡城へ参り、もし殿が討死されれば、その亡骸《なきがら》を枕として討死しようと存ずる」

「それがしも一緒に参ろう」

石川康成が叫ぶと、総勢千程の兵が小牧山を降りてゆく。

その夜無事に小幡城に入った家康は、遅れて入城した忠勝と再会した。

「殿の無事な姿を拝むことができて、忠勝安心しましたぞ」

「秀吉の大軍を目の前にして、これだけの小勢でよくここまでやってこれたものだ。そなたの忠心には心から礼を申すぞ。ところで小牧山の守りはどうじゃ」

「頑固な老人たちが、口喧嘩しながらも厳しく守っておるので心配御無用かと。それより竜泉寺で休んでいる秀吉らを夜討ちしては如何でござろうや」

忠勝は大軍を誇る秀吉の油断を突きたい。

「その方の進言はもっともだが、信玄も申していたように、戦さは五分の勝利で満足すべきだ。それ以上の勝ちを望むと元も子も失ってしまうわ」

家康は戦さ巧者の菅沼定政に竜泉寺に籠もる敵の物見を命じた。

やがて戻ってきた定政は、「上方勢は甲冑を脱いで寛いでいる様子で、とても夜討ちなどをしてこようとは考えられませぬ。この城へは明朝になってから攻め寄せようとの腹づもりらしく思われます」と告げた。

「それではわれらはこれから腹拵《はらごしら》えじゃ。小牧山へは今夜発つぞ」

家康は流し込むように湯漬けを食べると、暗闇に紛れて秘かに城を出る。

明け方近く小牧山に戻ると、数正も忠次もまだ寝ずに家康の帰りを待って起きていた。

「これは正しく殿じゃ。ちゃんと手や足がついておるぞ」

　忠次は甲冑姿の家康に近づき、両手・両足に触れると、目から大粒の涙を零《こぼ》した。

「これは大袈裟な出迎えじゃな」

　忠次の泣き顔を初めて見た家康は、呆然として忠次を眺めていたが、脇に立つ数正の姿に気づくと、「お前が申すように、秀吉はなかなかしぶとい男じゃ。これから徳川家がどうすればよいかを皆と相談せずばならぬな」と疲れてはいたが、真剣な眼差しを数正に向けた。

　味方の兵を少々失っても、家康を捕えてやろうとする執拗な秀吉の態度が、家康には不気味なものと映ったのだ。

　包囲網を一段と厳しくした秀吉は、楽田から小松山砦に本陣を移すが、なかなか動かない対陣に、今度は家康の方が焦れ始め、秀吉を誘い出そうとした。

　忠次を先手とした徳川・織田軍が、敵の最前線の二重堀砦を襲ったのだ。

「秀吉自らが本陣から出陣してきたか」と、小牧山の本陣で床几に座ったままの家康は、秀吉の動向を物見に窺う。

「いいえ、秀吉は出馬しておりませぬ」と返答した半蔵の配下の者に、「それなら攻撃は中止だ。部隊を小牧山まで引き返させよ」と家康は命じ、徳川軍が退くと対陣は更に続いた。

「何か敵を誘き出すよい策はないかのう」

膠着した対陣に焦れてきた家康は、集まっている重臣たちを見回す。

「秀吉の悪口雑言を書いた廻文を敵に送ってはどうでしょうか」

日頃めったに人を罵ったことのない康政が、誰もが思いつかないことを口にした。

康政はもう草案を用意していた。

「秀吉は織田信長公の子孫に弓を引き、天が誅を加えるべきなのに、その家臣は何故に秀吉の悪に加担するのか。……中略」

重臣たちは康政が認《したた》めた草案を回し読み、「これはよいところを突いておるぞ。これで怒った秀吉が小牧山へ攻め寄せてくればおもしろいことになるぞ」と手を叩き、小牧山には爆笑の渦が広がった。

(まるで田舎芝居だ。こんな子供だましのような手に秀吉は乗ってはくるまい。秀吉がこれからますます力をつけてくることを考えれば、早く彼と和睦した方がよいのだが…)

冷ややかな目で、数正はその回状を眺めている。

数正が予想したように、秀吉は康政の挑発には乗ってこず、持久戦を嫌って包囲網を残したまま美濃の加賀野井と竹鼻城を落とし、信雄領である伊勢を攻め始めた。

劣勢になった信雄は、あろうことか味方になることを依頼した家康に断りもなく、直接秀吉の陣所へ出向いて講和をしてしまったので、戦さの名目を失った家康はもうこれ以上秀吉との戦さを継続できなくなり、約七ヶ月に及んだ戦さはここに終了してしまった。

数正出奔

信雄が単独で秀吉と講和したため、長久手の戦いで勝利した家康はもうこれ以上戦う名目を失ってしまった。

「われらがせっかく清洲まで出向いて信雄殿のために戦ったというのに、その本人がわれらに何の相談もなく勝手に秀吉と和睦してしまうとは…」

忠次は言葉を失った。

「世間知らずのお方というのは恐ろしいものじゃのう」と、必死に助力を頼みにきた信雄を知るだけに、数正も驚きを隠しきれなかったが、彼の節操のない行動のお蔭で和睦が成ったことを喜んだ。

（忠次らは本気で秀吉に勝とうとしているが、今の徳川の力ではどうあがいても秀吉には勝てぬ。これでよかったのだ）

「この和睦は重畳の出来事じゃ。天下万民の喜びである」

信雄の身勝手に立腹したが、それでも信雄を立てなければならない家康は、和睦の使者として、数正を秀吉のところへ遣わした。

この前見た時よりも大坂城はその巨大な規模を現わしつつあり、本丸部分はほぼ完成していた。

淀川からでも、上町台地の北端に建つ五層の大天守は際立って異常な大きさに映り、内濠に架かる橋を渡って、本丸の入口の大手門の脇にどっしりと置かれた、巨石を用いた虎口を通過すると、これまで目にしたことがないような深い堀を、高い石垣の壁が取り巻いている。

天を突くような天守閣は、信長の安土城のそれを遥かに凌いでおり、最上層の黒塗壁には一対の鷺が遊んでいる姿が描かれ、その下段の廻廊では白い二頭の猛虎がくっきりと浮かび上がっている。

最上階に導かれた数正は、上段の間にちょこんと座って微笑んでいる小男を見た。

「遠路遥々ご苦労だったな。小牧長久手では家康殿と争う破目となったが、信雄様同様、わしは家康殿には少しも遺恨を抱いてはおらぬぞ。早く和睦して仲よくしたいと思っているのじゃ」

頬を緩めると猿そっくりの表情だが、数正を通じて家康の出方を探ろうとしているのか、数正から目を逸らさない。

「ここからの展望は天下一じゃ。信長公が安土城から湖水を眺めておられたように、わしもこの城から城下を眺めていると天下人になったような気分がしてくる。それあの東の山並みが生駒山で、手前を大和川に流れ込む猫間川が走っている。それに南は空堀を掘らせている途中じゃ。西の横堀川には淀川が流れ込んでいる。北は淀川と大和川が合流する天満川で、二の丸、三の丸が完成すれば間違いなく天下一の城となろう」

西の天満川周辺の湿地帯を越えて大海原の大坂湾が望まれ、浜辺には小舟から降ろされた石が山のように積まれており、それを砕くために石切場が建ち並び、それらの石を荷車に載せて、また巨石は丸太の上を転がしながら城へと運ばれてゆく。

大声で喚き散らす数万という人夫の声がこの天守まで届き、まるで太陽の光がこの城だけに降り注いで、秀吉が天下人たらんことを寿いでいるかのようだ。

「わしのところへこぬか。お前のような頭の切れる男を岡崎の片田舎で腐らせておくのは天下の損失じゃ。お前なら十万石をやっても惜しくはないぞ」

数正に向ける秀吉の目が妖しく光り、その猿のような瞳がくりくりと動く。

「それがしのような田舎者をそのように高く買って貰うのは有難いことですが、石川家は代々松平家に仕えてきた家柄なので、とても秀吉様の意には添いかねまする」

数正は丁重に断る。

「そうか。それは残念なことじゃな。義理絡みの身では、すぐにはわしの願いは叶わぬだろう。だがその気になればいつでも声をかけてくれ。わしは首を長くしてお主を待っているからな」

秀吉は上機嫌で数正に茶を振る舞う。

浜松城では家康が数正の帰りを待ち侘びていた。

「大坂城は総構えの城のようで、海が近く平地が広々としているので、自然と構えが大きくなるのでしょう。城の規模は安土城を遥かに凌いでおります」

「そうか。やつは巨大な城を織田家臣に見せつけ、自らの力を誇示し信長公を真似ようとしているのか……」

家康は顔を顰《しか》めた。

その顔には秀吉の風下に立つのを拒む様子がありありと滲んでいた。

数正が帰国してから数日もしない内に、信雄方の滝川三郎兵衛をはじめ津田隼人・富田平右衛門らが浜松城へやってきた。

「秀吉公は『徳川殿と和睦すれば、天下にとってまことに大慶である』と申しておられます。何とぞ秀吉公との和睦をご推考下され」

渋面を作っている家康に、三人は秀吉からの伝言を述べる。

家康はつい最近まで「秀吉」と呼び棄てにしていた三人が、まるで信長に対しているようにぺこぺこしている態度に腹が立ってきた。

「何故勝ったわれらが頭を下げて秀吉に和睦せねばならぬのか。戦い足らぬと申すなら、もう一度合戦を始めてもよいのだぞ」

忠次はじめ重臣たちは、三人に向かって怒りをぶつける。

「われらの西には秀吉が、北には上杉、東には北条という大敵がおり、三面の敵を一度に相手することは困難でござる。ちょうど秀吉殿から和睦の話が出てきたことは幸運なことで、今和睦すれば徳川家の武運長久はこれからも続きましょう」

数正は重臣たちの白眼を恐れず、「徳川の面子を棄てて、秀吉と今すぐ和睦するべきだ」と説く。

だが数正の意見は弱腰に映る。

「数正は秀吉の回し者か」

数正が秀吉に誑《たぶら》かされているのか、と疑う重臣たちの怒号や罵声が本丸の大広間に飛び交うと、彼らと数正との間を往復していた家康の目が、使者たちの上に止まった。

「わしは秀吉を少しも恐れてはおらぬ。お前たちとは何も話すことはない。もう帰ってくれ」

この頑なな家康の態度は重臣たちを喜ばせたが、数正は大いに失望を覚えた。

（殿は秀吉の実力を甘く見ておられる。秀吉はゆくゆくは信長公以上の勢力を持つようになる筈だ。わしの目の黒い内に徳川家は滅ぶかも知れぬ。そんな姿は見たくもないが…）

使者が立ち去ると、重臣たちは口々に秀吉の悪口雑言を撒き散らす。

和睦が失敗したことを知ると、「家康は何と意固地なやつなのか」と呟いた秀吉は、使者の失策を許し今度は信雄を浜松へ向かわせた。

「子供がおられぬ秀吉殿は『養子として徳川殿の男児を欲しい』と申されているのだ。両家が親類となれば天下も安泰となろう。徳川殿の腹立ちは痛い程わかるが、わしの顔に免じて和睦を受け入れて下さらぬか」

(秀吉に脅されて勝手に和睦をしたくせに、よくもぬけぬけと和睦の役目を引き受けてここまでこられたものよ。呆れて言葉も無いわ)

重臣たちは信雄が信長の子であるからこそ我慢しているが、彼らの握りしめている拳は怒りでぶるぶると震え、きつく噛んでいるためか唇には血が滲んでいる。

家康は怒りを押さえるために爪を噛んでいたが、信雄が浜松へやってきたことで秀吉が切実に和睦を望んでいることを知った。

(ここが潮時だ)

「天下のためとあれば、無下に拒む訳にもいきますまい」

「徳川殿にはいつも無理ばかり押しつけて申し訳ない」

家康はしぶしぶ秀吉との和睦を了承したが、言葉の裏に隠された悔しさに溢れた家康の心中を察するには、信雄はあまりにも苦労知らずに育った貴人だった。

天正十二年十一月に入ると和睦が本決まりとなり、数正が十一歳になる家康の二男・於義丸を伴って秀吉のところへ行くことになった。

お供は数正の二男・勝千代（康勝）をはじめ本多重次の一人息子・仙千代（成重）、それに六人の重臣らの子供が従う。

「殿が人質として今川領におられた折、わしが傅役として殿の側にいたのだ。今度はその役目がお前のところへ回ってきたのは、何か運命的なものを感じるな。於義丸様をお守りして徳川と羽柴家の架け橋となれ」

息子にそう語りながら、数正は家康と共に暮らした、長いようで短かった今川での生活を懐かしく思い出していた。

数正一行を迎えた秀吉の悦びはひと方ではなく、彼らが上洛した翌月には於義丸を元服させ、自らの「秀」の字を与え、羽柴三河守秀康と名乗らせる程のはしゃぎぶりだった。

その後の秀吉の勢いは止まることを知らず、紀伊の根来、雑賀衆を降し、土佐の長宗我部を降伏させ四国を統べると、今度は越中の佐々成政を降参させて北陸を平定した。

一揆で領国の統治が難しかった大和の地を弟・秀長に与えると、その結果東は徳川と北は上杉と接するまでに秀吉の領土は膨らみ、今度は島津氏が制覇を狙う九州に目を注ぐようになった。

天正十三年の七月には関白という公家職最高位を手に入れた秀吉は、まさに天下人たらんとした。

真田昌幸と揉めた家康が沼田領を巡って昌幸が籠もる上田城攻めに失敗すると、秀吉の勢いはますます強くなってきた。

そんな頃、秀吉からの手紙が岡崎に届き、数正に囁きかける。

「岡崎にいても、これからは少しもよいことはあるまい。それよりもわしのところへ参らぬか。わしはこれから九州や東北を平定し、それから信長公が申されていたように明国を征服しようと思う。宣教師によると、世界を牛耳っているスペインという国が、わが国より先に明国を攻めようと企てていると聞いておる。お前もわしの脇にいて、これからやろうとしていることを助けて欲しい」

雄弁に語る秀吉の手紙は、数正の心を大いに揺さぶる。

（徳川は五ヶ国に領地を増やしたが、秀吉の勢いは目ざましく、彼に追いつくことは最早不可能だ。信長公と同盟したように秀吉と手を組めば、徳川にもまだ生き延びる機会はあるが、和睦したものの、殿は成り上がり者の秀吉に頭を下げるつもりはないようだ。それに重臣たちも井の中の蛙で誰も秀吉の実力を認めようとはしない。このままゆけば、いずれ徳川家は秀吉に滅ぼされてしまおう）

秀吉との取次役をしているので、秀吉の真の実力を伝えようとする度に、家康や他の重臣たちから強い反発を招く結果となった。

訴えれば訴える程、数正は重臣たちの中で孤立感を深めた。

（わしが秀吉方に走ることで、殿や重臣たちの目を醒ます以外に、頑固一徹な者たちを説得することは無理だ。家中では悪名を浴びせられることになろうが、殿の目を醒ますにはわしが出奔するしかない。石川本家は叔父の家成や彼の息子の康通が立派に継いでくれるだろう）

家成の温和な顔が数正の脳裏に過《よぎ》った。

（住み慣れた岡崎もこれが見納めになるかも知れぬ…）

岡崎城を任された頃を偲びながら、数正は何千回と通い慣れた菅生川のほとりを歩いて後ろを振り返ると、冬の日を浴びて本丸の屋根瓦が白く光っている。

いつもは足早に通り過ぎる数正が、感慨深そうな表情をしてゆっくりと城を眺めているのを目にして、家臣たちは不思議そうに首を傾げながら通り過ぎてゆく。

川を遡ったところに若宮八幡宮があり、その境内に数正が建てた、今は苔むしている信康の首塚があった。岡崎城主であったが、二俣城で自害した信康の首を数正はここへ運ばせたのだ。

首塚の前に跪くと、負けず嫌いだった信康の表情が蘇ってくる。

「若殿、それがしは明日上方へ参ります。もうお目にかかることはござりませぬが、いつまでも安らかにお眠り下され」

「そうか。徳川家一筋に生きてきたお前は去ってしまうのか。お前が居なくなれば一体徳川家はどうなってしまうのか」

墓から響いてくるのは、低く憂いの籠もった声だった。

「忠次がおりますので、ご安心下され」

「武張った者ばかりでは、何やら頼りないようだが…」

困ったような声だったが、「好きなように生きよ。数正にはそれが一番似合っておるかも知れぬわ」とやがてその声は聞き慣れた温厚な調子に戻っていた。

「勝手を申して済みませぬ…」

地下に眠る信康と話をしていた数正は、心の整理がついたように立ち上がった。

北の方へ少し歩くと、今度は築山神明宮が見えてきた。

小じんまりとした祐伝寺境内の中にある築山神明宮には、築山御前が眠っており、これも瀬名姫を偲ぶ数正が建てたものだった。

墓の前で両手を合わせていると、どこからか「あの頃が一番楽しかったですね」

と、歌うような弾んだ調子の若々しい瀬名姫の声が聞こえてきた。

すると今川にいた頃の様々な思い出が数正の頭の中に蘇ってきて、突然美しく着飾った瀬名姫の姿が目の前に現われ、数正に向かって微笑を浮かべて立っていた。

「今川家臣に卑下していたわれら人質の者は姫様から優しく振る舞われ、姫様のその微笑に何度も励まされたものでした」

瀬名姫は優しく頷いた。

「姫様」と呟いて手を瀬名姫の方へ伸ばそうとした瞬間、瀬名姫の姿はかき消え、数正が周囲を見回すと、境内の樹木が風に揺れ動いているだけだった。

「瀬名姫なら岡崎を離れ、徳川と豊臣との架け橋となろうとするそれがしの思いをわかって下さりましょう。これから上方へ参り、もう二度と姫様にお目にかかれませぬが、決して姫様のことは忘れませぬ。上方でのそれがしの働きを温かく見守っていて下され」

再び川の流れに沿って城へ戻り始めた数正の心には、もう一片の迷いもなかった。

数正が妻子家人を伴って岡崎から出奔したのは、肌寒くなってきた天正十三年の十一月の中旬のことだった。

「何！　数正が出奔しただと！　信じられぬ」

浜松にいた家康は、岡崎からの早馬の知らせに驚愕した。

一報は深夜であったにもかかわらず、家康はそれを聞くと大急ぎで浜松を発ち、吉田城からは忠次が馬を駆けてやってくるし、大久保忠世は小諸から急いで戻り、また各地に散っていた重臣たちも続々と岡崎城へ集まってくる。

「やっぱりやつは秀吉に誑《たぶら》かされておったのだ」

忠次は眠い目を擦りながら喚く。

「数正が秀吉のところへ走ったとすると、秀吉めが大挙して西から攻め寄せてくるかも知れぬ。岡崎の守りを厳しくせねば…」

重臣たちは上方勢に脅威を覚えた。

「秀吉が数正からわれらのことを何から何まで聞き出してしまうだろう。まず一番にわが方の軍法から改めねばならぬぞ。そうだ、甲斐にいる鳥居元忠から信玄の軍法・書物・武器・兵具類など、甲斐に残っているものをすべて送らせよ。忠勝・康政それに井伊直政らが奉行となって軍法を武田流に切り替え、わからぬことがあれば旧武田遺臣に問い質せ」

「早く上洛して秀吉と和睦せよ」と日頃から警鐘を鳴らしていた数正を煙たがってい

たが、数正が居ないことがどんなに徳川家にとって損失が大きいかということを、この時になって初めて家康は痛感したのだった。

小田原陣

数正が出奔し大坂へやってきたことを知ると、秀吉はまるで宝物を手に入れた子供のように大はしゃぎして喜んだ。

九州への島津征伐を控えて、どうしても家康を上洛させたい秀吉は、数正を交えてあれこれと手段を考え、妹を離縁させて家康に嫁がせるという、誰もが考えつかないような手を使ったが、それでも家康は重い腰を上げようとはしない。

苦り切った秀吉は、ついに自分の母親までを人質に岡崎へやるという、前代未聞のことを行った。

(秀吉が母親を人質にしてまで家康殿の上洛を望むのは、信長との同盟を堅持してきた家康殿を従わせた、という事実が欲しいのだろう。これが最後の機会だ。この上洛

を逸《いっ》せば、徳川家は本当に攻め滅ぼされるだろう）

数正は危惧したが、わが娘を案じて岡崎へやってきた大政所が本物だと確かめると、家康はやっと重い腰を上げ、上洛して秀吉に会うことを決心したのだ。

一万の軍勢を率いて上洛の途についた家康の京都での滞在先は、いつものように茶屋四郎次郎の屋敷だった。そして、そこから大坂へ移動した家康一行は、秀吉の弟・秀長の屋敷に泊まることになった。

明日の対面を前に、大坂城内でじっとしておれない秀吉は、数人の供回りを従えただけで秀長邸を訪れようとして、数正の同行を求めた。

「それがしは出奔した身で、徳川家の同僚からも白眼視されております。明日のお目見えに支障をきたせば大変です。今回は遠慮しておきましょう」

数正は婉曲に秀吉の申し出を断る。

「そうか、それは残念だが、お前が危惧するのは尤もじゃ。それでは、わしはじっくりと家康殿の見物に参るとするか」

「金ヶ崎以来でござるな」

秀長邸内に入り込み軒から声をかけた秀吉は、慌て驚く重臣たちを尻目に、主人に近づき家康の手をぎゅっと握りしめ、耳に口を当てて何事かを囁くと、「よく上洛してくれたわ」と、上機嫌で持参してきた酒を重臣たちに振る舞い始めた。

翌日、完成後の木の香も芳しい大坂城本丸の大広間に烏帽子直垂大紋姿で集まった諸国の大名が居並ぶ中で、「関白の義弟となり、それがしが上洛した上は関白の御為よきように計らいましょう」と家康は低頭した。

これを目にすると、諸大名の間からはざわめきが湧き起こった。

（これで家康殿も秀吉の実力を知り、無謀な戦さをすることを控えるだろう。わしが出奔した甲斐があったわ）

広間の隅からこの様子を窺っていた数正は、安堵のため息を吐いた。

家康の京滞在中、秀吉はさらに彼らを手懐けるために、家康には正三位権中納言という高官位を与え、忠次・忠勝・康政らの重臣にも叙勲し、大政所を京都へ送ってきた井伊直政を聚楽第で饗応した。

その席に数正が加わっていたが、直政は白目で数正を睨むと一言も口を交そうとせず、茶席では「数正殿は代々徳川家の家老職であった者なのに、今この席で何の面目があって、それがしのような徳川家臣の前で姿を晒すことができるのか」と数正を面罵して、同席していた秀吉を困らせた。

「お前は根っからの徳川家臣よのう」

三河から出奔した数正を、まるで嫌なものを目にするように嫌悪する直政を見て、数正の心境を推し量った秀吉は、数正を促して茶室から退席させ直政から遠ざけた。

家康をわが陣営に取り込んだ秀吉は、家康に北条を牽制させると同時に、九州を席巻しようとしていた島津氏を降参させた。

九州征伐が済み、翌年の天正十四年になると、秀吉は後陽成天皇を聚楽第に迎え、諸大名を上洛させ自分に従わせようとしたが、北条氏政は秀吉の実力を認めたくないのか、上洛しようとはしなかった。

「真田領の上州沼田の地を巡って、家康殿と氏政殿との話し合いが長びいており、氏政はすぐには小田原を発てませぬ」

兄に替わり上洛した氏規は、氏政がすぐに上洛できない事情を申し述べた。

(口先ばかりのやつめが)

一向に腰を上げようとしない氏政に、秀吉の怒りは親類である家康に向いたように、数正の目には映る。

数正と向き合った秀吉は、「家康は氏政とぐるになってわしに対峙する気なのか」と、家康を疑い始めた。

「いえ、いくら娘を氏政の息子・氏直に嫁がせておると申しても、徳川殿が氏政と手を組むことなど決してござりませぬ」

数正は懸命に家康を庇う。

「それでは、氏政めはわしの力を甘く見ておるようだな。徳川殿から氏政に上洛を催促して貰おう。それでもやつがわしの命令に従わぬなら、力で捩《ね》じ伏せるより他に手はないようじゃな」

数正から知らされ、北条のことで、秀吉の心証が悪くなることを恐れた家康は、

「今月中に必ず氏政殿自身が上洛なされよ。さもなければ、氏直殿に嫁いでいる督姫を返して欲しい」と氏政に迫ったが、氏政は一向に上洛しようとはしない。

ついに氏政は自分に従うつもりがないと判断し、秀吉は北条を攻めることを決心した。

「そうだ。この機会にわしの側近の中でまだ若いが、今度兵糧調達の一端を担うことになる男を紹介しておこう」

秀吉が手を叩くと、数正より二回り程歳の若い男が部屋に姿を見せた。

痩せて広い額をした小男だが、精悍な感じが身体全体から伝わってくる。

「これが、今度小田原攻めでは懸命に働いてもらわねばならぬ三成という男だ。お見知りあれ」

「家康殿の懐刀だった数正殿のお噂は、かねがね聞いておりました。今後ともよろしく御教導下され」

数正をよく観察しようとしているのか、若い男の目はくりくりとよく動く。

（このように目から鼻に抜けるような怜悧な男は、武骨者揃いの三河ではめったにお目にかかれない。やはり世間は広いわ）

数正は秀吉陣営の層の厚さに感心した。

天正十七年三月に入ると、五畿・南海・山陰・山陽・北陸・近江・美濃・伊賀から二十二万、それに織田信雄の一万五千、徳川の二万五千の兵が、小田原に向けて進軍し始めた。

蔵入地から集めてきた兵糧二十万の米を船に積み込み、駿河や江尻や清水に運び込むと、それを急造の蔵に収める。

また黄金一万枚で、伊勢・美濃・尾張・三河・遠江・駿河で買い集めてきた軍馬のための兵糧を、船で小田原の周辺へ運ぶ。

三河衆から白眼視されている数正のために、秀吉は数正を信雄の軍に加えさせた。

膨大な兵や兵糧を目にすると、数正は家康が上洛して、徳川家が戦さを避けられて本当によかったなと、しみじみと思う。

(戦さが始まる前から、殿下はもう勝ったつもりでおるわ)

付け髭をしてお歯黒を塗り、目立つ風変わりな大刀や脇差で若作りをし、満面の笑顔で民衆に応える秀吉は、地味な家康しか知らない数正を驚かせた。

贅を尽した奇妙な身形で身を包んだ秀吉の行列が、天皇の観覧を受けながら御所の前を通過してゆく。その様子を、畿内から集まってきた人々は沿道に桟敷を構えて見物している。

京都を発った秀吉の本隊は、東海道を駿河まで進む。すでに家康の住む駿府城は完成しており、秀吉を出迎えるために、家康はあれこれと城内で忙しく指示をしていた。

駿府城下に入り、家康に従って城内を見て回る秀吉は、新造されたばかりの木の香も芳しい本丸が気に入った。

家康と茶を喫しながら雑談していると急に襖が開き、土埃に汚れた旅装姿のままずけずけと部屋に入ってきた初老の男がいた。

その男は秀吉の脇に家康がいるのを認めると、「殿は愚かなことをなさるものだ。国主たる者が、己の居城を明け渡して人に貸すなど言語道断じゃ。そのような心がけでは、人が『女房を借りたい』と申したらお貸しなさるのか」と大声で喚くと、襖も閉じずに出ていってしまった。

　秀吉の側近たちは、あまりな暴言に呆然としている。

「やつは本多重次と申す者で、それがしの父祖の代から今まで忠実に仕えて、多くの武功を立ててきた男ですが、何分田舎者なので、荒々しく馬鹿げた振る舞いで人を人とも思わぬところがあります。人前を憚らずあのような無礼を申しましたこと、重々にお許しあれ」

　家康は恥ずかしそうに低頭した。

「あの男が噂でよく耳にする本多重次と申す者か。あのように忠義一途な武骨者を召し抱えておられるとは、家康殿はよい家臣をお持ちじゃ」

　怒りを押さえ、さも感心したかのように、秀吉は鷹揚に構えてみせた。

　駿府城を発ち三枚橋（沼津）辺りの巡視を終えて長窪に戻った秀吉は、絵図面を拡げて家康に小田原攻めについての意見を求めた。

「全軍を二手に分けて一手は韮山、一手は山中城を攻めたらどうでしょう。どちらか一方が攻められれば、小田原城にいる氏政は、味方を助けようと出撃してくる筈です。そこを叩けばよいかと…」

「もし両城を攻めても小田原から出てこぬ場合は如何するか」

秀吉の問いに、「その時は両城の内、どちらか一つを落として、それがしは山中の古道から小田原の東の酒匂川沿いに陣を張り、関東から小田原への通路を塞ぎます。殿下は総勢を率いて、従来の街道から小田原の西にある早川辺りに布陣して下され」と、家康は自信を覗かせる。

小田原城は東を酒匂川、西は早川が外堀として城を守っており、南は相模湾が、北は箱根の山麓が広がっている。難攻不落の城だ。

諸大名は北条氏に勝った家康の実力を認めているので、納得顔で頷く。

「よし、山中城攻めの総大将は秀次がやれ。韮山攻めは信雄様に任すが、蒲生氏郷殿も加わってくれ。家康殿は今申されたように、箱根古道から北へ迂回して小田原城へ向かって下され」

氏郷は信長の娘を娶っている関係もあり、秀吉が頼りにしている有能な武将の一人だ。

箱根山の登り口に位置する山中城では、秀吉軍を迎え討つために外堀を改修して、敵の出現を待ち構えていた。

四千程が籠もる山中城を、七万余りの秀吉軍が攻めるので、落城するのはわかり切っており、問題はいかに短時間で落とすかということになる。

おまけに赤い陣羽織を身につけ、甥・秀次の戦さぶりを見届けようと、秀吉は山中城を望む高丘で床几に腰を降ろしているのだ。

これでは恩賞に預かりたい諸大名たちは、何が何でも張り切らざるをえない。

夜が明け白々と薄日が差し始めると、腹拵《ごしら》えを済ませた秀次は軍配を振り降ろした。

それを見た諸隊は、前日調べておいた攻め口から山の急斜面を登り、次々と曲輪に攻め込んでゆく。

蟻の大軍のような人の群れが、こちらへ向かってくるのを目にすると、城兵は恐怖に戦《おのの》いたように映った。

まず西の丸を落とすと、堪らずに本丸へ退いてゆく敵を追い、数万の兵が本丸へ殺到した。

「一番乗りはわしだ」

本丸へ乗り込んだ渡辺勘兵衛は、大将の中村一氏から借り受けた馬印を、本丸の角矢倉に立てさせた。

城将・北条氏勝を無事に小田原へ逃がした松田康長らが討たれると、山中城は昼過ぎには早くも落城してしまった。

高丘から降りてきて、敵の死骸が散乱する山中城の本丸に立った秀吉は上機嫌だ。

だが韮山攻めは、山中城のようにそうすんなりとはいかなかった。

北条氏規を城将とする四千の城兵相手に、四万を越える兵を任された総大将の信雄は、この小城を攻め倦《あぐ》ねている。

小田原城の開城を急ぐ秀吉は、将としての信雄の能力に見切りをつけたのか、韮山城の包囲に最少限の兵力を残すと、箱根街道を東に進む。

（小牧長久手合戦の際の勝手な和睦といい、この韮山城攻めの拙さといい、殿下は信雄様を、今後どのように処遇するつもりだろうか…）

秀吉が何よりも能力を最重視していることを知っている数正は、信雄の行く末を案じる。

箱根古道から小田原城の東へ回り込んだ家康は、当初の目論見通り酒匂川沿いに布陣した。

信雄は家康の陣よりも少し西に寄った足柄村多古の高丘に陣を構え、その西には秀次が、そして秀吉はさらに西の湯本にある北条氏の菩提寺・早雲寺に本陣を置いた。

信雄の陣営にいる数正が、南の相模湾の海の青さを背景にして、東西二十五町、南北二十町に及ぶ広大な総構えの中に聳え立つ数十もの櫓を見降ろしながら、北の箱根山を眺めていると、山腹の山桜が早くも散り始め、枯れ木に埋もれていた箱根の山全体が、急に生き返ったように新緑に包まれている。

（今頃岡崎では百姓たちが、田の畦にある土筆《つくし》や蕗《ふき》のとうを摘んでおろうな）

山の新緑が岡崎を連想させ、数正はここが戦場であることを忘れていた。ふと我に返ると、山道をこちらへ登ってくる三人の男に気がついた。

一人は足が悪いのか、もう一人の男の肩を貸してもらっている。

三人が近寄ってくると、それは家康と忠次だということがわかった。

数正のところへ近づいてくると、「数正か、元気そうで何よりじゃ」と家康は照れたように挨拶をした。

「これは珍しい人がこられたものだ。殿ではござらぬか」

それっきり、黙り込んでしまった二人に気を効かせたのか、「お前が姿を消してからもう五年にもなるかのう」と男の肩から手を離した忠次が、例のだみ声で呟いた。

いつもは挑戦的な男だが、数正を見詰めているその目は懐かしさを帯び、目尻は下がり頬も緩んでいる。

「わしも六十の坂を越してしまった。この歳になってわしもやっと、お前が頑固者揃いの三河衆を見限って、秀吉のところへ走った理由がわかったのだ。この大軍を目の前にしていると、今の秀吉に逆らうことはどうあがいても無理だからのう」

「あの時、小牧長久手の勝利でわしも天狗になっていたのだ。お前が身を挺して、われら井の中の蛙たちに秀吉の実力を知らせてくれたことが、遅まきながら今になってやっとわかってきたのだ。三河者はわしを含め、頑固一徹な者ばかりで、全く困ったことだのう」

家康の声は、しみじみとした調子になった。

「殿の目を醒ますことができ、それがしも出奔した甲斐がございました。あのまま殿下と対決しておれば、徳川家はちょうど目の前の北条氏のようになっていたことでしょう」

「こんなことを申すのはお前には酷だが、わしから殿下に話をつけるので、もう一度わしのところへ戻ってくる気はないか」

家康の申し出に、数正は静かに首を振る。

「まだわしのことを恨んでおるのか」

「いや、そうではございませぬ。それがしも忠次殿と同様、老い先短い身となってしまいました。これからは忠次殿やそれがしではなく、忠勝・康政や直政のような若い者の時代です。それがしが戻ったところで、あまり役に立つことはできますまい。それよりもこのまま殿下の懐に留まり、徳川家を左右する重大なことをお知らせすることとならできましょうが…」

「そうか…」

家康は悲しそうな調子で頷いた。

「殿の周りも寂しくなるのう。実はわしもこの頃眼が霞んで、物がよく見えぬようになってきたので、もう戦さ働きは出来ぬようだ。それで、この戦いを最後に家督を倅・家次に譲り、殿から頂いた京都の隠居屋敷で、妻と二人で老後を静かに送ることに決めたのじゃ」

(怪物のように思っていた忠次も、やはり年には勝てぬのか)

数正は過ぎ去った長い年月を思う。

「お前は弥八郎ではないか」

数正は、忠次に肩を貸していた男が、そこに立っていることにやっと気づいた。

「はッ！」

本多弥八郎(正信)は三河一揆の首謀者として一揆勢を指揮していたが、一揆が平定されると加賀へ出奔し、そこの一向宗徒を率いて信長と戦い、その後大久保忠世の執り成しで、再び徳川家に帰参していたのだ。

三河の一向宗の総代を務めていた石川家にとって、正信は若いが有能な信者だった。

「われらがお前のところへゆくと申したら、こいつがぜひにと付いてきたのだ」

忠次は立っているのが辛いのか、道端にある岩の上に腰を降ろした。

「お前は旧武田領で、奉行として働いていると聞いていたが…」

「こやつは三河を離れて世間に揉まれたせいか、人間が出来て角がとれてきてのう。それとなく意見してくれるのだ。この度も、『ぜひに数正殿と会え』とわしに勧めてくれてのう…」

(殿は正信を重宝されているようだ)

正信を見詰める家康の目には、かつて数正に向けられていたような、信頼感が滲んでいる。

(広い世間を見てきた正信なら、わしの替わりを十分に務めてくれよう。徳川家のために、よい男が戻ってきてくれたものだ)

数正は三人を自分の仮屋敷に引き入れると、茶を披露し、これから徳川家がどう振る舞えばよいのかじっくりと話し合った。

蟻一匹も通さない程、厳重に小田原城を包囲しているが、「ここからでは小田原城の様子がよく窺えぬわ。もっとよいところはないのか」と、秀吉は本陣を移して、そこに城を築き、小田原城の兵たちの戦意を挫いてやりたいようだ。

周囲を見張らすと、箱根から足柄の峰々にかけて味方の旌旗で埋め尽くされ、それが春風に靡く様子は、まるで一度に花が咲いたように鮮やかに映る。

「笠懸山がよろしかろう」と三成が探ってきた、木樵しか通らないような獣道を登ってゆくと、笠懸山の山頂に出た。

三成が自慢するだけあって、そこからの眺望はすばらしく、小田原城内までもが一望でき、秀吉はその絶景が大いに気に入った。

「さっそくここに城を築け。但し、南側の樹木は残しておけ。塀と櫓を建て、壁は杉原紙の白紙だけでよい。遠くからでは白壁と映ろうからな」

秀吉は諸大名に「城から誘き出せ」と命じるが、城兵は狭間から鉄砲を放つだけで、貝が殻を閉じたように誘いに乗ってこない。

笠懸山（石垣山）に本陣を移した秀吉は、「小田原城は兵糧を十分に貯えた総構えなので、兵糧攻めを行っても相当時間がかかるだろう。そこで、胴体である小田原城は後で開城させるとして、上杉景勝殿らは関東にある北条氏の手足の城を捥《も》げ」と、北国から従軍している諸大名に命じた。

「三成・長政らは普段兵站の仕事をやっており、直接城攻めの経験は乏しいので、お前たちの力で関東の城を落としてこい」

いつも目立たない役目を押しつけている三成らに、秀吉は実戦を踏ませてやろうと、配慮したのだ。

「家康殿からも加勢をお願いしたい」と付け加えると、家康は忠勝・鳥居元忠らに白羽の矢を立てた。

三月に始まった合戦は、関東にある北条方の城を巡って続々と戦勝報告が入ってくるが、それでも小田原城に籠もる氏政は、なかなか開城しようとはしなかった。

城の守りが固いので無理攻めする訳にもゆかず、連日鬨の声をあげ鉄砲で威嚇する日々が続く。

各陣営からの鯨波と数万もの鉄砲音が箱根の山々に響き、負けじと小田原城兵も銃撃を撃ち返すので、まるで天地が揺れ動くようだ。

そんな時、「家康が信雄と諜って北条方に内通して、反旗を翻すつもりらしい」という噂が、秀吉の陣地で伝播し始めた。

噂は風に乗って各陣営に広がり、秀吉恩顧の大名は二人の挙動を疑い始めた。

噂が広がることを心配した家康が相談を持ちかけると、「数正殿の知恵を借りましょう」と、正信は数正に会うことを勧めた。

「これは弱りましたな」

数正は、正信と苦り切った表情をした家康を茶室に案内した。

「殿下に害意を抱いていないことを示すことが大切です。それにはまず、それがしが信雄様に頼み、殿下を茶の湯の席へ招きましょう」

「それは妙案じゃ。それなら、殿下も喜んで応じられよう」

家康は思わず手を打ち、渋面を緩めた。

案の定信雄の誘いに応じ、秀吉が数人の側近だけを連れて信雄の陣営にやってきた。

「もうすぐ、石垣山の前面にある樹木を切り倒し、城の御開帳をやるぞ。一夜で出来上がった城を目にして、やつらはあっと驚くことであろう」と、秀吉は上機嫌だ。

それを契機として、次は家康の陣営で酒宴が開かれることになり、鼓・笛の音が明け方まで響き、殺伐とした戦場での宴会に気をよくした秀吉は、返礼に二人を新城へ招くと、その内いつの間にか謀反の噂も霧散してしまった。

長期戦になり味方の士気の低下を憂えた秀吉は、兵を労おうと各陣営で茶室を建てさせ、多人数でかけあいに歌い踊る、掛け踊りを奨励すると、戦場ではめったに見ることができない、華麗な衣装に身を包んだ踊り子が舞う姿を眺めている兵たちは、ここが戦場であることを忘れたようだった。

敵陣から聞こえてくる太鼓や笛の音色に、小田原城内からは長びく戦いへの嫌戦気分が湧き上がってくる。

「よし、石垣山城の初のお目見えじゃ」

南側に残していた樹木を切り払い、白亜の城が出現すると、芳しい木の香りに包まれた本丸からは、慌てふためく北条方の城内の様子がよく覗かれた。

「やつらは腰を抜かし、和睦に応じようとする筈じゃ。使者には誰をやろうか」

秀吉の目が小田原城内の動揺を窺っている家康の方に注がれると、それに気づいた家康は、「和睦勧告をすることは時宜を得たものと考えますが、それがしは氏直の舅なので、ひとまず他の者をお立て下さった方がよかろうと存じます。その上でなら、それがしはいかようにでも働く所存でござる」と、やんわりと使者の役目を断った。

「それがよかろうと存じます」

傍らから数正も口を添える。

「それなら、その役目は官兵衛に任そう」

黒田官兵衛は徳川家における数正のような秀吉の懐刀で、今は隠居して息子・長政に家督を譲っているが、官兵衛の知謀を惜しんで、秀吉が手元から離そうとはしない男だ。

　官兵衛は、小田原城の北側に当たる久野口を守っている氏直の弟・太田氏房に、

「北条家には伊豆・相模・武蔵の三国の領有を認めよう。この辺で手打ちにせぬか」

と説き始めたが、氏房からの返答は、「それでは氏政・氏直父子は容易に承知しない」

と、拒否の返事を受け取った。

　苦り切った秀吉は、「舅である家康殿からでないと、どうも利き目が薄いわ」と家康に頼み込んだ。

「殿と親しい氏規殿は氏政殿も右腕と認めている御仁なので、上手くやってくれるかも知れませぬぞ」と、天正壬午の乱での交渉役を立派に果たした氏規に働きかけることを、数正は家康に促す。

　七月五日になると氏規からの説得が功を奏したのか、弟・氏房を伴った氏直が信雄陣営に属する滝川雄利のところへやってきた。

「わし一命の替わりに、籠城している家臣たちの命を救って欲しい」

　項垂れた氏直に、秀吉への執り成しを求められ、喜んだ雄利が秀吉の本陣へ使者を走らすと、「氏直殊勝なり」と秀吉は頬を緩めた。

「この戦いの原因を生じさせたのは氏政で、やつを支援した氏照、それに家老の大道寺、松田にも責任を取らせ、切腹を命ずる」と秀吉は厳命した。

「和睦が成立した上は、北条方の重臣とも話し合わねばならぬ。家康殿は小田原城へ出向いて、城受け取りの段取りを決めてきて下され」

秀吉はあくまで家康の顔を立てようとする。

数正と榊原康政の二人を伴った家康が城内へ入ると、和睦を知らされた籠城兵たちの表情には、安堵の色が滲んでいる。

本丸では北条家を壊してしまった責任からか、氏政は悄気返っていたが、入室してきた家康が「力になれず残念に存ず」と同情を示すと、「わしは秀吉の実力を見誤り、やつを侮っていたようだ。だが武門の習わしで、徳川殿が敵に回ったのを少しも憎んではいないぞ」と、あの傲岸な氏政が別人のようだ。

本丸の隣室では、一堂に集まった一族や重臣の前で、氏直が秀吉からの和睦を受け入れたことを知らせていた。

「この度の籠城では、皆頑張ってくれて礼を申す。そなたたちの命を救うために、わしは家名を棄てて和睦を受け入れ、敵の軍門に降ることを決心した。そなたらは、明日いずこかへ離散することになろうが、ここで拾った命を大切にして生き延びてくれ。もし、わしが生きて再び北条家を興すようなことがあれば、旧知を忘れずに再び皆を呼び寄せよう」

啜り泣きが咽《むせ》び泣きに変わったかと思うと、やがて号泣になった。

翌朝、城の七口から皆裸足で取るものも取りあえず、われ先に開いた城門を通ろうとして、重臣や家臣たちは争うように落ちてゆく。

「哀れよのう。もしわしが頑なに上洛することを拒んでいたら、徳川家もこのようになっていたかも知れぬ…」

目に涙を浮かべ、家康は側に控えている数正に声をかけた。

「上洛されてより、殿は目を醒まされましたし、傍らにはそれがしや正信がいるので、決して徳川家をこんな姿にはさせませぬ。ご安心下され」

逃げるように立ち去る城兵たちの混乱ぶりを目にしながら、家康は黙ったまま肯首した。

籠城兵たちが立ち去ると、秀吉は「氏直はわしに逆ったが、舅の家康殿の顔を立てて切腹を免じる。しかし高野山へ参籠させる。また北条一族の内、和睦交渉に功のあった氏房・氏規・氏邦は許そう。氏政とその弟・氏照の二人は、この戦さの責任者として城外の田村邸で切腹させせよ」と宣言した。

氏政・氏照の二人に付き従って九百程いた家臣たちは、一人去り二人去り、今ではほんの数人しか残っていない。

彼らが見守る中、緋毛氈《ひもうせん》の上に従容《しょうよう》として座った二人は、悠々と腹を寛げた。

「徳川殿のお蔭で、やっとこの戦さを終えることができたわ。北条が領有していた関八州は雄大な土地じゃ。ここを治められる者は、家康殿の他には見当たらぬ。移ってくれような」

秀吉の懇願は半ば命令だ。

「喜んで…」

家康は小田原城での対陣の際、信雄が戦後の論功行賞で、代々受け継いできた尾張を離れることを拒否したため、改易されたことを知っていた。

(これまで苦労して手に入れた五ヶ国が取り上げられ、未知の関八州へやらされるのだ。だが秀吉に反対すれば、北条氏政や信雄様の二の舞いになるに違いない。秀吉はそれを待ち構えているのだ。絶対、この男には逆らわないことだ)

「北条が本拠地にしていた小田原では片寄り過ぎて、関東各地に目配りがしにくかろう。本城は江戸に築かれよ」

親切心からか、家康をできるだけ遠ざけたい腹からなのか、秀吉の目は優しそうに家康に注がれる。

(太田道灌が築いたとされる江戸の地へ、わしを追いやりたいのか)

「本拠地まで御教授して頂き、有難いことでござる」

家康の目には移封への怒りの色は全くなかった。

「どうしても三河からは離れぬ」と我を張って、信雄のように改易されることを危惧していた数正は、家康の成長した処世術を目にして安堵のため息を吐いた。

「徳川殿は物わかりがよくて助かるわ」

笑ってその場を繕ったが、家康に上手く躱された秀吉の頭の中は、誰に旧徳川領を治めさせようかと、忙しく働いていた。

和解

北条氏を滅ぼした秀吉は、奥州まで兵を進めて天下統一を果たした後、家康と信雄の旧領に、秀吉恩顧の子飼大名を配した。

そして家康と奥州の伊達政宗の間に楔を打つように、信長の頃からの家臣・蒲生氏郷を会津に移した。

「関東へ入府せよ」と命じられた家康の動きは迅速で、七月に小田原城が落ちると、八月朔日には早くも江戸城に移り、九月頃までには大方の家臣たちは関東の新封土に落ち着いていた。

「徳川殿の国割りはなかなか見事なものじゃ。江戸城にいる徳川殿を中心に、領土の西端にあたる上野箕輪には十二万石で井伊直政を配し、また南の安房の里見氏に備えて、大多喜に十万石の本多忠勝を持ってくる。それに北の佐竹に対しては、十万石で館林に榊原康政を据えて、他の重臣たちには、五万石を越えぬように目配りしておる。なかなか吝《しわ》いが、質実剛健なお方じゃのう」

（殿下は世間には家康殿を義弟として、親しくしているかのように見せてはいるが、内心では気味悪く思っておられるようだ）

傍らにいる数正は、秀吉をよく観察している。

「そちには河内国内で八万石を与えておるが、信濃国・松本が空いてしまった。お前なら、かの地十万石を治めるのに適任だ。武田信玄が重臣・馬場信春に与えた信濃の要の地じゃ。腐心して国づくりを始めよ」

　信春が深志城を築き筑摩と安曇郡を治めていたが、武田滅亡後その地を与えられていた小笠原長時の嫡子・貞慶と秀政父子が、家康に従って関東の古河へ移ったために、この地の領主がまだ決まっていなかったのだ。

「殿下のお心配り有難く存じまする」

(殿下はわしの力を買ってくれているようだ。もう一花咲かせて、家康殿と殿下とを繋ぐ架け橋となってやろう。それがわしに残された最後の仕事だ)

　数正は老体に鞭打って、立派な城と城下町を松本に築こうと決心した。

　周囲を山脈で囲まれてはいるが、松本盆地は意外と広いと思っていた。しかし実際松本へ足を踏み入れたとたん、数正は城下町が貧相なのに驚いた。

　武田に追われた小笠原貞慶が墳墓の地へ戻ってきて、城や城下町を改修したのだったが、人家は疎らで空堀を巡らせた小高い丘に、ぽつんと小さな城が建っているだけだった。

「これでは名将・馬場信春の名が泣こう」

　天下一の大坂城を目にしている数正は、この城と城下町を十万石に相応しいものに作り変えようと張り切る。

城のある小高い丘に沿うように女鳥羽川が丘の東側を流れ、城下町はその川沿いを南北に細長く伸びている。

（まず城を改修し、城下町を広げねばならぬ。そのためには城を囲む堀幅を拡張し、川から水を引いて水堀にする。その水堀も今のように一重ではなく、大坂城のように本丸、二の丸、三の丸を別々に囲む三重の堀としよう。それに堀面は土塁ではなく、鉄砲や大砲に備えて石垣を用いるべきで、何よりもまず、大坂城のような天守閣を築かねばならぬ）

数正の頭には、大坂城の雄姿が浮かぶ。

村人総出で女鳥羽川の川底さらい工事が始められ、城下には北の善光寺へ向かう街道を中心に、東西南北に幅広い街道が整備されていく。町全体が喧騒と土埃に包まれながら、本町・中町・東町といった主要な町が広がってゆく。

「よい眺めだのう」

早々と二の丸に筒寺御殿と呼ぶ建物を築いた数正は、康長・康勝・康次の三人の息子と共に丘の上から、人混みで溢れる町並みを見降している。

「立派な城下町が出来ておりますな。数正殿は外交交渉に抜きん出た人かと思っておりましたが、なかなか領国の町作りの腕もすばらしいものですな」

声のする方に目をやると、風貌は冴えないが、智恵が一杯詰まっているような大頭をした正信が、旅装も解かずに脇に立っていた。

そのよく光る目は、人々を観察するだけでなく、町の様子もしっかりと見透しているようだ。

「どうした。膝元の関東で何かあったのか」

「いえ、関東は活気に満ちておりますが、問題は殿下のことで…」

正信は言い淀んだ。

「関白を甥の秀次殿に譲り、殿下自らは太閤となられたと聞いているが…」

「そのようで…」

正信は言葉を濁す。

「何か嫌な噂でもあるのか」

「実は殿下は近く『唐入り』を始めるつもりなのではないか、と世間は申しているのです…」

大坂から遠く離れた松本までも、そんな噂が流れてきていたが、数正はこれから国内の整備に力を入れるべき時に、賢明な秀吉がそんな暴挙を始めようとは考えもしていなかった。

（遥かにわが国を凌ぐ国力を有する唐国に侵入しようものなら、せっかく苦労して築き上げたこの国の基盤が、根底から崩れてしまおう。だが信長公を越えてやろうとする殿下の野望を考えると、まんざら皆無とは言い切れぬが…）

「殿下が信長公の妹、お市の方の長女・お茶々様を側室とされ、彼女の懐妊がわかったのは小田原陣の頃でした。その待望の男子の誕生を祝い、掌中の玉のように大切に育てられた鶴松君は、天正十九年の一月に殿下の弟・秀長殿が大和郡山城で亡くなると、その後を追うように、その年の夏三歳で身罷られてしまいました。それで気力を失われた殿下は、関白職を甥・秀次殿に譲り、自らは太閤と称して亡き息子の悲しみを忘れるためか、『唐入り』をよく口に出されるようになったのです」

可愛いわが子を失った後、明朗だった秀吉の落ち込み様は、数正の耳にも届いていた。

「もし殿下が『唐入り』を本気で行おうと考えているのなら、わが殿が忠告したぐらいでは無理で、もう誰も殿下を止められる者はおりますまい。『数正殿からも殿下を宥めて欲しい』と、殿は願っておられます」

「もし『唐入り』が現実化すれば、せっかく統べられたわが国の民たちは疲弊してしまおう。考えるだけでも恐しいことだな。そうならぬよう、微力ながらわしからも殿下をよくお諫め申そう」

　正信はこのことを伝えると、再び江戸へ立ち去った。

　だが、大坂入りした数正の杞憂は現実のものとなってしまった。

　大坂城本丸に集まった諸大名を前にして、「朝鮮を征伐し、その勢いをもって大明へ押し渡り大明の弱兵を撫で切り、四百余州を併呑して明国の王を追い出し、自らが大明皇帝とならん」と秀吉は広言したのだ。

（猿め狂ったか！）

　誰もそう思ったが、秀吉の怒りを恐れて誰一人として意見しようとはしない。

　上座にいる前田利家・毛利輝元らの大大名や、三成を含む浅野長政らの奉行衆も黙ったままだ。

「前線基地は肥前の名護屋に決めた。来年二月には渡海するので、各自陣営を築き、出陣の準備をしておけ」

　言い放つと誰の意見も聞かぬというように、前かがみになり背を丸めた秀吉は、本丸から姿を消してしまった。

「弱りましたのう。殿下から拝領した領国の整備に忙しいと申すのに…」

　諸大名の目が訴えるように家康に集まる。

（彼らは家康殿から、殿下に意見して欲しいと思っているのだ）

周りを見渡した数正は、彼らの切実な眼差しをひしひしと感じる。

文禄と年号が変わったその年の三月、元服した三男・秀忠を江戸に残して、家康は一万五千の兵を率いて名護屋に向かって出発した。

名護屋に着いてみると、奉行衆に監督されて数万という膨大な人夫がかけ声をかけ、顔から滴り落ちる汗を手で拭いながら、巨石や切り揃えた材木を名護屋城へ運んでいる。

また名護屋城を取り囲むように諸大名の陣営が建ち並び、その仕上げに忙しいのか、東松浦半島全体のいたるところから、槌音がかしがましく響いている。

登り坂を大手口までそのまま進むと、左に三の丸が広がり、そこから本丸に入ると、本丸には大坂城と変わらぬ程、巨大な城が築かれていた。

木の香も芳しい階段を登って天守閣に辿り着くと、そこには前田利家が秀吉に替わって、北の海を眺めていた。

「遠路よくこられたのう。殿下は眼病で到着が少し遅れるらしい。それまでは、わしがここを任されているのだ。徳川殿が見えられたからには、百万の味方を得たような気がする」

利家は四つ程家康より年上で、信長の元で柴田勝家の寄騎となって活躍していたが、賤ヶ岳で勝家が破れた後、秀吉の片腕として信頼されている男だ。

利家は家康を北の窓辺に手招くと、「今日はよく晴れているので、対馬がそれあのように浮かんでおるわ」と海上を指差した。

右手には加部島が迫り、左手に見える東松浦半島の先端には、波戸崎がくっきりと望まれる。

「あの対馬から、朝鮮の釜山までは目と鼻の先じゃ」

(利家の頭の中には、数千艘もの軍船がこの大海原を覆い尽くして、釜山港を圧倒している様子が浮かんでいるのだろう。秀吉は、わが国が本当に朝鮮と明国に勝てると思っているのか…)

この愚行を考えついた秀吉を呪い、家康は利家に簡単な挨拶を済ませると、自分の陣所に行くために、大手口まで降りていった。そこには忠勝が迎えにきていた。

「殿の本陣はこの名護屋城からすぐ近くのところでござる」

深そうな濃い緑色を帯びた名護屋湾には、早くも数百艘もの軍船が舫っている。

穏やかな水面を湛《たた》える湾を覗きながら歩いていた忠勝は、右手に見える瀟洒な陣屋を指差した。

「数正も参っているのか」

「そのようで…」

にべもなく忠勝が返答する。

息子に家督を譲った忠次と正信を除いては、誰一人として三河を出奔した数正に好意を持っていないことがわかるだけに、己を犠牲にしてまで徳川と豊臣家との架け橋になろうとしている数正の孤独な心根が、家康の胸を突き上げてくる。

決められた出航日がきたので、秀吉の到着を待たずに先陣小西行長隊の軍船七百余りが名護屋湾を発つと、その後を加藤清正隊が続く。

そして黒田長政隊が出航すると、続々と兵たちを乗せた数千艘もの軍船が纜《ともづな》を解き、帆柱を押し立てて割れんばかりのかけ声をかけながら、波静かな湾から離れてゆく。

そのかけ声は、湾上にいる兵たちにはまるで地鳴りのように響き、甲板に翻る色とりどりの指物は、名護屋湾に一度に花が咲いたようだ。

順風に帆を膨らませて、船団は滑るように海面を走り出した。

居残り部隊の家康ら一行は、出航する兵たちに手を振り大声で励ます。

秀吉が到着したのは、皆が出航してしまった四月も終わり頃だった。

豪華に飾り立てた船から下船した秀吉は、付け髭を付け唐生糸を巻いた美々しい太刀を腰に差し、五十人程の供回りを連れて、金銀造りの馬鎧、馬面を付けた軍馬に跨ったまま名護屋城へ向かった。

「行長めがやりおったぞ！」

秀吉の大声が本丸に響くと、名護屋城内は歓声に包まれた。

釜山に上陸した第一陣の小西隊が釜山城を落とすと、三日目には早くも東莱城を開城させたのだ。

「釜山から北へ向かった第二陣の清正も、慶州を占領した様子だ」

秀吉は子飼いの者たちの活躍に上機嫌だ。

「この調子だと、今年中には明国へ侵入できそうじゃわ」

恵比寿顔をした秀吉のはしゃぎぶりを目にすると、傍らにいる家康は、もう何も意見ができなくなってしまう。

「祝いに茶室で一席設《もう》けてあるぞ」

本丸の北にある山里丸の一画には秀吉の居館があり、側には金色に輝く豪華な茶室と、それに能舞台が設《しつら》えてある。

秀吉が気を回したのか、茶室内には神妙な顔をした数正が控えていた。

「今日は神屋宗湛のお点前で、茶を戴くことにしよう」

宗湛は博多出身の商人で、九州征伐の頃から秀吉に協力を惜しまず、「太閤町割」と名高い博多の復興に尽力した男で、「筑紫の坊主」と呼ばれる秀吉の気に入りの豪商だ。

家康より若く見えるこの男は、商売のために何度も朝鮮を往復しており、秀吉は戦さの詳しい情報を宗湛から得ていた。

「勝利で味わう茶の風味は、いつも喫する茶の味とは一風違い格別じゃわ」

満面に笑みを浮かべてはしゃぐ秀吉を見ると、家康と数正は顔を見合わせるだけで、相槌を打つしかない。

(賢明な殿下は、数年に渡ってこの勢いが続くと本当に思われているのか。朝鮮はともかく、遠くて広大な領地を持つ明国と戦うためには、国内での戦さと異なり兵糧・武器を船で運ぶしかない。そのためにはどうしても、釜山までの海上を押さえておかねばならぬ。もし海上輸送が侵されるような破目になれば、この戦さは泥沼のようになり、長びくかも知れぬ)

心配顔をした数正が家康の方をちらっと眺めると、家康の目も憂いを含んでいた。

「来年までには朝鮮をわがものにできよう」

（殿下は朝鮮の征服を、北条や奥州平定と同じように思っているのに違いない）

憂いがなく明朗に響く秀吉の声に、数正は無謀さを危惧した。

五月の初めには日本軍が朝鮮の都・漢城を落とすと、四月から始まった戦さの勢いは最高潮に達し、五月十五日には明との国境に近い平壌城を占領してしまった。

この戦報に気をよくした秀吉は、「自ら渡海して兵たちの士気を鼓舞してやろう」と、言い出した。

「六月、七月は海も突風が吹き荒れまする。殿下に万一のことがあればいけませぬ。渡海は海が静まるまで、しばらく見合わせませ」

留守部隊を任されている家康と利家は、逸る秀吉を必死に留めようとする。

秀吉の耳に入れるのを憚っていたのだが、実はこの頃から朝鮮沿海の制海権は李舜臣という男の指揮する朝鮮水軍に奪われていたので、渡海は非常に危険だったのだ。

ちょうどその頃「大政所が病みついて衰弱している」と、上方から知らせてきた。

「殿下の母・大政所様は八十歳を越えられ、殿下の渡海を心配して寝込まれてしまいました。後はわしと徳川殿に任せて、殿下はすぐに大政所様の見舞いに京へお戻り下され。三成ら三奉行と前野長泰と加藤光泰が殿下に替わって渡海せよ」

利家はこの知らせを聞き、危険が伴う渡海から秀吉を引き離すのに、よい口実が出来たと喜んだ。

さっそく秀吉が名護屋を発つと、善後策を練るために、家康は数正を伴い利家の陣営を訪れた。

利家の陣営は家康の陣営の南側にあり、歩いてすぐの距離だ。

「朝鮮沿岸部の制海権を奪われてから、最近、兵糧・武器の半島への輸送が思わしくなってきており、この調子だととても明国とは戦えませぬぞ」

家康が海上輸送を危惧すると、「殿下はまだそのことをご存じないのだ。占領した朝鮮国内でも、われらに反発する義民が立ち上がり、この頃日本軍の兵站を荒らしていることも、知らせておらぬのだ」と利家は苦り切った表情で呟く。

「勝気な殿下のことですので、せめて朝鮮一国ぐらいを征服しない内は、この戦さを中止されますまい…」

数正が傍らから口を挟む。

「頭が痛いことだ。この無益な戦さを早く終わらせることが、何よりも肝要じゃ。徳川殿もよく御承知しておられようが、戦さは始めるよりも終わらせることが一番難しいからな」

利家はため息を吐く。

日本軍の快進撃に陰りが見え始めた頃、急に数正が痩せ始め、変な咳が続いていることに気付いた家康は、正信を伴って数正の陣営を訪れた。

数正は布団の中で静かに横になっていたが、家康の訪問を知ると、無理に起き上がろうとした。

「そのままでよい」

家康は姿勢を正そうとする数正を止めた。

「時々咳が出ていて、夏風邪ぐらいかと思い大して気にかけずにおりましたが、食欲が衰え急に熱が出て立ち上がれなくなったので、慌てて医師に看せたところ、『労咳じゃ。死病になるかも知れぬので、安静が肝要だ』と申し渡されました」

声に張りがなく、嗄れて聞きとりにくい。

「殿下はお前が伏せていることをご存じなのか」

「名護屋城に使者を走らせましたので、殿下からは見舞いの者が参りました」

大徳寺で母の葬式を済ませると、秀吉は再び九州の地へ戻ってきていたのだ。

「お前には、もうしばらく長生きをしてもらわねば…」

数正の変わり様に、家康の目には涙が浮かんでいる。

（労咳は死病と申す。数正もそう長くはないかも知れぬ…）

数正の衰弱ぶりは激しく、しばらく会わぬ内に逞しかった体は一回り縮んだように なり、青白くなった顔や手足の血管は浮き出たように透けて見え、死臭のような嫌な 臭いが部屋中に漂っていた。

「殿に一言申し上げたいことがあります。これはそれがしの遺言として聴いて下さ れ」

正信に助け起こされた数正は、布団の上に座り直すと、激しく胸を上下させた。

「そんな格好をして大事ないのか」

気づかう家康に、数正は静かに頷く。

「殿下が亡くなれば、豊臣政権はこの無謀な戦さのために弱体化してゆくでしょう。 またしっかりした後継ぎが不在のため、戦国の世に逆戻りするやも知れませぬ。その 際、徳川家が滅ぶも栄えるのも殿の一挙一動にかかっております。それがしが長生き をしておれば殿の力になれましょうが、もう殿を手助けできそうもありませぬ」

数正は喘ぐように声を絞り出す。

「横になったらどうじゃ」

家康の気づかいに、数正は首を振る。

「三河者は頑固者揃いで、戦さにはめっぽう強いが外交という大舞台では、判断が狂うことがありましょう。この正信は広い世間を視ており、安心して相談できる者です。それがし亡き後、正信をそれがしと思って重宝して下され」

脇にいる正信の肩が震えている。

「縁起でもないことを申すな。お前の気持ちはよくわかった。頼むから横になってくれ。困ることが出てくれば、これからは何事も正信と相談しよう」

喋り疲れたのか、数正は黙って頷くと、崩れるように体を横たえた。

その後、全羅道を除く朝鮮八道に諸大名を配して統治させようとした秀吉の体制は、その綻びを見せ始めた。

各地に義兵が出没して日本軍の兵站を襲い、また宗主国の明は日本軍の朝鮮への勝手な侵入を許さず、李如松を提督とする四万もの朝鮮派遣軍を準備し始めていた。

師走で気忙しい雰囲気が漂う中、数正の陣営では数正に縁《ゆかり》のある者たちが、数正の枕元に集まっていた。

意識が失われつつある数正は、何か夢を見て眠っているのか、目が醒めているのか、わからない状態で床に伏していた。

声をかけると大きな目を開き、驚いたように周囲に詰めかけた大勢の人々を眺めるが、それが誰なのか、はっきりとわからない様子だった。

家康をはじめ、めっきりと白髪が目立つようになった大久保忠世や、何度も一緒に戦ったことのある、忠勝や康政といった連中が顔を近づけると頷くが、忠次の息子・家次や忠世の息子・忠隣など、若い者の顔はわからないようだった。

周りにいる者たちが固唾を呑んで見守っていると、見開いていた数正の目の上のまぶたが垂れてきて、苦しそうに浅い息遣いで上下していた胸の動きが弱くなり、やがて止まってしまった。

家康は薄く開いている数正の目を閉じてやり、安らかな死に顔に白い布を被せてやった。

「あの頃と申しても小牧長久手合戦の後、数正が出奔した時のことだが…」

(数正の潔白さだけは伝えておかねばならぬ)

目をしばたかせながら重い口を開いた家康は、数正の胸に秘めた思いを口にした。

「わしら三河衆が蟷螂《とうろう》の斧を振り上げ、殿下に無謀な戦さを始めそうになったことがあったが、その時われらを諌め戦さを避けさせるために、数正は出奔したのじゃ…」

部屋に集まった者は、咳《しわぶき》一つしないで聞いていた。その彼らの目は、家康と数正との間を何度も往復した。

黙って頷く者もあれば、目を潤ませる者もいた。

「やはりそうであったのか」と、忠世は感極まったように呟き、忠勝、康政は「もっと早く数正殿の気持ちを知っていたら…」と、嘆く。

枕元に集まった者たちから啜り泣きが漏れてくると、やがて部屋には号泣が広がり始めた。

秀吉の死

翌文禄《ぶんろく》二年の一月早々、平壌が四万から成る明軍に襲われ、小西行長が漢城を目指して逃げ出すと、八道を統治していた諸大名も持ち物を放棄して、慌てて漢城へ集結し始めた。

その後、「平壌から南下した明軍を、日本軍が漢城の郊外の碧蹄館というところで、乾坤一擲の決戦で破った」という知らせが、名護屋城に伝わってきた。

だが幸州山の戦いで日本軍が苦戦し、漢城の食料貯蔵地の龍山の倉庫が焼き払われたと知ると、名護屋城内は重苦しい雰囲気に包まれた。

そして明との講和交渉の話が、一気に持ち上がり始めた。

日本軍は、一年間占領していた漢城から釜山に撤退して、講和使節が名護屋城に着くのを待つが、行長が名護屋城へ連れてきた明の講和使節は、秀吉の条件がまるで勝者のようで、現実的ではないことを知って驚き、「明皇帝に伝える」と、言い逃れて帰国してしまった。

秀吉は講和交渉をさらに有利なものにするため、「朝鮮八道の内、南四道だけでも確保しなければ、敵地で討死した者が浮かばれぬ」と、渡海した兵たちに慶尚道の晋《チン》州《ジュ》城攻略を命じ、名護屋城内で勝利の報告を待っていた。すると大坂から思ってもみなかった知らせが舞い込んできた。

秀吉はもう諦めていたのだが、側室の淀殿が世継ぎの男児を生んだというのだ。

狂喜した秀吉は、まるで朝鮮での戦さを忘れたかのように、勇んで大坂へ戻ってしまった。

「こちらは利家殿に任せて、一旦わしも江戸へ帰国させて貰い、城作りの進み具合などを指示しなければならぬので…」

家康は久しぶりに江戸へ戻るが、抜け目のない秀吉は、家康をそのままゆっくりと江戸に留めておくようなことをしなかった。

「伏見城の仕上げを手伝って欲しい」

秀吉が隠居地として目をつけていた伏見は、京都東山から連なる丘陵の最南端に位置し、南に巨椋池が広がる、大坂と京都とを結ぶ最良の地だ。

年号が文禄と替わった頃から、秀吉は築城を開始していたのだった。

豊臣政権の一員として、家康は京都・伏見・大坂の地から離れられなくなってしまった。

「わが国の十二万もの兵たちが、蟻一匹通さぬように晋州城を包囲し、水濠の水を南《ナム》江《ガン》に流して外堀を埋め、鉄砲隊が城内に突入して、城に籠もる七千人もの官人や義民を全滅させた」と知らされると、今まで暗い気分が支配していた城内が、急に明かりが灯ったように華やかなものになった。

だが朝鮮沿岸は相変わらず朝鮮水軍に制圧されており、兵糧・武器の輸送路が遮《さえぎ》られているので、日本軍は朝鮮半島の沿岸近くに城を築き、明・朝鮮の義民の攻撃に備えなければならなかった。

大坂へ戻った秀吉は、まるで朝鮮での戦さを忘れてしまったかのように、再び名護屋城に戻ろうとはしなかった。

文禄三年の二月には、公家のように付け髭を付け眉を描いてお歯黒を塗った秀吉は、甥・秀次をはじめ利家や多勢の大名を伴って、吉野山で花見の宴を行った。

さらに吉野山から高野山の青巌寺《せいがんじ》で宿泊し、母の墓前で焼香して霊を慰めると、奥の院を参詣した後、青巌寺門前で能を舞わせる。

「殿下は朝鮮で戦っている同胞の苦しみがわかっておられるのか」

京都での常宿となった茶屋邸の屋敷内で、家康は正信を相手に苦言を呈する。

「殿下は若い頃から働きづめで、最近特に耄碌《もうろく》されたと仄聞《そくぶん》しております。しかも年を取ってから生まれたわが子可愛さに、秀頼公を後継者にしたい思いが募ってきて、甥に関白職を与えてしまったことを後悔し、今では甥の秀次を憎み始めている、という噂もござれば…」

「秀次から関白職を取り上げると申すのか」

「いや、まだそこまでは…」

正信は言葉を濁す。

だが翌年文禄四年の七月になると、高野山へ追放された秀次が青巌寺内で自刃する、という事件が勃発した。

「やはりあの噂は本当でしたな。だがまだ生まれて間もない赤子に、関白職など務まりましょうか。豊臣家も前途多難のようですな」

正信は頰を緩めた。

元禄五年九月に入ると、三成と行長の働きによって、やっと明使が伏見城へやってくることになったが、畿内一円を激しい地震が襲い、せっかく完成した伏見城が倒壊してしまった。

そのため、会見は急遽大坂城で執り行われることになった。

「これで明国の王女を天皇の后妃にし、朝鮮の南四道はわしのものとなるぞ」

家康と利家を伴い、秀吉は上機嫌で、会見場となっている大坂城へと向かう。

小西行長と毛利輝元らに伴われた正使・副使の冊封使が、本丸にある会見の間に姿を現わすと、威儀を正して正面に座っている家康や利家ら諸大名らは、丁重に頭を下げて彼らを迎える。

上段に垂れている黄幄《とばり》が左右に開くと、緋色の素袍《すほう》を身に纏い、明国から贈られた冠を頭に掲《かか》げ、悠然と床几に腰を降ろしている小男の姿が現われた。

一同に山海珍味の大膳が配され酒宴が開かれると、若く美しい女たちが出現し、正副使たちの盃に酒を注ぎ、愛想よく彼らをもて成す。

宴も酣《たけなわ》になってくると、傍らに設けられた能舞台からは、太鼓や琵琶や笛が混じった雅びな音楽が鳴り出し、能面を被り豪華絢爛な衣装を身につけた男が、音楽に合わせて舞い始めた。

正副使は言葉は理解できないが、能役者の動きから話の筋を知ろうとした。

家康・利家らを率いて、山里曲輪にある花畠山荘に場所を移した秀吉は、そこへ承兌ら高僧を呼び入れて、明皇帝からの諸命と論書を読み上げさせた。

どうしても明との戦さを避けたい行長が、「書巻の中で、殿下の機嫌を損じる恐れのある条《くだり》があれば、省き避けよ」と命じていたにもかかわらず、承兌は「特に汝を封じて日本国王と為す」と、書面通りに読み上げてしまった。

その上、秀吉が要求した項目は、何一つ書面上には書かれていなかった。

家康をはじめ諸大名たちは、その出来事に驚愕し、思わず秀吉を見詰めた。

今まで上機嫌だった顔は急に朱に染まり、体がわなわなと震え出し、立ち上がった秀吉は承兌から冊書を取り上げると、それを破り棄てて大声で喚いた。

「明皇帝に申されずとも、わしは日本の国王じゃ。行長、おのれは今までわしを騙し続けていたのか。許さぬ。やつの首を刎ねよ！」

真っ青になって、行長は弁明する。

「これは手前一人の専断によるものではなく、渡海して寒さや飢えで苦しんでいる同胞を見るにつけ、早くこの戦さを終わらせたい一心で、三成ら奉行衆と相談して決めたことなのです」

「明との交渉を任されたと思って増長するな。戦さを続けるかどうかはわしが決めることで、お前が決めることではないわ。明国がわしの出した条件を呑めぬ、と申すのなら、呑ませるまでわしはこの戦さを続けるぞ」

傍らにいる加藤清正は、「はじめから停戦交渉中だと申して、行長は手前の申すことを聞き入れようとせず、いかがわしい者を明の正使と称して、戦おうとするそれがしの邪魔をし続けておりました。今後はそれがしが先陣を務め、殿下のご指図通りに戦いますので、なにとぞ再征をお命じ下されと」と熱心に進言する。

「殿下、この戦さでわが国内はおろか、朝鮮国内も田畑は荒《すさ》み人心も疲弊しております。今しばらく再征は中止して、兵には休憩を与え国内を豊かにすべきでござる」

諸大名の思いを代表して、家康が再征に反対を唱えると、他の大名たちも秀吉の顔色を窺いながら哀願する。

「ならぬぞ。明国の無礼は許し難い。属国の朝鮮を切り取るまでは、わしはこの戦さを止めぬぞ」

秀吉の怒りは激しく、誰も宥める方法を知らなかった。

年号が文禄から慶長に変わり二月に入ると、どうしても朝鮮の南四道だけは手に入れたい秀吉は、総大将を宇喜多秀家から小早川秀秋に替え、十四万の兵を渡海させた。

そして伏見城が地震で崩壊してしまったので、元の指月の場所を木幡山に移して、新しい伏見城の再建作業が開始されると、その周囲には諸大名の屋敷が建ち始めた。

「朝鮮では多くの同胞の血が流れていると申すのに、国内では殿下一人の隠居用の城を築くために、諸大名が懸命に築城に励んでいる。こんなことがまかり通ってもよいのかのう、正信」

伏見城の大手門前に土地を貰い、大石を運搬し、大木に鉋《かんな》をかける人夫たちの姿を新屋敷から眺めながら、家康は正信相手にため息をつく。

「信長公しかり、殿下もしかりでござる。一旦権力という魔物を手に入れると、人は変わってしまうものです。だが、いつも虐げられるのは、哀れな下々の者でござるわ」

一向宗徒として長い間信長と戦ってきた正信は、何度も権力者の横暴ぶりを目にしてきた。

朝鮮での日本軍は慶尚・金羅・忠清道の南三道を約二ヶ月で席巻したものの、義民に兵站線を破られ、また李舜臣のため海上輸送も思うに任せられないので、朝鮮での厳しい冬将軍の到来に備えて占領地を放棄して、日本に近い海岸沿いの城まで戻るしかなかった。

慶長二年十一月のある日、「日本軍が三千しか立て籠もっていない築城途中の蔚山の城が、六万余りの明軍と約一万もの朝鮮軍とに襲われた」と、家康の伏見屋敷に伝礼が走り込んできた。

どうなることかと気を揉んでいると、「城内の兵糧や武器が不足していた日本軍は本丸まで退くと、これを知った加藤清正が危険を顧みず入城したので、城内の士気は上がり、今は敵の攻撃を凌いでいる」と続いて連絡がきた。

「『敵に周囲を囲まれた城内は悲惨極まりない状況で、朝夕の粥も一杯の飲水もなく、終日の氷雨で山野は凍りつきました。温暖な気候に慣れている日本兵は次々と凍傷で倒れ、飢えを凌ぐために兵たちは軍馬を屠殺し、それが尽きると兵たちは壁土や人肉を貪り食っている』という状態です。このような地獄絵さながらの様子を聞いて、殿下はどのような気持ちでおられるのか。とても他人事とは思えぬわ」と家康は大いに憤慨する。

「もし殿下が死ぬようなことが起これば、この戦さを続行する名目は失われましょうが…」

秀吉の死という現実しか現況を変えることができないと、正信は思っているのだ。

「殿下が死ねばか…」

二人は思わず顔を見合わせた。

「日本軍の援軍が協力して敵に当たったところ、やっと明・朝鮮軍は蔚山城攻略を諦めて慶州へ去りましたぞ」

家康の伏見屋敷へ、九州から早舟でやってきた使者は水で喉を潤すと、早口で一難去ったことを伝えた。

「そうか、敵は諦めて立ち去ったか。だが再び、敵は諸大名が籠もる城を狙って攻め寄せてこよう」

この泥沼のような侵略戦争を早く終結させるためには、家康は秀吉に死去してもらうしかないと思う。

そんな折、「北の政所や普段城外に出ることがない女たちに、心の憂さを晴らせてやりたい。醍醐で花見の宴を張ろう」と秀吉が言い出した。

「最近体調が勝れぬと聴いていたのだが、殿下のお加減はもうよいのかのう」

「どうでしょうか。それにしても、半島では飢えと戦いながら戦さを続けていると申すのに、わが子可愛さに花見とは…」

　正信は吐き棄てるように、秀吉を罵る。

「利家が付き添うらしい。わしの替りにお前が、その一行に加われるようにしておいたので、殿下の様子をしっかり見届けてこい」

　家康は、秀吉の健康状態を見定めようとした。

　正妻を中心に、厳重な警備の中を西の丸、松の丸、三の丸、加賀殿、東の御方ら、きらびやかな衣装に身を包んだ数々の側室らを引きつれ、秀吉の一行が急造で作った桜並木を通って醍醐寺の三宝院へ向かい、足元がおぼつかない幼児が、秀吉と連れ立って五色の幔幕《まんまく》が張られた桜並木の山道を登ってゆく。

　桜に見取れて躓いて転ぶと、祖父と見間違いかねない秀吉が、泣き騒ぐ秀頼のところまで慌てて駆け寄って抱き起こしてあやしてやる。

　正妻や側室たちは立ち止まって、微笑んでその光景を見ている。

　病み上がりのせいか、正信の目には、その人が名護屋城で見かけた秀吉と別人のように映った。

（これでは、まるでよぼよぼの老人ではないか。もう先は長くないわ）

　道端には諸大名たちが出店した茶屋があり、店先には各地から取り寄せた名酒や名菓が並んでいる。

歩くのがつらくなったのか、山道の左右にある茶屋で秀吉が休憩している間に、女性たちは店先に腰を降ろして菓子と茶を頂く。

（秀吉の世も思ったよりも早く終わるかも知れぬ。やつが死ねば、また戦国の世に逆戻りするぞ。そうなれば、殿にも天下人となる機会が辿ってくるかも知れぬ……）

目尻を下げた正信は、にんまりと微笑んだ。


五月になると正信が予感したように、秀吉は伏見城で寝込むようになった。

前途を思い心細くなったのか、秀吉は施薬院らの医師に命じて懸命に調剤させ、諸寺諸山で早々の回復を祈願させるようになった。

「殿下は、利家を含めわしと毛利輝元・宇喜多秀家それに上杉景勝の五人に国の政事を頼み、寝所へ呼び寄せた利家には秀頼の傅《もり》役を依頼し、石田三成ら五奉行へは、わしら五大老の監視役を命じたようだ」

家康の話を、正信は黙って頷いている。

「本丸の寝所で伏せている秀吉の耄碌ぶりを目にして、わしは全く驚いたわ。気が弱わり、精気が抜けたあのような秀吉を見たのは初めてじゃ。実際の年より十歳は老けたようだった。『徳川殿、もしわしが万一死ぬようなことがあれば、幼い秀頼を頼みますぞ』とあの猿面の老人は、わしの手を取らぬばかりに懇願しよったわ」

家康はその場面を思い出したように、うっすらと微笑を漏らす。

「あの諸大名を震え上がらせていた秀吉の必死の願いを想像すると、哀れを通り越して滑稽に思われたのだ。信長公の死後、権力の最上段に駆け上がるまで、多くの政敵を、あらゆる権謀術策を用いて倒してきたあの男が、その権力を自らの幼な子に継がせたい一心で、やつの死後その絶対的な権力を己から奪う筈の者たちに頭を下げているのだ。

権力は一時的な情や哀れみなどで手に入るものではなく、甘い感傷など棄て去った非情さを貫いてこそ勝ち取るものだ、と知悉しているあの秀吉がだ」

急に黙り込むと、ふと家康の脳裏には信長の姿が浮かんできた。

(天下人の最期とは意外にあっけないものかも知れぬ)

「再起が危ぶまれそれを自覚した秀吉は、急に弱気になり枕元に五奉行を集め、『十五歳で元服した秀頼の姿を見ることができれば、わしは秀頼に天下を譲ろうと思っていたが、それも心もとなくなってきたようだ。もう秀頼の成長を見ることも叶わぬだろう』と静かに呟いたのを聞くと、枕元に詰めているほとんどの諸大名たちは、幼な子を思う父親の心境を思い、眼に涙を浮かべたようだったわ」

家康は城中の様子を正信に語る。

八月はいつにもなく暑い日が続いた。

肩で息をし、暑気に消耗している天下人の姿を目にすると、もう誰もが秀吉の命が風前の灯火だと予感した。

「わしの死はあくまで秘せよ」

まだ戦っている明国・朝鮮へ配慮した秀吉の遺言を守って、五奉行衆たちはしばらく秀吉の死骸を伏見城内に安置していたが、秀吉の死はやがて諸大名たちに知れるところとなり、その噂は朝鮮半島へも広がっていった。

関ヶ原

家康をはじめとして、諸大名の最大の課題は、明・朝鮮との和睦と朝鮮に残された日本兵の引き揚げの問題だった。

「殿下の死が知られれば、明・朝鮮軍はこの時とばかりに追撃してきましょう」と諸大名は危惧するが、戦後処理を任された家康と利家は、徳永寿昌と宮木豊盛を渡海させ、各地に散らばる日本兵に撤兵を告げさせると共に、毛利輝元・浅野長政・石田三成を博多へ派遣して、朝鮮からの帰還兵の手配に当たらせた。

「明・朝鮮軍は薄々殿下の死を気づいたようで、わが日本兵を生かして帰国させまい、と激しく追撃しているようでござる」

朝鮮からの知らせが次々と伏見城へ届けられる。

泗川にいた島津義弘の大活躍で、日本から一番遠く離れている順天にいた小西行長隊が釜山からの脱出に成功したのは、秀吉の死から約四ヶ月後の慶長三年の暮れのことであった。

「どうも三成ら奉行衆は、朝鮮での軍功を辿って、加藤清正・浅野幸長・福島正則らの武将と反目しているようで、下手をすれば憎しみのあまりやつらは、三成を討とうとするかも知れませせぬぞ」

伏見城に詰めて政事に忙殺されている家康に替わって、家康の目や耳となって働いている正信が、博多から戻ってきた。

「上手くゆけば殿が手を下さずとも、豊臣政権は二つに割れる公算が出てきましたわ」

正信はほくそ笑む。

「博多で帰還兵を出迎える三成が、『来年は茶会を開いて諸大名をもて成そう』と朝鮮での戦さで疲弊し切った諸大名を労うと、『わしは朝鮮在陣七年間で瓶には一粒の粟も、壺には一銭も入っていないわ。せめて稗粥でも食って、皆をもて成す他はござらぬ』と、清正は戦さの悲惨さを知らぬ三成を皮肉ったようでござる」

一向宗を指揮してきた正信は、実際に渡航して寒さと飢えに苦しみながら、明・朝鮮軍と戦わねばならなかった清正が、三成を憎む心境がよくわかる。

国内に安穏としている三成が、秀吉に胡麻をすっていたかのように映るのだ。

「これは一波乱起こりそうですぞ」

正信は豊臣家の内部分裂を示唆した。

「五大老の家康・利家をはじめ宇喜多秀家・毛利輝元と上杉景勝が中心となって、伏見城で政事を行い、前田利家は大坂城に入り、秀頼の傅役をすること」

これが秀吉の遺言であった。

伏見城大手門前にある徳川邸に、連日多くの諸大名が日参する様子を見るにつけ、家康を監視する三成をはじめ奉行衆は不安を覚え、利家に早く秀頼を連れて大坂城に移るよう懇願した。

翌年慶長四年の正月早々、家康が豊臣政権を脅かす存在になることを危惧した利家は、秀頼一行を伴い伏見城を発って、大坂城へ移ってしまった。

「これで邪魔者が一人減りましたな」と、正信は微笑んだ。

利家のいる大坂と、伏見の家康という大物がいる間は、豊臣政権内の均衡が保たれており、五奉行は家康の行動を利家に報告していたが、その年まもなく利家が亡くなると家康の実力が増し始め、豊臣政権内に内在していた矛盾が一気に表面化してきた。

利家の死の翌日、三成と反目していた清正ら七武将が、伏見城内にある三成の治部少輔丸を攻め落とそうとしたのだ。

「『どうしても三成を討つ』と、憤った七武将が伏見城を取り巻いておりますぞ」

伏見城外で起こった騒ぎに気づき、配下の者たちから騒ぎの原因を知った正信が、嬉しそうな顔付きで家康の寝所まで駆け込んできた。

大手門前での兵たちの喧騒と、軍馬の嘶きに、家康も目を覚ましていた。

「これは豊臣政権内の諍《いさか》いだが、やつらだけでは解決できまい。手に余ったやつらは、わしに仲裁を頼んでこよう。それまで静観してやろう」

「それはよいお考えでござる。この際殿の力を高く売ってやりましょうぞ」

家康も同じ考えだと知ると、正信はゆっくりと頷いた。

仲介を買ってでてきたのは三成派の安国寺恵瓊だったが、彼は主人の毛利輝元を通じて、七武将を押さえてくれるように家康に執り成しを頼んできた。

「やはり殿の考え通りでしたな。この際奉行衆の頭目で、何かと殿を目の仇にしている三成を、豊臣政権から追放してしまいましょう。そうすればこれから殿は仕事がやり易くなるし、よもや七武将たちも殿と一戦してまで、『三成の首を刎ねよ』とは申しますまい」

「三成は豊臣家の忠犬のように健気な男だからのう。三成に責任を取らせて、うるさくわしに吠えかかってくる犬を、この際伏見から遠ざけてやるか」

三成を佐和山城へ隠居させることで、家康は七武将に貸しを作り、この騒動を静めることに成功した。

三成が居なくなりすでに向島城を手に入れていた家康は、今度は伏見城に入り込んでしまった。

家康の威望はますます高まり、世間はまるで家康が天下様になったように錯角し始めた。

「これで随分と風通しがよくなってきましたな」

　正信は伏見城の本丸から、伏見の町並みの眺望を楽しんでいる。

　北には御所のある京都盆地が東山伝いに望まれ、南は白く輝く大坂湾の手前に、秀頼のいる大坂城が小さく見える。

「『朝鮮での戦さ疲れを癒し、荒れた領国の整備に帰国することを許そう』と殿が命じられたので、毛利輝元をはじめ前田利家の嫡男・利長、宇喜多、上杉ら四大名は喜んで帰国し、上方に残っているのは三成が欠けた奉行衆だけになってしまいました。その奉行衆たちは三成のように、体を張って殿に意見する程肝の座った者はおりませぬ。今は着々と実力を養うべきよい機会ですぞ」

　正信は家康が秘めている思いを口にした。

「利家という重しが取れ、七武将を味方に付けた殿の実力を持ってすれば、殿が天下を狙っても不思議はござるまい」

「殿下に忠誠を尽くそうとする諸大名がまだまだ多い内、それを口にするのは少し早過ぎるぞ。何事も慎重に推し進めなければ、足元をすくわれるわ」

「殿はいつも石橋を叩いて渡られるお人じゃ」

　慎重過ぎる家康の尻を叩いて、その気にさせるのが自分の役目だと、正信は思っている。

諸大名の反応を探るために、家康は「秀頼公の補佐のため」と称して、秀吉の正妻・おねのいた大坂城西の丸を占拠したが、大坂城の女主人となった淀殿からは表立った抗議はなく、奉行衆も異論を唱えず、諸大名は黙ったままだった。

これに気をよくした家康は、「前田利長と浅野長政が示し合わせて、家康を討とうとしている」という噂を流させた。

三成が抜けた後、奉行衆の長老でもあり秀吉の縁者でもある長政は、当然秀吉と親しい利長と組んで家康との一戦をも拒まないだろうと思われたが、老年多病を理由に長政は奉行職を辞退し、利長は母・芳春院を家康へ人質に出す始末だった。

「秀吉の縁者にしては、意外とわれらの挑発に乗ってきませぬな」

無理難題を吹っかけ、強引に戦いをしかけて一気に天下人の地位まで駆け登りたい正信は、拍子抜けしたように呟く。

年が変わって慶長五年になり、家康は年賀の挨拶のため、本丸にいる秀頼と淀殿のところへ挨拶にゆくと、「江戸の爺、これからもよろしく頼むぞ」と、秀頼は家臣に教えられた通りに返答した。

西の丸に戻った家康のところには、諸大名並びに秀頼の近習・馬廻り衆までもが、元旦から引きも切らさず参賀してくる始末だ。

「まるで殿が天下人になられたようですな」

西の丸に集まった重臣たちを見回しながら正信が呟くと、傍らにいる忠勝・康政それに直政をはじめ重臣たちも同じ思いなのか、一斉に頰を緩め頷いた。

「上杉景勝に上洛を促しているが、『領国の備えに忙しい』と申し立てて、なかなかわしの上洛要請に応じようとはしないのだ。わしを蔑《ないがし》ろにすることは秀頼公を軽んじている証拠だ。ここは上杉征伐をして、わしの力を教えてやらねばならぬ」

「秀吉の作った五大老制度を崩すことが、豊臣政権を壊すことだ」という正信の策を、家康はさっそく実践しようとした。

「前田利長は戦う気がなく人質を送ってきたし、宇喜多家は内紛で揺れているので、今が上杉攻めの好機でしょうが、われらが会津へ向かうその隙にも、毛利輝元が大坂城を狙うことはありますまいか」

忠勝は西国毛利の動向を気にする。

「安国寺と毛利輝元は元々主従の仲で、安国寺は佐和山に籠もる三成とも親しい間柄だ。安国寺に請われて毛利が動くことは大いにあり得るぞ」

数正や忠次が去った後、忠勝・康政・直政それに忠次の嫡男・家次や大久保忠世の息子・忠隣らが重臣として家康を支えているが、その中でも家康は直政の実力を高く買っている。

「その辺りのことを殿は十分に承知しておられ、会津へ攻め入っている隙に上方に集まってくる敵が誰なのかを、殿は焙り出そうとされているのだ」

彼らより年配の正信は、かつて数正が行っていた役目を果たそうとしているが、武骨者揃いの三河者からは、あまり好かれていないようだ。

「どれぐらいの兵がこちらに集まってくるかのう」

家康は正信に問う。

「出陣しなければならぬ京都から東海道地方に領地を有する福島・田中・池田・堀尾・山内・中村一忠らと、東山道の領主である森・京極・仙石・金森らは必ず出陣する筈です。問題は従軍せずに済む九州・四国に領国を持つ豊臣の武将でござる。やつらの動向を知ることが、この戦さの鍵となりましょう」

だが「上杉征伐」が発表されると、四国・九州の武将は出陣する旨を伝えてきた。

この知らせに、「これで勝ったわ」と正信は気をよくした。

六月に入ると、西の丸に天野康景と佐野綱正を残して「上杉征伐」軍は出陣する。

それに先立ち、家康は本丸の秀頼と淀殿にお目通りして挨拶をする。

「江戸の爺はこれより秀頼公に逆らう上杉景勝を退治しに会津へ参ります」と、陣羽織姿の家康が下段から胴間声を響かせると、「気をつけて参れよ」と上段の秀頼は、型通りの子供らしい弾んだ声をかける。

家康は重臣たちを引き連れ、城代の鳥居元忠を訪ねるため伏見城に立ち寄った。

「この度は、殿が天下人となれるかどうかの大戦さですな」

戦場傷のため杖を片手に持った元忠は、片足を引き摺りながら、家康一行を出迎えた。

「上方に取り残される伏見城のことが気になってな…」

元忠が床几に腰を降ろすのを待って、家康も床几に座った。

「この城の留守兵が少なくなり、お前に苦労をかけることになるが、許せよ」

家康は頭を下げた。

元忠は今川での人質の頃から、一緒に過ごしてきた仲だ。

「何をおっしゃられる。今度の『上杉征伐』は殿のこれからを占う合戦じゃ。一騎でも多く連れてゆくべきじゃ。留守居をする筈の内藤家長と松平家忠にも、御供をお命じ下され。本丸はそれがしが守り、外郭は松平近正一人がおれば二人で事足りましょう」

「毛利の動きも不穏だし、この隙に三成が挙兵するかも知れぬ。千八百の兵だけでもおぼつかぬと申すのに、もっと兵を減らせなどと無理を申すな」

「もし毛利や三成が静観しておれば、それがしと近正の二人で十分で、もし彼らが兵を集めてこの城が大軍に取り囲まれたならば、どこにも後詰はござらぬ。この城にいくら兵を残してもらっても無駄でござる。だから役に立つ人数をこの城に残しておいても討死させてしまうことになり、もったいないと存ず」

「……」

家康は黙って元忠を見詰めていたが、「お前の頑固さは昔から少しも変わらぬのう」と呟いた。

「これでも上方の水に洗われて、少しは柔かくなりました方で…」

これ以上喋ると涙が零れそうになり、家康は「そうかのう」と言ったきり、口を閉じてしまった。

「駿府におりました頃は辛いことが多かったけれど、今思えば楽しいこともござりましたなぁ」

急に黙り込んでしまった家康を喋らしてやろうと言葉を継ぎ、元忠は昔を思い出そうとするかのように目を細めた。

「殿はなかなか利かん気が強い大将で、それがしに『彦右衛門、百舌鳥《もず》を飼い慣らし鷹のように腕に止まらせよ』と命じられ、百舌鳥が逃げてしまうと、『百舌鳥を仕込んでも、鷹のようになかなか思うようにならぬわ』とお怒りになり、それがしを椽《たるき》から下へ突き落とされたことをご存じか」

「よく覚えておるわ。『父親の元吉が忠誠を尽くすあまり、自分の愛児までを人質として差し出しているのに、どうして竹千代様はこのように非情なお振る舞いをするのか』と家臣たちが騒ぎ立て、わしを非難した。それで責任を感じたわしは、お前に謝ろうとしたのだ」

「だが殿はわしに頭を下げられませんでしたな」

「それを伝え聞いたお前の親爺が『普通の主君ならば幼少の元忠に遠慮なされようが、そんなことは全くなく、お心のままに倅・元忠に注意をされる。この主君は生まれ持っての才能があり、このまま成長されれば、行末はどれ程の名将にお成りになることか…』と執り成してくれたからだ。それ以来、わしは勝手気ままな自分の性格を恥じて直さねばならぬと、心に誓ったのだ」

「そうでござったな。あの事があってから殿は変わられたわ」

二人は盃を下に置くと、お互いに顔を見合わせ静かに微笑んだが、家康の目は潤んでいた。

「明日は早発ちでしょう。夜も短いので早くお休み下されし」

元忠の目にも涙が浮かんでいた。

「先も申した通り、殿が会津へ発たれ、上方で何事も起こらねば再会できましょうが、毛利や三成が挙兵すればこれが今上の別れとなりましょう」

「……」

「それがしは用心のため、もう一度城の見回りをして参ります」

杖に力をかけて立ち上がると、元忠は長い廊下に杖の音を響かせながら立ち去っていった。

遠ざかる元忠の後姿を見詰め、小さくなってゆく足音を聞きながら、家康はしきりに袖で顔を拭っていた。


行軍の途中、畿内で家康派と思われる大名の一人、大津城の京極高次のところへ、家康は立ち寄る。

高次は秀吉の側室淀殿の妹・お初を娶っており、その妹のお江は家康の三男・秀忠の嫁でもある。

豊臣方が大半の畿内にあっては、高次を徳川陣内に押さえておくことは、家康にとって重大なことなのである。

「もし三成が挙兵した折、籠城して時間を稼いでいる間に、わしは必ず畿内に戻ってくるからな。それまでは決して城を開け渡すな」

高次に念を入れ、家康は大津城を発つ。

尾張を過ぎ駿府城まできた頃、家康の軍勢は六万にまで膨らんでいた。

城主中村一氏がしきりに家康に城へ立ち寄るように願い出ていることを、正信は家康に取り次いだ。

「一氏はわしに何を訴えたいのだ」

「やつは近頃食べ物が喉を通らぬ程弱っているようで、直接殿に会って、この軍に加われぬことを訴え出ようとしているのでござろう」

正信は前もって東海道筋の城主の行状を逐次調べている。

本丸へ入ると、長い廊下を輿が近づき、家康の目の前で止まった。輿の内から家臣の肩を借りながら、這うように家康のところまでやってきた一氏は、生気がなくげっそりと痩せて肩で息をしている。

「容体が悪いとは聞いていたが、よもやこれ程とは思ってもいなかったぞ」

労《ねぎら》う家康の言葉に一氏は涙を流し、「病が重くなり、御供に加われぬことがただただ口惜しい限りでござる。愚息はいまだ幼いのでどうか舎弟・一栄を御供にお加え下され。そして厚かましい願いですが、この先も何とぞ中村家の行く末をお見棄てなきよう…」と側で見ていて気の毒な程、何度も頭を下げた。

江戸入りしたが、家康は兵を留めようとせずにそのまま行軍し北上を続けた。

下野国の小山の宿場で初めて休憩をとり、重臣を集めて景勝とどう戦おうかと作戦を練っている時、伏見城にいる元忠からの早馬がやってきて、「佐和山城を出た三成が大坂城に入り、盛んに殿を打倒しようと諸大名に訴えている」と告げた。

「やはり三成が挙兵したか」

思わず深刻な顔つきになった家康に、正信は「まず従軍している者たちの動揺を防がねばなりませぬ」と、諸大名を集めて軍議を開くよう勧める。

一堂に集まった諸大名を見渡しながら、家康は彼らがすでにこの情報を耳にしていることを知った。

どの顔も、これから家康がこのまま会津へ向かうのかそれとも上方へ戻るのかを、固唾を呑んで見詰めている。

「三成が挙兵した。やつは秀頼公のためにこの挙兵を行ったと申し、毛利輝元を大将として、諸大名たちに味方につくよう働きかけているらしい。ここに集まっている諸大名たちは人質が大坂にいるため、三成の命令に背くことは難しいと存ずる。それ故、各々が大坂へ戻られようとも少しも恨みには思わぬ。貴殿らはわしに遠慮せずに、速やかに陣払いして大坂へ向かわれよ」

正信は強気な発言に驚き、諸大名の反応を窺っていたが、この家康の言葉は逆に豊臣恩顧の諸大名たちに「打倒三成」の雰囲気を強く煽ることになった。

（殿も人が悪くなったわ）

正信は家康の駆け引きの上達ぶりに、目を見張る思いがした。

軍勢を率いて畿内へ引き返すことになった家康は、結城家へ養子に入れた二男・秀康を関東の守りに当地に残ることを命じたが、「徳川家が存続するかどうかの戦さを目の前にして、何故それがしがそのような役目を果たさねばなりませぬのか」と秀康は頑固に反対した。

「上杉家は謙信公以来弓矢を取っては天下に並ぶ者がいない家柄じゃ。その謙信公から薫陶を受けた景勝を押さえられるのは、そちしかいないのじゃ。この鎧はわしが若い頃から身につけて、まだ一度も破れたことがないものだ。これをそなたに譲ろう」

家康は大いに息子を持ち上げると、怒ったように頬を膨らませた秀康も、やっと我を折って頷かざるを得なかった。

「若殿はよくぞ引き受けられましたな。これで大殿は徳川家の行方を左右する合戦に安心して臨むことができますぞ。やはり若殿は大殿の御子でいらっしゃるわ」

脇から正信がしきりに褒める。

「景勝が攻撃してきても、決してこちらから手を出すな」

まだ不満気な秀康の顔を見ると、家康は好戦的な息子に釘を差す。

江戸入りし、伏見城が落城したことを知ると、忠勝と直政を目付けとして豊臣恩顧の諸大名と共に先行させたが、家康は江戸から一歩も動こうとはしなかった。

毛利輝元を盟主に担いで、増田長盛・長束正家・前田玄以らの三奉行による家康弾劾の十三ヶ条から成る「内府《うふ》（家康）ちかひ（違い）の条」が、全国の大名に発せられ、豊臣政権を簒奪しようとする家康に、宣戦布告してきたからだ。

この「上杉征伐」中に起こった反徳川方の蜂起は、石田三成やその朋友大谷吉継らだけでなく、政権中枢にあった三奉行までもが呼応するような事態にまでなろうとは、家康は全く想定していなかった。

上方からの情報によると、三成らの呼びかけに、畿内・西国からは思わぬ多勢の諸大名らが大坂城に集まってきて、その数は十万を超えるとのことだった。

「内府ちかひの条」が効力を発揮し始めると、今度の戦いは三成らとの私戦ではなくなってしまう。秀頼公に味方するため、諸大名たちはわしから離れてしまうかも知れぬ…）

「三成は痛いところを突いてきましたな」と、正信が渋面を作って考え込んでいる家康に声をかけると、「何とかせねばならぬわ」と、家康は爪を噛みながら苦り切った表情だ。

正信は打開策を見つけようと、各地に細作を放って様子を探ろうとするが、名案は浮かんでこない。

その上、清洲城で留まっている豊臣恩顧の武将たちからは、「早く江戸を発ってこちらへきて欲しい」とせっついてくる。

（しかし三成が放ったわしへの弾劾状の効果を見届けぬ内は、うっかりと江戸からは動けぬ）

家康は江戸城に籠もって、せっせと諸大名宛に手紙を書き始めた。

「えらく熱心ですな」

正信の声も聞こえないのか、小机に向かう家康の目付きは真剣そのものだ。

やがて送られてきた諸大名たちの誓詞を手にすると、やや安心したのか、家康の心に、清洲からの要請に応えようとする余裕が生まれてきた。

「やつらには忠勝や直政が目を光らせていることだし、豊臣恩顧の武将たちの進退を見定めるために岐阜城を攻めさせよう」

「それは良策ですな。はて誰に殿の命令を伝えさせましょうか」

正信は、策士では豊臣恩顧の諸大名から疑いを抱かれると危惧していた。

「村越茂助ではどうじゃ」

「初めてそれがしの考えと一致しましたな」

正信が微笑むと、皺寄った細い目がますます細くなる。

村越は相手に応じて態度を変えるような才気走った者ではなく、三河武士の典型ともいえる実直そのものの男だった。

村越から家康の命令を聞いた豊臣恩顧の武将たちは、最初は江戸から一歩も出ようともしない家康に怒りを覚えたが、やがて「内府ちかひの条」を知った家康が、自分たちを疑っているのだと悟った。

彼ら自身で岐阜城を攻め落とし、家康に自らの忠実なところを見せねば、と決意した彼らは、僅《わず》か三日で岐阜城を落城させてしまった。

今度は家康が驚く番だった。

「やつらの力量は侮り難いわ。下手をすれば、わしがおらずとも三成らを葬り去ってしまうかも知れぬ」

「やつらだけに手柄を立てさせる訳にはゆきませぬぞ。そうなれば豊臣政権を壊すことには成りませんからな。こちらも急ぎませぬと…」

思わぬ事の成りゆきに正信も焦る。

「わしがそちらに着くまで、決して戦端を開いてはならぬ」と豊臣恩顧の諸将がいる赤坂へ早馬を走らせ、家康は江戸を発つ準備を急がせた。

「お前は秀忠を補佐して中山道をゆけ。わしは東海道から参る。赤坂の地で落ち合おう」

正信が重臣たちから好かれていないことが気にかかった。しかし、秀忠には正信をはじめ榊原康政・大久保忠隣・真田信之ら、これまで家康を支えてきた三万八千の精兵をつけてやった。

九月十三日、清洲を発ち岐阜に着いた家康は、敵が集まっている大垣を避けて、昼頃には赤坂の後ろにある、虚空蔵山と南禅寺山との間にある余地峠に出た。

するとそこにはすでに、豊臣恩顧の諸将たちが、家康の乗る輿近くまで出迎えにきていた。

「秀忠はまだ着いていないのか」

忠勝と直政に、気になっている別動隊のことを聞くと、二人は首を横に振る。

「そうか。それではまず敵の情勢を教えてくれ」

二人は家康を陣営まで招くと、直政が絵図面を拡げて説明を始めた。

「今、大垣城には三成・島津義弘・小西行長ら一万三千程の兵がいるだけです」

直政は西軍の本陣、大垣城を指差す。

「二万七千もの西軍最大兵力を持つ宇喜多秀家の軍は、伊勢方面に行っており、立花宗茂ら一万五千の九州勢は大津城を包囲しています。やつらは殿の到着が遅れ、決戦はまだ先のことだと踏んでいるようでござる。なおあの南宮山には、一万六千の吉川広家をはじめとする毛利勢が布陣しております」

直政は南の山を指差した。

「こちらから大垣城を攻めるのは不利なようじゃな。三成はわれらが大垣城を攻めるのを待って、南宮山の毛利に横槍を入れさせる腹だな」

布陣し終えている敵の様子を知ると、家康は出遅れたと感じた。

「広家には黒田長政から山を下らぬ、という内諾を取りつけておりますので、ご安心を…」

忠勝が傍らから口を挟む。

「口約束だけでは当てにならぬ。こちらが優勢であると、やつらが判断すれば話は別だが…」

　様々な戦さから、家康は数多くの離反を見てきた。

　家康が着いたことを知った西軍は、味方の士気を高めようとし、最前線で多少の小競り合いはあったものの、夕方になると、伊勢方面に居た宇喜多勢が大垣城に戻ってきたらしく、城からは大きな歓声が響いてきた。

「中山道・北国街道が交わる隘路には、北の笹尾山から南の松尾山に到るまで堀が築かれ、その奥には陣地が設けられております。そして松尾山は毛利輝元を迎える筈だったようですが、輝元は大坂城で秀頼公を守っており、替わりに小早川秀秋の軍が山腹に布陣しております」

　関ヶ原方面へ放っていた物見は、大谷吉継が指揮して築かせた陣はなかなか堅固そうだと、付け加えた。

「三成めは秀頼公を懐に抱き込み、どうしてもわしを悪者扱いにしたいようじゃな」

　西の伊吹山に日が落ち始め周辺が徐々に暗くなってくると、一里程南に離れた大垣城には多くの篝火が灯され、まるで城そのものが生き物のように不気味に映り、喧騒がこちらの方まで伝わってくる。

「秀頼公を手中に押さえた西軍側には、戦さの大義名分がある。戦さが長びけば毛利輝元が秀頼公を大坂城からここへ連れてくるかも知れぬ。そうなれば秀頼公に弓引くことができず、味方から離れる者が出てこよう。ここは早期決戦しかない」

家康は忠勝・直政を前にして言い放つ。

「三成の佐和山城を攻めると言いふらせ。やつらを関ヶ原へ誘い出そう。戦い下手の三成はきっと誘いに乗ってこよう。関ヶ原が決戦の地じゃ」

家康の顔は興奮で朱く染まっている。

夜中に激しい雨が降り始めると、今まで静まり返っていた城内が急に動き始めた。

「若干の兵を残して、城兵たちが西へ向かっているぞ」

家康の見込み通りだった。

放っていた細作が「敵は関ヶ原方面に移っている」と、知らせてきた。

三成は、南宮山に籠もってじっと動こうとはしない毛利勢を疑い始めたようだ。南宮山の北を走る中山道を避けて、南の伊勢街道を通って関ヶ原に向かっているらしい。

「やつらが布陣し終えるまでに、関ヶ原を先に押さえてしまおう」

赤坂を発った家康は、毛利勢に気づかれぬよう松明《たいまつ》を灯火せず、南宮山の北にある中山道を急ぐ。

（南宮山にいる毛利の去就が、勝敗に大きく関わってくる。やつらが山から降りられぬよう、池田・浅野・山内らの諸将を山麓に張りつけておこう）

関ヶ原には夜明け前に着いたが、先行した三成らはすでに布陣し終えた後だった。

（決戦は夜が明けてからだ。この戦さで勝利した者が、天下に号令をかけるようになるだろう。もし三成が勝てば、秀頼公を頂点として、わしを除いた大老職を復活させ、奉行衆の頭目として豊臣政権を牛耳るつもりだろう）

夜明けまでしばらくの間でも体を休ませて眠ろうと努めるが、家康の目は冴え渡り、湧いてくる様々な思いが眠りを妨げる。

周囲の盆地が白々としてくると、雨はもう止んではいたが、薄い乳白色の霧が関ヶ原を包み始めた。

（この霧はどちらの陣営に味方するだろうか）

ぼんやりとした頭で、家康は思った。

「北国街道沿いを北の笹尾山から、南は天満山それに中山道を挟んで松尾山まで敵の兵で溢れており、それに南の栗原山から南宮山にかけて約八万の西軍が、われらを包み込んでおります」

物見の大声で、ぼんやりとしていた家康の頭の中は次第にいつものように働き出した。

そうすると急に、正信をつけてやった秀忠の不在に腹が立ってきた。

（こちらは忠勝の三千と直政の六千の徳川兵だけで戦わねばならぬ。あと三万はいるが、そのほとんどは寄せ集めの兵で、残りの四万は三成憎しで固まっている豊臣恩顧の諸将だ。精兵三万を秀忠につけてやっているので、その精兵抜きで戦わねばならぬとは、一体正信は何をやっているのだ…）

霧が薄れてきて決戦が刻々と近づいてくると、家康の心の中は不安が渦巻き、苛立ちが満ちてくる。

静寂だった戦場に一発の銃声が響くと、地を揺らすような鯨波が広がり、数万もの軍勢が一斉に動き始めた。

家康が西軍陣地により近い、南宮山の西端にある桃配山に本陣を進めた頃には、霧はすでに晴れようとしていた。

ここからは、三成・行長・秀家・吉継の陣に翻る様々な旌旗が指呼の距離に望まれ、南の松尾山頂から山腹にかけて、色とりどりの小早川軍の旗が棚引いている。

霧はもう晴れ渡っていたが、敵味方の旗はその場に留まっており、戦況は一進一退のようだった。

朝鮮の陣での論功行賞や講和問題で、三成と行長を憎む福島正則や黒田長政らは敵の陣に肉迫するが、敵が大砲で応戦したため押し戻された。

「桃配山は南宮山の端じゃ。戦況次第では毛利がこちらへ向かってくるかも知れぬ」

家康は、広家に約束を取りつけてきた黒田長政のところへ使番を走らせるが、「人質を取って内応を約束しているが、やつがどう動くかまでは、それがしにもわかりませぬ」と、今は目の前の敵を叩くことしか手が回らない長政の返答はそっ気ない。

「殿はあくせくせずにどんと構えておらぬと、味方の士気にも差し障りがでましょう」

そう叫ぶと、忠勝は味方を鼓舞するために駒を進めた。

南宮山は不気味にも静まり返り、激しい銃声や喚声で狭い関ヶ原盆地は沸騰しているものの、戦線はいまだに膠着している。

動かない味方の軍旗が風に翻っている様子を見ると、家康は急に腹が立ってきた。

（信康が生きて、ここにおれば…）

家康の脳裏に、急に幼かった信康の姿が浮かんでくると、その姿は変化し始め、背丈が伸び、勇ましい若者の姿に変わっていった。

それは逞しい大柄な栗毛の馬上に跨っている姿で、身につけている赤糸縅の鎧からはみ出した腕には若さが溢れ、被っている兜の鹿角の前立が日に当たり金色に輝いていた。

（あれは諏訪原城を落としたすぐのことで、南の小山城まで攻め込んだ時のことだったな。

その頃わしはまだ若かったし、諏訪原城を武田から奪っただけでは満足できず、戦さ経験豊富な忠次の意見も聞かずに小山城を包囲したのだ。

だが小山城の士気は意外に高く、攻略に手間どっている間に、長篠の敗戦ですぐには立ち直れまいと思っていた勝頼が、五、六千の後詰兵を率いて甲斐からすぐに救援にやってきたのだ）

家康はその時の様子をはっきりと思い出すことが出来た。

（あれは確か内藤信成だったたな。突出してきた城兵を追い払うと、「山路を通って諏訪原城へ引き揚げるべし」と主張したのだ。

すると何事にも負けず嫌いの忠次が、「山路から撤退すれば、いかにも武田を恐れているように映ろう。堂々と大井川沿いの土手路から退却しよう」と対岸にまでやってきた勝頼を睨みつけながら、徳川軍は少しも武田に脅威を感じていないことを示そうとした。

誰を殿《しんがり》にするかで揉め始めた時、戦さ経験の乏しい信康が、わしの身を案じてくれ、殿をやらせて欲しいと申し出たのだ。

「これまでは敵の前面に向かって退却していますが、これからは土手を北上して諏訪原城へ進むことになりますので、敵を後ろに受けて進まねばなりませぬ。御免を蒙り、それがしが殿を仕りましょう」

若い信康が体を張って、わしを助けようとしてくれた。

あの時、信康は十六歳ぐらいで、武田の大軍を見ても少しも怯えた様子はなく、堂々としていたものだ。

信康の言葉を聞き、わしは立派な息子を持ったことを誇りに思ったが、家臣たちを早く安全な諏訪原城へやらねばならず、「追ってきている勝頼軍は大軍じゃ。わしが殿を務める。お前は先に行け！」と、信康を先に行かせようとした。

だが信康はどうしてもわしを危険から守りたかったのだろう。

「いや、それがしが殿をやります。このような大事な退口《のきぐち》こそ、それがしが望んでいたことです。大戦さには慣れてはいませぬが、日頃の稽古ぶりをご覧下され。軍門には父子の礼はありませぬ。たとえ許しが出ずとも、それがしが後に残りますぞ」

雨も降ってきた。可愛い息子ではあるが、兵たちのことを考えると急がねばならなかったのだ。

忠次のやつめ、父子の譲り合いに時間がかかると見て、「それがしは先にご免」と言うと、さっささと退却し始めてしまった。

まったく勝手者めが…。

やつの軍が動き始めると、それに続き家臣たちも北上し始め、「それではわしも発つ。殿は信康に任そう」と決意し、信康の様子を窺い何度も後ろを振り返りながら軍を進めた。

勝頼にも信康の必死さが伝わったのだろう。やつは渡河せずに、われらが北上するのを手を出さずに見送っておったわ。

信康が無事諏訪原城に着いた時、わしは城門で信康を労ってやったが、信康は驕った顔も見せず、当然のことを果たしたかのような涼しい様子で、わしを見詰めておったのう。

「天晴な武将じゃ。そなたなら、たとえ勝頼が十万の兵を率いてきても、打ち破ることができようぞ」

いつもあまり息子を自慢したことのないわしが、大いに信康を褒め上げたのを目にして、家臣たちはまるで珍しい物を見るように、わしと信康を見詰めていたのう。そのためか、彼らの驚きに満ちた顔が、今でもありありと目の前に浮かんでくるわ）

家康はその光景を思い出したのか、思わず微笑を漏らした。

（信康よ。何故お前はわしの信頼を裏切って、勝頼などに付け入る隙を与えてしまったのか。生きて今この場に居たら、どんなにかわしや徳川の者たちは心強いことであろうか。お前がここに居ないことが、本当に残念じゃ）

胸を締めつけるような、信康への思いから解放されると、家康は知らぬ内に爪を噛んでいた。

「松尾山の秀秋めは、まだ動かぬか」

内応の取次ぎをした長政に、家康は早馬を走らす。

使番が立ち去ると、再び家康は爪を噛み始めた。

使番が戻ってくるのも待ち切れず、『今すぐ山を降りて西軍を討て』と秀秋に伝えるのじゃ」と、家康は別の使番を走らせる。

両陣営からの再々の催促に、もはや日和見はできないと悟ったのか、東・西軍の形勢を窺っていた秀秋は、八千の兵を率いて、北の大谷吉継の陣を目がけて山を降り出した。

　すると、これを目にした西軍の陣には大きな動揺が広がり、山津波のような小早川軍に大谷吉継の陣が押し崩されると、今まで優勢気味だった西軍に綻びが生じ始めた。

（これで勝ったぞ。豊臣家内の戦さに加勢したわしが、秀吉に替わって天下に号令をかけるのだ。この戦さで西軍が破れたことを知れば、大坂城にいる毛利輝元はもはやわしに挑戦してくることはあるまい。「秀吉に逆らってはならぬ」と数正はいつもわしに申しておったが、秀吉に取って替わったわしを見て、やつは草葉の陰からどんな顔をして驚いているだろうか）

　戦場を悲鳴のような喚声や銃声を残して、西軍は敗走に移った。

　それらを目にした家康の脳裏には、人質として他国で共に過ごした、若い頃の懐かしい数正の顔が浮かんできた。

　それが消えると、対抗心を剥き出しにして、いつも先頭を走っていなくては気に入らぬ忠次の姿が浮かんできた。

　忠次は京都の隠居地で亡くなってから四年にもなるが、その姿は徳川家の片翼を担い、家康を補佐し続けた若き日の忠次の姿だった。

「われらは殿を日の本一の武将となるように育て上げてきたのだ。殿が秀吉を越える武将になることは、昔からわかっていたことだ。

だが、これからの舵捌きはむずかしくなりますぞ。信長を上回ろうと背伸びし続けた秀吉の轍を踏まぬように、殿はこれからも始終家臣たちの意見を聞きながら、天下の舵取りを間違えぬようお願いしますぞ」

忠次はまだ何か言いたそうに、ぶつぶつ口の中で呟いていたが、その姿が煙のように掻き消えると、今度は小田原の自領で没した大久保忠世の姿に変化した。

晩年、忠世は一族の者たちに、三河一揆の折の大久保一族の活躍話や、長篠の合戦の際、「良き膏薬のごとし、敵について離れぬ膏薬侍なり。徳川殿は良い家臣を持たれて羨ましい限りじゃ」と、信長に褒められた武功譚を自慢気に語っていたが、家康の脳裏に現われた姿は、忠次や数正を越えようとする若い頃の忠世の姿だった。

死んでしまった家臣の姿は現われては消え去り、忠世の次は大須賀康高へと変わり、また三河一揆で一揆側として暴れ回った蜂屋貞次の姿が現われ、そしてそれが消えると、鳥居元忠、それから服部半蔵へと変化していった。

彼らが消えてしまうと、今この場で敵と渡り合っている本多忠勝、井伊直政はもちろんのこと、秀忠につき従っている本多正信や榊原康政、それに大久保忠隣らの姿が浮かんできた。

（三河侍であるお前たちの力で、わしはこの戦いの勝利を摑むことができたぞ。今までわしに尽くしてくれた皆に、礼を申さねばならぬ。また死んでいった者たちにも、生きてこれからもわしに仕えてくれる者たちにも、十分に報いてやらねばならぬ。わしの責任は重いぞ）

家康は頰をぎゅっと引き締め、北に広がる伊吹山を眺めた。

山全体を覆う木々の葉はいつの間にか黄や紅に染まり、澄み切った青空には小さな固まりが集まったような鰯雲が空高く浮かび、秋の気配が漂っていた。

（了）

本書は、書き下ろし作品です。

【参考文献】

『三河物語』大久保彦左衛門著　百瀬明治編訳　徳間書店
『三河物語（上・下）』大久保彦左衛門原著　小林賢章訳　教育社
『岡崎：徳川家康のふるさと：史跡と文化財めぐり』
　岡崎の文化財編集委員会編　岡崎市
『改正三河後風土記（上・中・下）』桑田忠親監修　秋田書店
『徳川家康』日本歴史学会編集　藤井譲治　吉川弘文館
『徳川家康：境界の領主から天下人へ』柴裕之　平凡社
『徳川家康：われ一人腹を切て、万民を助くべし』笠谷和比古　ミネルヴァ書房
『家康公伝　現代語訳徳川実紀（一～五）』大石学ほか編著　吉川弘文館
『証義・桶狭間の戦い』尾畑太三　ブックショップマイタウン
『岡崎市史別巻　徳川家康と其周囲（上・中・下）』
　柴田顕正　岡崎市編纂　国書刊行会
『小牧山城　小牧叢書16』小牧市文化財資料研究員会編　小牧市教育委員会

『徳川家康』歴史群像シリーズ11 学研プラス
『徳川四天王』歴史群像シリーズ22 学研プラス
『織田信長』歴史群像シリーズ1 学研プラス
『天正壬午の乱 増補改訂版』平山優 戎光祥出版
『戦国史城：高天神の跡を尋ねて』藤田清五郎 中島屋
『壬辰戦乱史（上・中・下）』李炯錫 東洋図書出版
『文禄・慶長の役』歴史群像シリーズ35 学研プラス
『小田原合戦』小田原文庫（Ⅰ） 相田二郎 名著出版
『長篠の戦い』藤本正行 洋泉社

人物文庫

徳川家康《とくがわいえやす》と三河家臣団《みかわかしんだん》

二〇二二年一二月一五日 ［初版発行］

著者――野中信二《のなかしんじ》

発行者――佐久間重嘉

発行所――株式会社学陽書房
東京都千代田区飯田橋一-九-三 〒一〇二-〇〇七二
〈営業部〉電話＝〇三-三二六一-一一一一
FAX＝〇三-五二一一-三三〇〇
〈編集部〉電話＝〇三-三二六一-一一一二
http://www.gakuyo.co.jp/

フォーマットデザイン――川畑博昭

印刷所――東光整版印刷株式会社

製本所――錦明印刷株式会社

ISBN978-4-313-75304-4 C0193

学陽書房 人物文庫 好評既刊

本多忠勝　野中信二

大鹿角脇立の兜に大数珠を袈裟懸けにかけた姿で戦場を疾駆。名槍・蜻蛉切を操り圧倒的武勇を誇った本多平八郎忠勝。家康の天下取りの戦いにはいつでも獅子奮迅の激闘をみせる忠勝がいた！

義将　石田三成　野中信二

秀吉に才覚を見いだされた石田三成は秀吉の天下統一に誰よりも貢献していく。戦国のハイライトである関ヶ原へ向かうダイナミックな人間模様を折り込み義将の生涯を描く長編歴史小説。

武田信玄と四天王　野中信二

武田信玄の活躍の影には、常に忠義を誓う四人の漢たちがいた。馬場信春、山県昌景、内藤昌秀、高坂虎綱。信玄の天下統一のために熱く戦う四人の生涯。激動の日々の中で彼らが掴んだものとは。

長州藩人物列伝　野中信二

幕末維新の中心で光を放ち続けたのは吉田松陰という男であった。松陰を筆頭に久坂玄瑞、井上馨、伊藤博文、高杉晋作、桂小五郎、大村益次郎、揖取素彦ら長州藩の英傑を描いた傑作短編小説集。

軍師　黒田官兵衛　野中信二

「毛利に付くか、織田に付くか」風雲急を告げる天正年間。時代を読む鋭い先見力と、果敢な行動力で、激動の戦国乱世をのし上がった戦国を代表する名軍師の不屈の生き様を描く傑作小説！

学陽書房 人物文庫 好評既刊

小説 上杉鷹山〈上・下〉 童門冬二

灰の国はいかにして甦ったか！ 積年の財政危機に疲れ切った米沢十五万石を見事に甦らせた経営手腕とリーダーシップ。鷹山の信念の生涯をとおして〝美しい日本の心〟を描くベストセラー小説。

北の王国 直江兼続〈上・下〉 童門冬二

上杉魂ここにあり！〝愛〟の一文字を兜に掲げ、戦場を疾駆。知略を尽くし、主君景勝を補佐して乱世を生き抜き、後の上杉鷹山に引き継がれる領国経営の礎をつくった智将の生涯を描く！

小説 徳川秀忠 童門冬二

徳川幕府を確立していく最も重要な時期に「父が開いた道を、もう少し丁寧に整備する必要がある」という決意で、独自の政策と人材活用術で組織を革新した徳川秀忠の功績を描く歴史小説。

後藤又兵衛 麻倉一矢

黒田官兵衛のもとで武将の生きがいを知り、家中有数の豪将に成長するも、黒田家二代目・長政との確執から出奔し諸国を流浪。己の信念を貫いて生きた豪勇一徹な男の生涯を描く長編小説。

石川数正 三宅孝太郎

徳川家きっての重臣が、なぜ主家を見限り、秀吉のもとに出奔したのか？ 裏切り者と蔑まれても意に介さず、家康と秀吉との間に身を投じて、戦国の幕引きを果敢に遂行した武人の生涯を描く。